繁星似你 月光如我

姜双鱼 ◎ 著

吉林出版集团股份有限公司
全国百佳图书出版单位

图书在版编目（CIP）数据

繁星似你　月光如我 / 姜双鱼著. -- 长春：吉林出版集团股份有限公司，2024.1
ISBN 978-7-5731-1187-6

Ⅰ.①繁… Ⅱ.①姜… Ⅲ.①长篇小说-中国-当代 Ⅳ.①I247.5

中国国家版本馆CIP数据核字(2023)第190605号

FANXING SI NI　YUEGUANG RU WO

繁星似你　月光如我

著　　者　姜双鱼
责任编辑　杨　爽
装帧设计　张红霞

出　　版	吉林出版集团股份有限公司
发　　行	吉林出版集团社科图书有限公司
地　　址	吉林省长春市南关区福祉大路5788号　邮编：130118
印　　刷	长春新华印刷集团有限公司
电　　话	0431-81629711（总编办）
抖 音 号	吉林出版集团社科图书有限公司　37009026326

开　　本	880 mm×1230 mm　1 / 32
印　　张	13
字　　数	300 千
版　　次	2024 年 1 月第 1 版
印　　次	2024 年 1 月第 1 次印刷

书　　号	ISBN 978-7-5731-1187-6
定　　价	48.00 元

如有印装质量问题，请与市场营销中心联系调换。0431-81629729

目 录

第01章　黯然魂销的冠军　　001
第02章　虚情假意的"朋友"　　009
第03章　女王荣耀　　016
第04章　跌落神坛　　023
第05章　小白初入行　　030
第06章　争执不断　　037
第07章　闪亮登场　　044
第08章　无奈退役　　047
第09章　理想和现实的偏差　　055
第10章　重拾信心　　060
第11章　"好友"道歉　　067
第12章　狐朋狗友　　075
第13章　放弃梦想　　083
第14章　注定艰难的选择　　091
第15章　不该践踏的梦想　　099

繁星似你　月光如我

第16章	指责重重	107
第17章	知心好友	113
第18章	最后的机会	120
第19章	愿不愿意和我一起完成梦想	128
第20章	一往无前	133
第21章	被剥夺的训练时间	137
第22章	故人出现	140
第23章	自暴自弃	143
第24章	渐渐浮现的秘密	151
第25章	训练僵局	153
第26章	噩梦般的场景	156
第27章	被毁坏的冰鞋	162
第28章	让人心寒	167
第29章	定制冰鞋	174
第30章	不如一拍两散	180
第31章	说客	183
第32章	mcl比赛	187
第33章	实力有目共睹	189
第34章	下作的主办方	193
第35章	再给mcl一个机会	199
第36章	关系更近一步	202
第37章	必须做出的妥协	205

目录

第38章	跳槽	208
第39章	还恨在心	212
第40章	抉择	215
第41章	另找训练的地方	218
第42章	走投无路	223
第43章	一致反对	228
第44章	绝境	233
第45章	困难重重	240
第46章	转机	244
第47章	梦魇中的人	249
第48章	没人愿意把冰场租给他们	255
第49章	意志坚定	257
第50章	积极训练	259
第51章	哥哥们的心机	263
第52章	投资冰场	266
第53章	心理阴影	271
第54章	她的姐姐	277
第55章	突发状况	279
第56章	克服心理阴影	282
第57章	争取参赛名额	286
第58章	状态逐渐恢复	288
第59章	市赛	293

繁星似你　月光如我

第60章	市赛2	301
第61章	聚餐	308
第62章	综艺节目	315
第63章	省赛1	322
第64章	省赛2	330
第65章	无能为力	338
第66章	想要更多的冠军	345
第67章	全国大赛	353
第68章	全国大赛2	361
第69章	盲目	369
第70章	阴谋	377
第71章	落网	385
第72章	我等你	393
第73章	大结局	400

第01章
黯然魂销的冠军

这大概是顾悄然有生以来最糟糕的一天。

清晨六点,俱乐部的铃声准时响起,铃铃铃铃的声响持续了好几分钟,依然没有停下来的意思。

睡在上铺的顾悄然被吵醒后,坐起来打量四周,意外地发现素来贪睡的室友们都已经换好了衣服,正三三两两地聚在一起讨论着什么。

"今天可是咱们第一次参加比赛,好紧张啊!"

"对啊,听说现场会来非常多的观众,如果失误的话……"

说话的女孩儿长着一张娃娃脸,懊恼地用头撞桌子:"那我真的没脸活下去了!"

繁星似你　月光如我

"别想得那么糟糕，万一咱们超常发挥呢？"

"咳咳，比赛嘛，哪有不失误的？"

她们正在讨论的比赛，是宁城四家俱乐部组织的练习赛，比赛的目的是为了让新队员们适应比赛的流程。

由于星耀俱乐部的新人较少，俱乐部就给所有的队员报了名。

顾悄然是个老手，参加的比赛也多不胜数，自然不会像新队员们那么激动。她靠在床上，缓了一会神儿，便面无表情地套好衣服，翻身下床。

原本还很热闹的寝室，一下子安静了下来。

顾悄然穿上拖鞋，拉开洗手间的门，"嘭"的一声响，洗手间的门关上，彻底地将她和那些人隔离开来。她打开水龙头……

"哗啦啦……"

寝室里的众人听到流水声，松了口气，这才继续交谈。

"每次顾悄然一出现，大家都跟见了瘟神似的，一句话都不敢说了……"涂着大红唇的女人靠在墙上，把玩着微卷的长发，心有不甘地抱怨。

见她越说越过分，娃娃脸连忙制止："快别说了，让她听到了不好！"

大红唇怒火不减反旺："有什么不好的？她不就仗着……"

话还没有说完，洗手间的门开了，顾悄然从里面走出来。

大红唇生生地把后半句话咽了回去。

顾悄然来到鞋柜前，换上运动鞋，随即离开寝室。

大红唇见她离开，长长地吐出一口气，正准备把后半句话补充完整，这时，扩音器里播放起了通知。

"十分钟内，大厅集合。"

众人再也顾不上聊天，急忙换上鞋，冲向大厅。

大厅里空荡荡的，除了椅子之外，其余杂物一概没有。

顾悄然独自坐在凳子上，等队员们都过来了，才缓缓地起身靠过去。

队员们靠在一起说话，察觉到她走过来，大家安静了约有几秒钟后，就继续各谈各的，根本没有搭理顾悄然的意思。

她明明是这个俱乐部里的人，可此刻却被孤立起来，就好像是误入的陌生人。

顾悄然全然没有察觉一般，神态平静地目视着前方。

"天天端着冠军架子……"大红唇阴阳怪气地嘟囔着。

顾悄然闻言，扫了她一眼。

大红唇只觉得这眼神之中满满的都是鄙夷，心里愠怒："顾悄然，你是不是瞧不起我？"

"魏子灵！"

教练周辉从后面走过来，大声喊着大红唇的名字。

魏子灵立马抬头挺胸："到！"

"开会期间，不要说话。"

魏子灵愤愤地瞪了顾悄然一眼，心有不甘地道："是。"

周辉直截了当地宣布，"下午一点，大门口集合。""这一次的比赛虽然并不重要，但我仍然希望你们能够调整好自己的心态，认真地对待。"

"好！"

队员们激动地回答。

周辉突然想起了什么，"上午有半天的时间，你们自己看着准备，有什么不懂的，可以问前辈。散会！"

他看向顾悄然："你，跟我过来。"

"嗯。"

顾悄然跟在周辉的身后，两个人出了大厅，来到篮球场边。一直没有等到周辉开口，顾悄然便开口询问："教练想跟我说什么？"

"你最近的状态怎么样？"

顾悄然是单人花滑运动员，后来转了双人。

大部分单人转双人的花滑运动员在单人动作方面，都有着非常大的优势，因为双人滑动作的难度比单人滑小……

但是双人花滑也有着单人花滑选手难以克服的困难，比如抛跳，比如默契。

而她跟男伴在默契方面，简直一塌糊涂，抛跳更是从未成功过。

顾悄然犹豫了一下："不太好。"

"那你能克服这些问题吗？"

顾悄然抬头看向周辉："这是俱乐部方面的意思？"周辉也有

些于心不忍："你也知道，咱们俱乐部的规模比较小，如果在你的身上投入太多，你的状态又不好，那我们俱乐部就得不到回报……"

他的话说得很含蓄，顾悄然却听明白了，周辉是怕她状态下滑，拿不到奖牌，影响到星耀俱乐部的前程。

"俱乐部现在正在上升期……"周辉越说越觉得为难，"如果走错了一步路，那么迎接俱乐部的只有没落。"

顾悄然沉默了许久，久到周辉以为顾悄然不准备回答这个问题了，她才开口说："我懂。"

她的回答让周辉的心情更加沉重："其实俱乐部能够走到今天，也多亏了你。"

顾悄然没有说话。

周辉认真地看着顾悄然："如果没有你连续夺冠，多次打破纪录，也许我们俱乐部根本撑不到现在，所以我觉得应该给你一个机会。所以现在请你回答我，你觉得你的状态要多久才能恢复？"

"好的话半年，坏的话……"顾悄然语气沉重，"我也不清楚。"

"唉。"

周辉挥了挥手："那你先回去吧，这事儿，我能帮你扛一会儿就多帮你扛一会儿，实在是扛不了，你也别怪我。"

"谢谢教练。"辞别教练，顾悄然向休息室走去。

休息室就在训练场的后台，绕过弧形走廊，顾悄然走到休息室里，刚好看到几个队员正聚集在她的储物柜跟前。

余绵绵小声地说:"我们还是别……"

"别什么!"魏子灵不满地说,"既然我们都来了,那肯定不能退缩。"

顾悄然往墙上一靠:"能说说你们想对我的储物柜做什么吗?"

女性队员们听到顾悄然的声音,都慌忙退开,把娃娃脸的余绵绵推了出来。

"你问她!"

"前,前辈!"余绵绵胆子小,跟顾悄然说话都磕磕巴巴的,"我,我……对不起!"

魏子灵一巴掌拍在余绵绵的脑袋上:"你一道歉,别人不就以为咱们是来坑顾悄然的吗?"

顾悄然歪着脑袋:"不然呢?"

魏子灵灵机一动,上前把刚买的早餐塞到顾悄然的手里:"我们这是看你没吃早饭,怕你饿着……"

"谢谢,不用。"顾悄然将早餐还给魏子灵。

随即拿出钥匙,打开了储物柜的门,拿出自己的冰鞋,到外面的训练场里训练。

魏子灵咬了一口刚买的包子,恨恨地说:"对她好还不领情。"

"明明是咱们想撬开她的储物柜,搞破坏……"余绵绵小声地纠正。

魏子灵瞥了她一眼:"你到底是向着谁的?"

余绵绵声音更弱:"你。"

训练的时间一闪而逝,转眼间到了比赛的时间,俱乐部的大门口停着一辆喷着星耀俱乐部名字的车。

顾悄然直接进去坐到最后靠近角落的位置,闭着眼睛开始休息,朦朦胧胧间,她听到有人在争吵。

"你们谁过去跟顾悄然坐?"

"她对人都爱搭不理的,跟冰块儿差不多,我才不去呢!"

"我也不去!"

"那,那我去好了!"

"……"

顾悄然察觉到有人在她身边坐下,微微睁开双眼。

余绵绵冲她露出一个甜甜的笑容。

顾悄然回以微笑,随后头朝里继续睡觉。

不知道过了多久,有人轻轻地晃动着她的胳膊,小心翼翼地喊:"前辈,我们到了。"

顾悄然礼貌地道谢,却看到余绵绵如释重负地弯了弯眼睛,她有些不明所以,不过却懒得追究原因。

抵达会场,队员们聚在一起,讨论着即将到来的比赛。

顾悄然找了一个没人的角落,拿出小镜子,开始化妆。

花滑类的比赛,除了硬动作之外,其他方面都在强调可观赏性,因此妆容也占有一定的分数。

比赛开始了,即将登场的三队队员上场试冰,其中就有余绵绵。

余绵绵是队伍里的新星,胆子小,没什么目标,但却是真心喜欢花滑,试冰结束从冰场上下来,她特别兴奋地冲到魏子灵的面前,"在大型比赛现场试冰,感觉真的跟在俱乐部里不一样。"

"如果我是你,现在一定找地方调整冰刀,而不是跟人聊天浪费时间。"顾悄然涂着眼影,慢条斯理地开口。

第02章
虚情假意的"朋友"

余绵绵怔了会儿,接着懊恼地拍着自己的脑袋:"我怎么就忘了这一出!"

她急急忙忙地跟魏子灵道歉,随后找了个没人的位置,将冰刀调整到自己觉得舒服的位置固定。

魏子灵看了看顾悄然:"看不出来,你管得还挺宽。"

顾悄然自顾自地把妆化好,接着坐到观众席上,看着第一对花滑选手表演,全程没有搭理魏子灵。

魏子灵气得牙痒痒,其实刚才她也想过要不要提醒余绵绵,但是犹豫了一下决定不提醒。

她害怕被新人超过,谁想到顾悄然居然多嘴告诉了余绵绵。

冰场里的后辈们发挥得都很好，速度快不说，动作顺畅，有的甚至达到了大赛水准。

看到精彩的表演，现场的观众们热情地发出欢呼声。

顾悄然也被花滑运动员们吸引，眼神逐渐地认真起来。

下午两点，城市郊区，欧式三层小别墅按照冷色调配色，简单而又极具现代感的家具更是让这套房子看起来更像办公间。

别墅三楼的卧室里，浅棕色的被子微微凸起，一条肌肉线条很好的胳膊搭在外面。

"叮铃铃铃！"

手机自带的铃声响起，主人摸索着拿到手机，迅速缩回被子里，将电话挂断，丢到床头柜上。动作一气呵成。

似有不甘，铃声再次响起。

唐放迷迷糊糊地睁开双眼，坐了起来，露出六块腹肌的上身，晃了晃脑袋，无奈地拿起手机，"喂？"

"你刚才怎么把我电话挂了？"那边的人质问。

唐放哈欠连天地回答："没睡醒。"

"这都下午两点了！"

"昨天通宵玩儿游戏，早上六七点才睡……"

"行啦行啦，别忘了今天是你20岁生日，哥儿几个现在可都在包厢里等你呢。"

"行行行，我马上过去。"唐放揉着眉心。

"你这寿星公没来，我们几个也不好意思点东西……"

唐放这会儿只想睡个回笼觉："你们放心点，到时候我去了直接买单。"

"那我们可要点贵的。"

"没问题。"唐放满不在乎地开口，"反正我也不缺那点儿钱。"

听到从那边传来的欢呼声，唐放挂了电话，直接进了浴室洗漱。

今天是他的生日，朋友们都在等他，他这个寿星要是去晚了也不合适。

唐放用最快的时间洗漱完毕，赤脚来到衣帽间选了一套宽松的衣服换上。

楼下的客厅，父母和两个哥哥都在。

唐放也没有询问这四个大忙人怎么有空留在家里，一溜烟儿地冲到门口，换上运动鞋："爸、妈、大哥、二哥，我先出去啦！"

"不在家里吃个饭再走？"爸爸唐诗抬头问道。

"不了，爸，我朋友们已经等我很久了。"

妈妈宋词补充："那你晚上早点儿回来。"

"没问题！"，"妈，你可要准备好我的生日礼物哦！"

宋词笑着说："看上了什么，尽管跟妈说。"

"好！"唐放高兴极了，他前段时间看上了一辆法拉利，但是一直没钱买。要不是有朋友等着，他绝对要拉着宋词进4S店，把那辆

繁星似你 月光如我

车买下来!

"那晚上见!"

"一天到晚风风火火的。"唐诗摇头,脸上却挂着笑容。

宋词嗔怪了他一句:"你呀。"

大哥唐庄低着头看手机上的金融消息。

二哥唐乐生则双手快如闪电般在手机屏幕上打字,与美女火热聊天中。

两个长辈有一搭没一搭地问着,两个孩子时不时地回答一声。

一家人倒也融洽。

地下车库,蓝色的哈雷摩托发出嗡嗡的声响,这复古的震动感让唐放迷恋不已,戴上头盔,拧动把手,摩托直直地冲了出去。

一个小时后他抵达了约定地点。

唐放站在包厢门口,整了整自己的领口,正要推门,却听到从里面传出来的对话。

"这都一个小时过去了,就我刚才点了两瓶拉菲,小顾点了份牛排,其他人好像什么都没点?"

"人家寿星都没来,我们就先吃起来了,这不合适吧?"

"有什么不合适的?唐放家里有钱,根本不在乎这一点儿!"黄毛寸头男一把抢过菜单,"我跟你们说,唐放这个人特别贱,就是喜欢别人花他的钱。咱们要是不多吃点儿,待会儿他结账的时候,肯定会觉得咱们不给他面子。"

"可不是,再说了,唐放他爸妈和两个哥哥都是商业精英,家里就他一个败家子儿，他要是再不多花点儿，那不就是对不起他家人的努力了吗？"

"再说了，咱们几个跟他交朋友，哪个不是冲着他钱来的？"

"……"

唐放听得脑子发蒙。包间里的那几个哥们儿，都是他真心相待的朋友。

"你们还别说，他这个人浑身上下全都是缺点，要不是他家里有钱，我还真不乐意跟他玩儿。"黄毛搂着浓妆艳抹的女人，笑呵呵地问："亲爱的，你说是吗？"

"那当然了。"

唐放听到女人娇滴滴的声音，理智的弦瞬间断掉，他一脚踹开包厢的门！

哐当！

房门狠狠地砸在墙上。唐放彻底看清了包厢内的情形。

包厢的中央摆放着一张大理石的桌子，桌子里面贴墙靠着一组U形沙发，而黄毛就坐在沙发中央，怀里搂着的是唐放的女朋友……

唐放走进包厢。他刚才没有听错，那个声音确实是他女朋友的。

黄毛看到唐放黑着脸走进来，条件反射地推开怀里的女人站起身，支支吾吾地解释："放，放哥我，我跟你，你女朋友只是玩玩！"

"有你这么跟老子女朋友玩儿的吗？"唐放愤怒地反问，他已经很久没有这么生气过了。

黄毛察觉到自己说错话了,立马解释:"我们只是在玩儿游戏!"

"你还真敢说!"唐放怒火中烧,一拳砸在黄毛的肚子上:"别以为我没听见!"

黄毛被他打疼了,也不想再忍,直接还手:"你还真以为自己是个富二代,所以大家都必须要让着你?"

"呸!"

两个人扭打成一团。

其他人你看看我,我看看你,都不知道该怎么办。

一旁的浓妆女急忙冲到两个人的身边:"你们两个不要再打了!"

其他人这才动手拉开两人。

黄毛脸上挂了彩。

唐放也没好到哪儿去,挣开其他人,他失望地看着浓妆女:"行,既然你背着我跟他搞到一块儿去了,那我就祝你们两个白头偕老。"

浓妆女可怜巴巴地说:"我喜欢他,可我也放不下你。"

"求你别恶心我了,成吗?"唐放反胃地道:"咱们分手了,你爱跟谁跟谁,不关老子的事儿!"

她背着他跟黄毛搞在一起……唐放想到都觉得胃里直翻腾:"算我倒霉,认识了你们!"

黄毛冷嘲热讽地说:"你不倒霉,认识的也还是我们这种人!唐放,因为你自己就是个垃圾,而垃圾只配跟垃圾做朋友!"

如今闹掰了,黄毛也懒得再跟唐放维持表面上的友谊:"以后你也别吹什么,离了父母你照样能混得出来,实话告诉你吧,离开了父母,你就是一摊烂泥!"

"你们觉得我就是一事无成的富二代?"唐放嗤笑着:"那你等着,不到一年的时间,老子就能混得人模人样,让你认识到,老子就是处处比你强!"

"哈哈哈!"黄毛大笑,"你不会真被我们吹得不知道自己几斤几两了吧?"

其他人纷纷应和:"我感觉是,他以前就特别自负。"

"可自负也要有点儿资本吧,他根本就是个废物……"

"……"

"不知道几斤几两的,是你们。"唐放丢下这一句话,直接走出包厢。

"嘭!"

魏子灵下场,回到休息室里,狠狠地将换下来的冰鞋摔在地上。

她是个颇有经验的选手,可是刚才发挥却不如新人,这让她觉得丢脸极了。

繁星似你　月光如我

第03章
女王荣耀

顾悄然闻声，回头看了一眼，便继续盯着场内。

察觉到她的注视，魏子灵又是恼火又是不甘："顾悄然，看到我多个动作失误，你是不是特别高兴？"

顾悄然没有回答。

"你不用开口，我就知道你现在一定在心里面偷着乐！"魏子灵越说越气恼，"要不是你提醒那些新人调整冰刀……"

"怎么？"顾悄然冷清地开口："我不提醒，你就能发挥得好一点？"

魏子灵反驳："那我至少不会那么丢脸！"

"所以，你的荣耀感都来自别人发挥失常吗？"顾悄然难得地将注意力放在魏子灵身上。

魏子灵被她看得莫名地有些心虚:"你的荣耀感来自提高实力,打败所有强敌。可你别忘了,那些都是过去式,现在的你不过是个连我都不如的软脚虾!"魏子灵捡起地上的冰鞋说道,"现场大半部分的观众都是你粉丝,待会儿我倒要看看,你在他们面前出丑以后,还能不能用这么平静的语气跟我说话!"

顾悄然继续将目光投向比赛。

在两个人谈话间,又一对儿花滑搭档退场,比赛也渐渐地进入尾声。但观众不见减少,反倒还比刚开始的时候多了很多。

"最后一组花滑运动员马上就要登场了。"

解说员的声音通过喇叭传递到会场的各个角落,观众们听到这一句话都沸腾了,他们高高地举起手中的牌子,忘情地呼喊着那两个人的名字。

"顾悄然!"

"陈东旭!"

声音一浪接着一浪,甚至要盖过喇叭声。

解说员也被观众们的欢呼声打动,其中一个声音沙哑的男解说员笑着问:"知道观众们为什么这么激动吗?"

声音甜美的女解说员回答:"当然是因为最后这一组选手都是重量级嘉宾!"

"没错!"男解说员继续介绍,"陈东旭,星耀俱乐部的初代明星选手,首次参加比赛就拿到了世青赛男子组第四名的好成绩,随后成绩更是突飞猛进,各种大赛奖牌拿到手软!"

女解说员长长地吸了一口气,"接下来要介绍的是星耀俱乐部的传奇女运动员——顾悄然。"

男解说员笑呵呵地说:"我知道她是你的偶像。"

"她的经历非常值得我去崇拜。"女解说员言语之间都是崇拜,"顾悄然十六岁那年第一次参加世锦赛,用近乎完美的表现,力克正在巅峰期的众多女选手,拿到冠军!自那以后,她持续保持着这样高超的水准,连续拿下了花滑大满贯!"

"她好像是全国第一个拿到满贯的花滑选手。"男解说感慨地补充。

介绍声音结束,在场观众们更加亢奋,他们忘情地呼喊着,嘶吼着,誓要把即将见到传奇选手的激动心情全部发泄出来。

可观众们越是热情,陈东旭的心情就越是沉重,他很清楚,他们现在的实力根本满足不了观众们的期待。

他看向顾悄然。顾悄然神色淡漠地调整着冰刀,仿佛根本听不到外界的声音。

陈东旭心情复杂:"你不担心吗?"

"担心什么?"顾悄然抬头跟陈东旭对视。

陈东旭老实巴交的脸上显出一股子急迫:"当然是担心会让观众们失望啊!"

顾悄然不明所以地反问:"为什么要担心他们会失望?"

陈东旭顿时有一种拳头砸在了棉花上的错觉,刹那间,心里好像闷着一团火,"就是今天的观众都是冲着咱们两个来的,假如咱们两个发挥得不稳定,或者比新人还差,他们肯定觉得今天这个票白买了。"

"哦。"顾悄然的态度仍旧非常冷淡。

尽管陈东旭再好的脾气,也受不了顾悄然,他不满地说:"你能不能考虑一下别人的情绪,不要总是活在自己的世界里。"

顾悄然起身。

陈东旭以为她听到了自己的话,微微有些诧异,难道她真想通了?

顾悄然指了指出口:"轮到咱们出场了。"

陈东旭握紧拳头,过了几秒钟,又无力地松开。

他早该知道的,顾悄然这个人根本听不进去任何人说的话。

两人滑入比赛场中,现场观众恢复安静,大家屏住呼吸,准备欣赏星耀俱乐部最传奇的两个人物带给他们的视觉盛宴。

"啪!"

场上的灯光灭了,只有两束光打在顾悄然和陈东旭的身上。

在光芒的笼罩之中,顾悄然的侧脸美得让人咂舌,她垂眸,将所有的杂念抛诸脑后。《图兰朵》的前奏响起,她舒展着身体,全身心地投入比赛之中。

今天的双人花滑比赛分为短节目和自由滑,其中自由滑的表演时间约有四分钟半,参赛选手需要做的就是用花滑规定动作和步伐编成舞蹈。哪一组配合默契、没有瑕疵且更流畅,哪一组取胜。

繁星似你　月光如我

音乐声渐渐停止。观众们期待的火焰，悄悄被两人糟糕的表演浇灭，大家唏嘘不已，他们简直不敢相信，两个创造了奇迹的人物今天的表现居然这么差……动作失误频频，默契一点没有！简直对不起他们的名号！

陈东旭听到他们的讨论声，脸色逐渐沉了下来。

顾悄然径直从他身边滑到出口，接过教练递过来的保护套，套在冰刀上，找了一个没人的角落坐下。

陈东旭心里郁闷得厉害，狠狠一脚踹在前方的围栏上。

魏子灵一看陈东旭这样，眼珠子一转，有意地嘲讽：“是不是拿了大满贯的选手脸皮都比较厚啊？同样一场比赛，她的男伴没有发挥好气得要死，可是她自己却平静得好像发挥失误的不是她一样。”

顾悄然目视前方，没有回答。

魏子灵正要继续。

周辉不耐烦地呵斥：“是不是非要外人都知道咱们俱乐部里面的人不和，你们才开心。”

魏子灵不甘愿地嘟囔了两声，却也不敢再说什么。

比赛已经结束，接下来就是颁奖，星耀俱乐部的新人余绵绵和她的搭档发挥出色，拿到了季军，由于颁奖还要等上一段时间，所以俱乐部里的众人都在观众席上候着。

晚上六点，天渐渐地暗了下来，唐放回到家中，父母已经准备好了一桌子的饭菜，唐庄和唐乐生也都难得地放下手机，一家人都坐在桌子旁等着他。

见到他回来,宋词显然有些诧异:"今天怎么没跟朋友一块儿过?"

"晚餐想陪着家人一起吃。"唐放看到家里人关切的眼神,突然心虚了,家里人从没有明说,言语之间一直都在暗示,那些朋友不是什么好东西,让他跟那些人保持距离,他一直没听……

如今知道那些人的真面目,他也不好意思跟家里人说。

唐诗感慨地说:"我儿子这是长大了。"

"他可是我们三兄弟里最先找女朋友的。"唐乐生笑呵呵地问:"你打算什么时候跟你那个女朋友结婚?"

唐放表情瞬间僵住。

唐庄斜了唐乐生一眼:"三弟对待感情很认真,根本不用我们担心,倒是你,准备什么时候稳定下来?"

"那大哥你什么时候找女朋友?"

唐庄从容地回答:"再过几年。"

"我到了找女朋友的岁数,肯定也会稳定的。"唐乐生打着哈哈,视线从唐放身上划过,注意到唐放一脸的不自然,"老三,你该不会是跟女朋友分手了吧?"

唐诗跟宋词对视一眼,唐庄也有些意外。

唐放低头,拒绝回答这个问题。

然而他的态度已经算是默认。

唐诗宋词松了口气,唐庄的脸上也难得地挂上笑容。

繁星似你　月光如我

他们一家人都不太喜欢唐放的前女朋友。

唐乐生来了兴趣，他趴在桌子上，身体前倾，"你跟你这个女朋友不是挺恩爱的吗？怎么突然分手了？是你爱上了别人？"

唐放握着筷子用力地戳着碗里的饭。

"那女的主动跟你提分手？"

唐放摇头，"不是。"

"她背着你偷人？"唐乐生随口提道，随即又被自己否认了，他这个傻弟弟人长得白净、斯文，又懂得尊重女性，而且每次一要到零花钱，马上就交给女朋友。他觉得那个女的就算是再傻，也不会放弃这么个有钱还大方的移动钱包。

"咱们能不能不要再继续这个话题了？"唐放不自在地坐直身体，努力地掩饰着自己的尴尬，他看向别处，转移话题："对了，爸妈，大哥二哥，我想跟你们商量一件事。"

看来，应该是被唐乐生猜中了。

四个人你看看我，我看看你，显然都在庆幸唐放甩掉了那个女人。

第04章
跌落神坛

　　唐放长长地吸了一口气："我想让你们给我一个公司，我自己去管理。"

　　他认真地想了好几个小时，最终还是觉得，他如果不靠自己做出一番成绩的话，那不管是谁跟他做朋友都会瞧不起他！

　　唐诗觉得唐放还小，这个要求，可能有点儿过分。

　　不过儿子既然提出了这样的条件，有心学好，他们自然支持："如果你真的有管理公司的打算，那你可以先来公司实习，让老大老二带带你，看你适合哪个行业。"

　　"我不实习！"唐放立场很坚定："我有实力，只要你们愿意

把公司交给我，不出半年，我肯定能把公司的业绩，做得比现在好上几倍！"

宋词温柔地劝告："可是你都不了解公司，你爸让你先适应适应，也是为了你好。"

唐放完全听不进去！

什么为他好？说白了其实就是和他的那些狐朋狗友一样，都不相信他能够一鸣惊人！

唐庄慢悠悠地说："一个公司关系着上下好几百号人的就业问题，根本不可能交给你胡闹。"

唐放好不容易压下去的火气又冒了出来："行！""你们不相信我能够做出一番事业，那我就自己闯出一片天地给你们看！"

说完，唐放气冲冲地离开了家。

宋词正想追出去。

唐乐生拿着手机，啪啪啪地敲着，"妈，你又不是不知道老三是什么人，他也就气一会儿，要不了一两天就回来了。"

唐庄深沉地问："那他会不会跟他前女友复合？"

唐诗大声地说："我不允许！"

"这个嘛……说不准。"唐乐生故意卖关子。

宋词问："有没有什么办法，让小放跟她彻底断了？"

"有。"

其他三人的目光齐刷刷地落在唐乐生身上。

"甩她一张支票，让她离开你儿子。"

宋词剜了他一眼:"你呀你!"

唐乐生开完了玩笑,这才说:"那女的都跟别的男人好了,老三肯定不可能跟她复合的,你们就放心吧,虽然老三这个人的脾气来得快去得也快,但他也有自己的立场。"

"那就好。"

其他三人这才放心。

室外的柏油马路上,唐放用力地踢着地面上的石子,石子哒哒哒地往前滚动着,望着石子,他难得地茫然了。

不知不觉间,他走到了附近的广场,就近找了一个石墩坐下,昂头望着广场中央的大屏幕。

这个大屏幕每天都会随机播放视频,有的时候是老电影,有的时候是动画,有的时候是新闻资讯……

唐放每次心情不好,都喜欢来这个广场放松自己。

今天大屏幕上播放的是花滑比赛。

唐放不由得坐直身体,认真观看起来。

比赛是直播,而且这一场比赛的规模还比较大,现场坐满了人。

容貌娇俏的女孩儿自信登场,她的男伴跟在她的身后,音乐声响起,两个人深情凝视,宛若恋人。

四分半的表演,两个人以接近完美的表现赢来了观众们一阵阵热情的掌声。

看着女孩儿的笑容,唐放突然想起了在他七八岁时被他丢弃的

繁星似你　月光如我

梦想，那时的他看了花滑比赛以后，非常想做一个花滑选手，可当时跟父母说了以后却遭到了强烈的反对。

他最终只能放弃职业梦想，把花滑当成爱好。

屏幕上，女孩儿正在接受采访，记者问她是否有话想跟粉丝说，她脸上的笑容更大，目不转睛地盯着镜头："顾悄然，如果我们两个在同一个比赛场上，你一定会输给我，还会输得很惨！"

她的话，瞬间点燃了唐放心中的火焰，一个女孩可以有如此斗志，为什么他不能？

仅仅因为害怕受伤，而止步不前！

唐放默默地握紧拳头。

他不能再继续这样了，他要改变，他要奋斗！要努力在下一次跟那些人见面的时候，让那些人对他刮目相看！

想到这里，他释然了。

他喜欢花滑，对别的事情完全提不起热情，而想要实现自己的理想，那眼下的他，唯一的选择就是把作为爱好的花滑变成一生的事业，努力坚持，然后争取拿到冠军！

他大步离开广场，在网上搜索了一下关于各个俱乐部的介绍，各方面对比一下，发现星耀俱乐部最近势头正好，最重要的是挑选人的要求也不是那么高，一般的运动员过去都会有几个月的试用期，如果在这几个月内表现突出，就会被录用。

凭借自己极强的柔韧性，唐放决定把星耀俱乐部当成梦想的起点。

他拦下一辆出租车，跟司机说了俱乐部的地址，心情激动得难以平复。

过了半个小时，出租车抵达指定地点。

唐放下了车，正好看到印着星耀俱乐部Logo的车停在俱乐部门前，车门打开，队员们不紧不慢地从车上走下来。

那一群人中，有俊男有靓女……

唐放全部的注意力都被最后出来的那个女孩吸引住了。

她是典型的大美女，细眉桃花眼，鼻梁高挑，嘴唇红润，全部组合在那弧度柔和的脸上，好看得让人移不开眼睛。

"喂，小伙子，你看什么呢？"魏子灵轻佻地跟唐放打招呼，接着瞄了顾悄然一眼，嗤笑道："眼巴巴地看着我们顾悄然，该不会是她的粉丝，暗恋她吧？"

唐放听到她的声音才缓过神，解释道："不是……"

"是也没事儿，我看你穿的衣服都是名牌，家里应该挺有钱的吧？"魏子灵故意嘲讽顾悄然："正好顾悄然现在状态不好，你要是跟她求婚，让她跟你回家做富家太太，她一准儿答应！"

余绵绵尴尬地扯着她的袖子："灵姐，别说了……"

俱乐部里唯一一个向着顾悄然的教练临时有事回家了，旁边的人都是一脸看笑话的表情，根本没有一个人愿意帮顾悄然说话。

魏子灵没好气地拍掉余绵绵的手，余光瞄着顾悄然，话里话外都是针对："你是我们俱乐部的功臣，照理说我应该尊重你，可今天我就是看你不顺眼，就是想刁难你，你说怎么办呢？"

她满心期待地想要看到顾悄然恼羞成怒,但遗憾的是顾悄然仍旧保持着那张面瘫脸,双手插进口袋,径直从她身边走过。

从头到尾,没有回应过魏子灵一声。

魏子灵被无视,怒火更盛。

余绵绵不停地劝道:"灵姐别生气了。"

魏子灵也不想搞得太难堪,只好憋住,转身对着唐放说:"现在你女神走了,赶紧滚回家吧!"

唐放被迫看了一出大戏,脑子都是蒙的,听到魏子灵的话,他连忙地解释:"她不是我女神。"

魏子灵心情转好:"那你的女神是?"

俱乐部里的女选手里,顾悄然的名声最大,其次是她……

唐放站直身体:"我没有女神,这次过来,纯粹是为了加入星耀俱乐部,成为一名花滑运动员。"

魏子灵脸色更黑了,正要说话,一个消瘦的中年教练走上来制止了她,王正利上下打量着唐放,笑着问:"你能坚持吗?"

唐放望着这一张探询的脸,心里直犯怵:"你是谁啊?"

"没见识的玩意儿。"魏子灵小声嘟囔完,便提高了声音:"他是我们俱乐部的副教练!"

唐放眼睛顿时亮了:"报告副教练,我能坚持!"

"好好好!"王正利眼睛笑成了一条缝:"那你跟我过来,其他人先去大厅集合,待会儿咱们开个会。"

魏子灵诧异地问:"副教,不是吧?他这一看就是没有任何职业基础的呀!"

"我有我的想法,你们就先过去等着,我有话要跟这个小伙子说。"王正利摆摆手。

魏子灵虽然心里很不痛快,不过还是听话地过去了。

其他人一看没热闹可看,就乖乖地都去了大厅。

王正利确定周围没人,这才正式打量唐放:"小伙子,看你长得浓眉大眼的,穿得又这么好,应该是个富二代吧?我可先说好,如果你来我们俱乐部只是为了玩玩,那我劝你还是早点儿回去。"

唐放昂头挺胸:"我保证可以坚持到最后!"

王正利满意地点点头:"那行,不过我看你年纪也不小了,注定跟单人无缘,双人的话……你愿意吗?"

"愿意。"

"那你愿不愿意跟顾悄然搭档?"

唐放犹豫了一下,他刚才好像听到过这个名字,是谁来着?想起来了,就是刚刚下车的时候,那个不爱搭理人的美女!

"不愿意?"

唐放挺直腰背:"我很愿意!"

王正利心情顿时舒服了不少,他双手背在身后,大步往大厅里走:"那跟我一起去开会吧。"

第05章
小白初入行

在灯光的照耀下,大厅里亮如白昼。

王正利走到人群前:"这次喊大家过来,是给大家介绍一下新成员。"

他把唐放推到面前:"来,自我介绍一下。"

唐放昂首挺胸:"大家好,我叫唐放,今年18岁。"

"系统训练过吗?"魏子灵张口就问。

唐放被问住了。一直当成是爱好的训练算吗?

"副教练,咱们俱乐部现在也不缺赞助商,你随便拉个没有任何经验的富二代进来,这不合适!"

"合不合适,是我说了算,还是你们说了算?"王正利板着脸，不悦地问。

魏子灵泄气了："你说了算。"

"那就好，你们都记住，这位新来的成员即将是顾悄然的搭档。至于陈东旭的女伴，到时候我会跟你们正教练商量出合适的人选，就这样，散会！"

"可是副教这不好吧？"余绵绵声若蚊蝇。

"哪点儿不好？难道你觉得让顾悄然拖着陈东旭才是最好的？"

余绵绵低着头，不敢再说话。

王正利提高了声音："其他人还有意见吗？没有意见，就散会！"

"顾悄然好像没在这里。"唐放打量了一下四周，"要不然我们问问她的意见？"

这句话刚说完，周围的人看他的眼神都跟看白痴似的。

王正利斩钉截铁地说："她的意见不重要，重要的是我的决定！好了，散会！"

王正利走到陈东旭面前，说："你们宿舍不是还有一个空位吗？就让他睡在你们宿舍里，东西我会让保洁送过去。"

"好。"

解决了顾悄然男伴问题，王正利就去找俱乐部的负责人，跟他们说明了来意后，起先遭到了反对。

毕竟顾悄然是俱乐部的功臣，即使现在状态不佳，只要给她时

间调整，顾悄然的状态肯定能有所好转。

王正利不这么觉得，他拿出准备好的参赛视频，从顾悄然和陈东旭搭档的第一场开始分析，一直分析到今日的表演赛……

负责人们看完了直皱眉头，自从顾悄然改双人滑后，比赛每况愈下，而陈东旭则是完全相反……

如果继续这样发展的话，他们哪怕是再给顾悄然十年时间，顾悄然也不可能再度崛起。

众人商量之后，还是决定忍痛拆组，重新给陈东旭选更好的搭档。

王正利得到了想要的结果，心满意足地离开了会议室。

陈东旭把唐放领进宿舍，指着上铺说："这就是你以后睡觉的地方，你先上去收拾，有什么需要帮助的随时喊我。"

"好，谢谢。"唐放道完谢，顺势看去，只见上铺堆满了杂物。

唐放顿时头都大了，他家里有保姆，平时根本轮不到他收拾，他在外的生存能力基本为零。

但既然决定出来混，那就必须要学着独立生活，于是唐放脱了鞋，爬到上铺，手忙脚乱地开始收拾。

陈东旭看他手忙脚乱地打扫，忍不住笑了："你先下来，我帮你收拾吧。"

"别，我自己学着做！"唐放坚定地说。

"今天太晚了，待会儿他们回来还要睡觉，你这样收拾下去，等到明天都不一定收拾完。这次我帮你收拾,你先学着。"

唐放这才不好意思地下床,见陈东旭利索地爬了上去,他自来熟地问:"旭哥,那个顾悄然是个什么样的人啊?"

陈东旭的手顿了下,在脑海之中搜寻了一个较为中性的词回答:"高冷。"

他将整理好的书递给唐放,先随便找个地方放下。

唐放越想越觉得好奇:"有多高冷?"

"平时别人跟她说话,她都爱答不理的,很傲,不屑于跟别人打交道。反正我跟这样的人聊不来。"陈东旭欣赏顾悄然的实力,却无法赞同顾悄然的为人:"不过她有傲的资本,你既然想当花滑运动员,那应该也关注过花滑比赛吧?"

唐放尴尬地摇头,自从决定把花滑当成爱好,他就再也没敢去关注花滑的消息。

陈东旭怔忡了下:"她应该是史上最有天赋的花滑运动员,这一点在刚加入我们俱乐部的时候就展现出来了,后来参加正式比赛,基本上到手的全部都是冠军。"

唐放奇怪地问:"那俱乐部为什么要让我跟这么有天赋的运动员搭档?"

"可能是觉得顾悄然状态不行了,想要换掉她吧。"陈东旭这会儿反应过来,才觉得不是滋味。

不管怎么说,俱乐部都不应该用这么下作的方式,边缘化一个曾经对俱乐部做过巨大贡献的运动员。

繁星似你　月光如我

"等我明天好好跟副教练说一下,看看能不能让他收回这个决定。"

唐放觉得副教练让顾悄然跟他搭档,应该认为他是个可塑之材,说不定与他搭档后,顾悄然很有可能重回巅峰!

不过唐放也并没有阻止陈东旭,毕竟一切只是他个人的猜测,他想用实力证明一切。

寝室的门被推开,其他成员陆续回来,看到陈东旭在帮唐放收拾东西,大家纷纷打趣。

"旭哥,你都快成我们俱乐部的专属保姆了,每次来新人,都是你负责收拾。"平头男一边说一边帮着收拾放在地上的杂物。

浑身肌肉的男人怀念地说:"是啊,我刚过来的时候还有些怕生,多亏了旭哥过来关心我,让我感受到了家的温暖,不然我还真不一定能坚持到现在。"

男寝室里气氛融洽,女寝室却完全相反。

魏子灵不怀好意地看着上铺的顾悄然,笑着冲她打招呼:"嘿,顾悄然,你知不知道副教要给你换男伴了?"

顾悄然把本子放在腿上,正在认真地写今天的日记,闻言她没太意外,只是淡淡地开口:"不知道。"

"给你换的男伴可是没有任何经验的新人哦。"

顾悄然画句号的手微微一顿,接着把句号补充完整,淡淡回应:"哦。"

魏子灵没有看到顾悄然恼羞成怒,心里非常不爽:"哼,我倒要看看你明天还能不能这么平静!"

"灵姐,到你啦!"余绵绵从洗手间里出来,察觉到气氛不对,她奇怪地问:"发生了什么事情吗?"

"没发生什么,就是顾悄然很高兴换了男伴而已。"

"高兴?"余绵绵愣住了,扭头看顾悄然,却发现她已经睡着了,便疑惑地问:"然姐什么时候高兴过了?"

然而,没有人回答她。

第二天早上,天刚亮,王正利就已站在大厅里,想到昨天俱乐部的负责人给他的承诺,他就高兴得合不拢嘴,等到周辉来到现场,他立马迎了上去:"老周!"

周辉打量着四周:"他们怎么还没过来集合?"

"通知他们晚点集合。"王正利一脸严肃地说:"正好腾出点儿时间,咱们好好聊聊。"

周辉一看到王正利这表情,心里七上八下的:"你想聊什么?"

"昨天我们俱乐部里来了一个新的成员,我决定把他配给顾悄然当男伴。"王正利知道这事儿瞒不住,也不打算隐瞒:"所以我想跟你商量一下,看看把谁换给陈东旭,当他的女伴。"

"你先别急!"周辉戒备地问:"新成员以前是哪个俱乐部的?详细资料有吗?我想看看。"

王正利就知道周辉没有那么好糊弄:"以前没有俱乐部,是个自由人。"

周辉恼了："自由人根本就不专业，你把他换给顾悄然，这不是明摆着想让顾悄然退役吗？我跟你说，我不同意！"

"你也不能一听说对方是个自由人，就想当然地觉得这个人没实力！"王正利有负责人的支持，这会儿根本不虚。

周辉气急反笑："那行，你告诉我这个人什么水平？"

王正利被问住了，好半天才含糊不清地回答："努力努力也有可能是将来的冠军。"

"王正利！"周辉提高了声音："你根本不了解这个人，甚至不知道这个人的水平，就直接让他做顾悄然的搭档，你知不知道这是一种对运动员不负责任的表现？"

王正利见话都说到这个份儿上了，也干脆跟他摊开了说："我对她负责，那谁来对陈东旭负责，谁来对俱乐部负责？"

第06章
争执不断

  他加重了语气："周辉，你现在好歹是个中年人，你应该知道俱乐部想要运营下去，靠的是金牌！现在陈东旭状态不错，有可能夺冠，那我就拿整个俱乐部的资源，帮他拿到冠军，难道这也有错吗？"

  "没错。"周辉也知道一切要为大局考虑："但是我们不能为了冠军，就拿别的运动员的前途开玩笑！"

  "顾悄然的前途是前途，陈东旭的前途就不是吗？"王正利的意见正好跟他相反："我们已经给了她半年的时间，可她呢？表现依然不好，给她配个新人，让她磨合一段时间。如果磨合不利就让她滚蛋，磨合顺利就继续参赛，这已经足够仁慈了！"

周辉问："那你有没有想过这个新手什么都不会？"

"那也是顾悄然自己的造化，实在不愿意，她可以跳槽！"王正利决定要做的事情谁也无法改变："如果我是她，对俱乐部毫无贡献，早就收拾收拾滚蛋了。"

周辉不自在地说："你先闭嘴！"

周辉示意他往后看。

王正利回头，正好看到顾悄然走进来，他跟周辉的争吵声很大，顾悄然却好像没有听见似的，径直坐在板凳上。

王正利突然意识到自己的话说得有点过分，正准备说两句缓解气氛。

其他队员已经纷纷抵达现场。

王正利咽下了道歉的话，等到队员到齐，他大声说："集合！"

队员们听到口令迅速站好。

顾悄然走到女生末位处，站定。

王正利说："由于最近双人花滑成绩下降得厉害，为了提高双人花滑成绩，我和其他负责人商量了一下，决定拆组，让顾悄然和新来的唐放搭档。至于陈东旭的女伴，我们暂时还没有想好，所以我们会考虑从其他俱乐部引进。"

"副教，我有异议。"陈东旭站出来。

"你不愿意跟顾悄然拆组？"

"我只是觉得，让顾悄然跟一个没有任何经验的选手搭档……"陈东旭想了想,还是决定挺直腰背:"不妥。"

"正好她现在的状态也不好,让她跟新人一起努力,也许她能够进步得快一些!今天要说的就这样,大家训练吧!"

队员们向顾悄然投去同情的目光。

顾悄然见陈东旭转身往休息室的方向走,迅速追上去,挡在他的面前,张口,却不知道要怎么说。

陈东旭憨厚地说:"副教练做得不对,我会想办法跟……"

"不是。"顾悄然打断他的话:"谢谢你替我说话。"

陈东旭还来不及反应顾悄然说的话是什么意思,顾悄然已经转身离开了。

唐放见两人说完话,立马追上顾悄然:"咱们两个今天主要训练什么?"

顾悄然站住,认真地打量着她的新男伴,她蹙着眉头问:"你有基础吗?"

唐放想都不想地回答:"有!"

"行,那去滑个我看看。"顾悄然抬着下巴,示意他去冰场。

教练提及让她换搭档,她并未提出反对意见,当然这并不是因为她觉得这个决定有多么合理,而是因为她知道她现在并没有说话的立场。

花滑俱乐部竞争非常激烈,拿到冠军,俱乐部的关注度也会变高,而赞助商赞助他们也会得到相应的关注,赞助也就得到了回报;而长期拿不到奖项的俱乐部,没有了关注度,也会失去赞助商的青睐，这样就会直接导致俱乐部没有足够的资金维持开销，那么迎接俱乐部的就只有……倒闭。

所以大部分的俱乐部为了维持运营都愿意花重金去挖巅峰选手，让巅峰期的选手为他们赢得冠军，利用冠军的荣耀吸引赞助商赞助他们，从而让俱乐部发展更好。

在这种竞争模式之下，跌入谷底的运动员要么被淘汰去其他俱乐部，要么退役。

她知道自己的状态不好，要想改变现状，那她就必须要在最短的时间内，回归巅峰，拿到冠军，否则迎接她的就只有退役。

可她不想。

她的梦想还没有实现。

顾悄然垂睐，现在俱乐部里的负责人已经动了让她退役的想法，留给她的时间……不多了。

唐放等了半天，见顾悄然没有继续往下说的打算，他才迟疑着开口："没有冰鞋也可以滑？"

经过提醒，顾悄然才想起这一点，她转身往外走："过来，我带你去器材室去挑选一双合脚的鞋。"

"好。"

两人离开大厅，路上唐放想问顾悄然几个问题，可看到顾悄然一脸不想说话的表情，只好忍住了。

她果然很……高冷啊。

两人走着走着，耳边响起细微的谈论声。

"教练，你觉得我跟陈东旭组搭档怎么样？"魏子灵压低了声音问。

"不怎么样。"王正利回答得很坚决。

"反正现在也不好给陈东旭找搭档，还不如让陈东旭跟我先搭。"

"你实力不行，单人就一直没拿到奖牌，双人更是鲜少拼进前十……"

魏子灵一听王正利这么说，急了："我那是被我的搭档拖累的，你们又不是不知道，我这个男伴力气小得要死！"

王正利不为所动。

"副队，你给我个机会，要是我跟陈东旭搭档不行的话，那随便你们怎么处置我，你看成吗？"

"现在顾悄然已经有队友了。"王正利严肃地开口："如果你要跟陈东旭搭档，那你的男伴就只有退役这一个选择。"

魏子灵想都不想地说："优胜劣汰就是俱乐部的生存规则！"

王正利好笑地说："我跟你说这么多，不是为了听你说这些大道理，而是为了让你知道，你的男伴退役，你再跟陈东旭磨合不顺利，迎接你的也只有退役这一条路。所以我请你先想好，再做决定。"

魏子灵可不想错过这么好的机会："退役就退役！"

王正利："那行。晚上我跟大家说一声。"

魏子灵高兴地道谢："谢谢教练。"

繁星似你　月光如我

走廊的拐角处，唐放正听得入神，顾悄然站到他的面前，双手环胸，冷冷地问："怎么不走了？"

"啊？"唐放缓过神来，不自在地解释："我刚才……"

"跟上。"

"好。"唐放急忙追上。

一路走到器材室，顾悄然让唐放在这里等着，接着去找管理员说明来意后，管理员将钥匙交给她，来到器材室，顾悄然让唐放挑一双适合的冰鞋。

这里面的冰鞋样式很多，一部分是为新人准备的，一部分备不时之需。

唐放走进去。

一排排架子上面摆放的都是崭新的冰鞋，冰鞋的冰刀都亮到反光。

唐放只感觉自己好像来到了梦境中的天堂，尚来不及感慨，就听到身后女人催促的声音。

"快挑。"顾悄然靠在门口的栏杆上，神色平静地盯着唐放。

唐放随意地看着："你进到器材室，看到这么多双冰鞋，难道不会感觉浑身的血都燃烧了吗？"

顾悄然毫不犹豫地回答："不会。"

"看到专业器材都不会激动，那就证明你不是真的爱花滑。"唐放搬出了自己的那一套理论："一般真爱花滑的人，看到专业器材，都会走不动路。"

顾悄然只是盯着唐放，没有说话。

唐放被她盯得浑身发毛："大……大姐，你的眼神能不能和善一点？"

"不想被赶出俱乐部，那就赶紧挑一双合脚的，下场让我看看你的真实水准。"顾悄然一字一顿地陈述。

唐放见她表情认真，不像是在开玩笑，只好乖乖闭嘴，在架子上找到他的鞋码试穿。

顾悄然等他换好了鞋走出来，便大步流星地领着唐放抵达冰场。

队员们都在冰场训练，一看两人走来，纷纷停住，准备看热闹。

熟悉顾悄然的人都知道她的脾气很怪，平时高冷，不爱搭理人，但是谁要是触犯到了她的底线，那她发起脾气来，也是丝毫不给人留情面。

不知道这个富二代能不能受得了。

顾悄然站在入口，看都不看唐放："进去。"

第07章
闪亮登场

唐放换上冰鞋,站起来,只感觉自己一下子增高了好几厘米,慢慢勾起唇角。穿上冰鞋,滑进冰场,现在这里就是他的主舞台!

冰刀落在冰场上。

唐放闭着眼睛,感受着周围的一切,然后滑入冰场。

他的技术在业余爱好者看来,或许还不错,但还远远达不到职业运动员的水准。

所有人都看向顾悄然。然而顾悄然却什么都没有说,径直离开冰场,她看到周辉和王正利都在门口,冲两个人打了声招呼,接着头也不回地离开了俱乐部。

王正利看完唐放的表现,有说不出的内疚:"你说我的这个决定,是不是太没有人情味儿了?"

"你不是只讲冠军,不讲人情吗?"周辉也很不是滋味。

周辉叹气:"木已成舟,如果你真内疚,就赶紧把新来的这个小伙子训练出来。"

两人并肩走到教练席的位置,观察着运动员们的状态。

陈东旭滑到唐放的面前,见唐放还在因为刚才没发挥好而自责,"你不用自责,反正就算不是你,他们也会找来其他人跟顾悄然搭档。"

"是吗?"唐放不相信。

"嗯。"陈东旭开始鼓励他:"其实二十岁才开始成为职业运动员,一年之内拿到冠军的人也有,但是少之又少,到现在为止,只有一个。不过我相信,只要你付出足够努力,肯定也能做到。"

"真的?"唐放一改之前的颓丧,松开陈东旭的手说:"我去训练,争取等顾悄然回来以后,让顾悄然看到我的进步!"

陈东旭见状,这才放心继续训练。

俱乐部终于恢复了往日的训练氛围。

起风了,清风带着阵阵香味。

顾悄然推开花店的门,来到正在修剪花枝、气质温婉的女人面前,蹲下,"学姐。"

"不高兴?"任平平看了她一眼,将修剪好的花插入花瓶之中。

顾悄然闷闷地回答:"嗯。"

任平平好笑地问:"非要我问,你才肯告诉我,你为什么不高兴吗?"

"也不是,就是我想问一下,你当初是怎么跟陈东旭前辈磨合的?"顾悄然很是茫然:"我跟他在一起都磨合半年了,一点儿进展都没有,所以我在想我跟他训练的方式是不是出了什么问题。"

"也不是,我觉得你们两个磨合不顺的主要原因可能是你们两个都不适合对方。"任平平手上的动作没有丝毫停顿:"陈东旭人老实,力气大,抛跳的时候用尽了力气,根本不顾及女伴。我当时也是全靠硬撑,所以参加了几届比赛之后,就落了一身的伤病。"

顾悄然单手托着脸:"俱乐部要给我换男伴,但却是一个非常业余的男人。"

任平平递给顾悄然一枝玫瑰:"尝试一下,也许你跟这个什么都不会的新手会摩擦出不一样的火花。"

"可是我担心……"

任平平打断道:"就算你不换男伴,也未必能有突破。"

那不如利用这个机会拼一把。

这个念头一直停留在顾悄然的脑海之中。调整好状态后,顾悄然再次站在俱乐部门口,深呼一口气。

不管了,拼了!如果唐放有毅力,愿意训练,那她就跟他磨合直到登顶!万一不行……就退役!

顾悄然走进训练场,意外地发现现场气氛非常凝重,来到了唐放面前,问道:"发生了什么事?"

第08章
无奈退役

"副教宣布陈东旭和魏子灵搭档,她原来的男伴只能退役。"唐放刚过来就见到这样的情景,心里有些压抑。

虽然他才刚来,跟肌肉男没有那么深的感情,可是那个肌肉男在听到这个消息后一下子崩溃的样子,还是深深地扎进了他的心里。

直到这一刻他才突然意识到这一行的竞争到底有多大。

队员们围成了一个圈,肌肉男就在里面,又是哭又是喊。

"我不想退役!"肌肉男知道结果他已经没有办法更改,可他控制不了自己的情绪:"我还没有拿到冠军,我还没有实现我的梦想,我这么退役了的话,那我以后要怎么办啊?"

这里的运动员,都是在很小的时候就加入俱乐部,开始封闭训练，而他们的生活也彻底跟外界隔开。

只有放假的时候，他们才有时间回家。

如今要退役，那就意味着要在社会上打拼，重新融入外面的世界。

没有奖金的支撑，夹杂着对外界的惶恐，肌肉男的心一点一点被吞噬。

陈东旭拍着他的肩膀安抚道："早出去早适应。"

其他人从悲伤的氛围之中缓过来，也纷纷劝道："说不定你出去以后能混得比我们都好呢。"

"喂，你好歹也是个大老爷们儿，遇到事情就只会哭。"魏子灵突然开口说了一句。

"你还有脸说我？"肌肉男终于找到了发泄点："要不是你非要换男伴，我至于这么早退役吗？"

"这你也不能全怪我。"魏子灵轻飘飘地回应："自从咱们两个搭档到现在，最好的成绩也就是第三名，要是我不利用这个机会跳出去，那咱们两个都只能灰溜溜地退役。而且，最重要的一点是你已经快到了退役的年纪，而我还有几年。"

肌肉男盯着魏子灵，半晌没有说出一句话。

空气像是被凝结住了一般。

他们都不知道应该说什么。

唐放用肩膀碰了碰身边的女人："好歹也是一块儿共事到现在的人，你不过去安慰他一下？"

顾悄然冷漠地应答:"嗯,不去。"

陈东旭一看气氛这么僵硬,连忙拉过肌肉男,开口活跃气氛:"事情到了这个地步,我们也都改变不了什么,所以晚上大家一块儿吃个饭,当是替你送行。"

肌肉男艰难地张口,那一个字犹如千金之重,最终出口:"好。"

不愿意接受,也不敢面对的事情,就这么画上了句号。

肌肉男整个人就像是个泄了气的皮球,耷拉着肩膀,无精打采地往外走。

吃了这顿饭,他就不再是这个俱乐部的成员了……

晚上八点,天黑漆漆的。

训练结束后,俱乐部里的成员们聚在一起,来到附近的烧烤摊,点上了烧烤,男人要的都是啤酒,女人要的都是饮料。

等待烧烤的过程中,肌肉男一句话也不说,就那么闷闷地喝了一瓶又一瓶的啤酒。

陈东旭看他这么喝,很不是滋味,打开一瓶酒打算作陪,刚送到嘴边就被肌肉男抢走了。

"你们明天还要训练,喝酒的话,会影响你们明天的状态。"

"阿强。"陈东旭止不住地叹息。

肌肉男这会儿反倒没有那么难受了:"就是副教刚通知我那会儿,我痛苦得厉害,现在……释然了。"阿强扯出一抹笑容。

陈东旭又开了一瓶:"我就陪你喝这一瓶。"

"还是我旭哥痛快!"

瓶子碰撞发出叮叮咚咚的声响。

一行人喝了一个多小时,才算结束,到了最后大家都醉了。

肌肉男端着酒杯朝顾悄然示意,"其实咱们俱乐部里最惨的人就是你,虽然你拿了冠军,创造了一个又一个新的纪录,凭着一己之力将一个三线俱乐部拉到一线,但就因为你状态下滑,俱乐部便毫不犹豫地抛弃你!我们真是同病相怜,来干一杯。"

顾悄然跟他碰了一下杯,大口喝完。

肌肉男喝完放下杯子:"回去吧。"

一行人浩浩荡荡地走了。

陈东旭过去结账,老板告知他账已经结了,他急忙追问:"谁结的?"

"第一次是单独坐在旁边的那个女孩儿,她把账全部结清楚了,还没十分钟她旁边的那个男的也来了,你是第三个。不过说真的,你们这些人还真有意思。"

陈东旭收回钱包,追了上去。

抵达俱乐部门口,他正要喊住顾悄然,却听到顾悄然喊唐放。

唐放转身看着顾悄然,笑得跟个小太阳似的:"有事儿吗?"

"过来。"顾悄然双手插在口袋里往马路的方向走。

今天喝了很多水,又吹了冷风,现在她的脑袋清醒得要命。

顾悄然想趁着这个机会,跟唐放说清楚。

唐放小跑着追上顾悄然："怎么？"

顾悄然一边走一边说着："你想不想拿冠军？"

唐放没想到顾悄然问的是这个问题，愣住，不过很快，他就反应过来回答："想！"

"既然想，那我们就一起努力。"顾悄然严肃地说："明天早上咱们开始训练，你要是敢有一丝一毫的懈怠，或者是准备半途而废……"

唐放问："怎么？"

顾悄然威胁道："我一定不会放过你！"

唐放扑哧一声笑出声来，这样的威胁，根本没有丝毫的力度。见顾悄然充满杀伤力的眼神扫了过来，他立马保证："你放心，决定加入这一行，我就已经做好了要吃苦的准备！"

"那就好。"顾悄然调转方向："回去吧。"

唐放心里说不出来的高兴。

被女朋友甩了的郁闷心情，在一点点地消散。

过了今天，他就是个要为梦想奋斗终生的男人！

俱乐部的休息室中。

一群人聚在一起看双人自由滑决赛直播。

顾悄然和唐放走进来，大家不约而同地看了过去。

直播的画面正好是戚成雪的镜头，而戚成雪跟顾悄然又是出了名的不和。

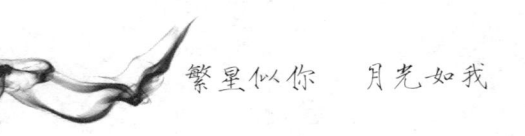

余绵绵不自在地站起来:"然姐,前辈……"

"坐吧。"顾悄然板着个小板凳,坐在最后面。

唐放坐在陈东旭的旁边。

屏幕之中,戚成雪和她男伴自由滑已经结束,按惯例在采访之前出了结果,两人只丢了几分。

戚成雪显然对这个结果十分满意,采访的过程之中,她一直都是笑眯眯的。

记者问她:"感觉这一次发挥得怎么样?"

戚成雪想都不想地说:"失误了,不然的话,我们说不定能拿到满分。"

记者声音里带着满满的笑意:"那有什么话想跟电视机前的观众们说?"

戚成雪直直地看着镜头:"顾悄然,如果你有看到这一场比赛的话,那就给我打起十二分的斗志,赶紧闯到决赛中来!我在决赛场等你。"

记者笑着说:"好像每一次比赛结束后的采访,你都要提到顾悄然。"

"没办法,除了顾悄然以外,其他的选手都太弱了,我随便发挥都能压她们一头!"戚成雪微微抬着下巴:"只有顾悄然,能让我产生危机意识,所以我想当着全国人民的面打败顾悄然!"

戚成雪说完,俱乐部里的众人纷纷回头。

顾悄然手捧着保温杯,神色淡淡,完全不受影响。

"看到曾经被你踩在脚底下的女人,如今比你好上千倍万倍,你的心情怎么样啊?"魏子灵看不惯顾悄然这副冷淡的态度,故意给她找不痛快:"毕竟人家能够参加顶级赛事,而你却只能参加俱乐部举行的小比赛骗粉。"

陈东旭的脸一下子黑了。

魏子灵就想看到顾悄然恼羞成怒的样子,所以越说越起劲:"结果靠关系走到最后,发挥得也不好。"

陈东旭忍不住说道:"你就不能少说两句?"

"我为什么要少说啊?"魏子灵丝毫不觉得自己有错,不过察觉到陈东旭的表情,她脸色一僵,这才反应过来,陈东旭也是在比赛中发挥失误的人。

脸上得意的笑容瞬间僵住,她窘迫地解释:"你发挥失误,主要是因为顾悄然拖你后腿,要是没有顾悄然的话,你肯定能站到决赛的现场,说不定还能跟戚成雪争夺冠军!"

"别拍马屁,我不爱听。"

陈东旭把椅子放到墙边摆好,生气地说:"咱们都是同一个俱乐部的人,平时你总针对顾悄然,处处看她不顺眼的时候,有没有想过,如果不是顾悄然拿到冠军,现在我们在哪里?还是你不记得前几年的时候,咱们俱乐部已经快支撑不下去了,是顾悄然连续夺冠,让俱乐部得到了更多的关注,赞助商注入资金,才让咱们俱乐部越变越好,有了今天的地位。"

俱乐部一旦解散,其他俱乐部肯定只吸收成绩好的、状态好的成员，像是魏子灵这种成绩不上不下的，根本不会有俱乐部愿意接纳。

可是魏子灵却偏偏没有自觉，甚至多次在公开场合讽刺顾悄然。

第09章
理想和现实的偏差

陈东旭走之前丢下一句话:"下次再说顾悄然之前,你们自己都先好好想想,有没有那个资格说她。"

魏子灵明里暗里讽刺顾悄然这么久,还是第一次有人正面反驳她,她脸色青得厉害:"你干吗这么替她说话?"

陈东旭用力地带上门,离开。

魏子灵在他走之后,小声地嘲讽道:"喜欢顾悄然,不敢说出来,就用这种方式维护人家,还真够怂的。"

"大姐。"唐放看不惯魏子灵的做法,"顾悄然都懒得搭理你,你还天天追在人家屁股后头讽刺她,有意思吗?"

"有没有意思关你屁事?不要以为我说顾悄然,没说你!"魏子灵口不择言:"顾悄然只是这段时间状态不佳,努力努力说不定还

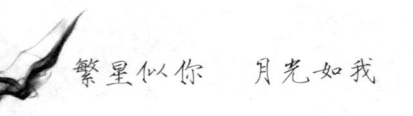

能恢复，但你呢？一个二十岁的新人，还妄想通过努力，拿到冠军？别搞笑了！我看啊，顾悄然要是真心想拿到冠军，第一个甩掉的人就应该是你这块儿绊脚石！"

唐放脸色铁青一片。

顾悄然听到这里，漫不经心地站出来说："我状态不好，他是新手，正好我们一起努力。这样将来能夺冠，算是我们幸运，拿不了冠军，我也怪不得任何人。"

魏子灵脑子里的火瞬间熄灭，她看向顾悄然。

顾悄然却看着唐放说："早点休息，明早起床还要训练。"

唐放蔫蔫地站起来，走到拐角处，他犹豫着说："我觉得魏子灵说得很对。"

"所以呢？"顾悄然头都没回。

唐放垂头丧气："你看，别人训练最少也有五年，而我只是最近才开始练习，如果真的在几年内超过他们，那也不太可能……"

大厅外面，月亮高高地悬挂在空中。

清幽的光芒洒落一地。

顾悄然的声音，就跟这月光一样，冷静而内敛："还没有尝试就先打退堂鼓？"

"不是……"

"那你就拼了命地去尝试，"顾悄然打断他的话，"能不能创造奇迹，主要看当事人，够不够努力。"

她直视着唐放的眼睛："我们起步晚，状态差，那我们就比别人更加努力。"

唐放问:"可这样真的行吗?"

"试试看。"顾悄然并没有给唐放绝对的答案,而是选择了一个较为婉转的方式:"不去尝试,不付出,肯定不会成功。"

唐放站在原地,远远地望着顾悄然的背影,半晌,缓缓一笑。

也是。

他是刚入这一行的新人,就应该拿出初生牛犊不怕虎的架势来,而不是还没有努力,就畏首畏尾的。

一天内发生了太多的事情,唐放一沾床,精神就放松了。

闭上眼睛就睡着了,一夜无梦,唐放睁开双眼的时候,天已经亮了。

他坐起来,训练摔得太多,浑身疼得像是要散架似的,唐放紧咬着牙齿,强撑着翻身下床。

周围的人都还没有醒,他进了洗手间,恨不得趴在洗手池上。

身上太疼了。

唐放洗漱完毕,磨磨蹭蹭地换上一双鞋,离开寝室。

他想去跟顾悄然请个假……

刚下楼,铃声响起,他坐在冰场外面的椅子上,努力地调整一个姿势,企图让自己舒服一点。

"啪!"

很重的一个声响,唐放下意识地看向声源处,一个身材纤细的女孩儿利落地从地上爬起,绕着外圈滑了半圈,跳起。

繁星似你　月光如我

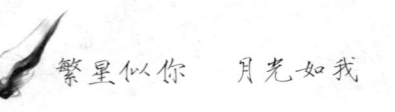

标准的后外点冰三周跳。

动作完成得很稳。

可顾悄然紧紧皱着的眉头并没有松开，落地后，再度跃起，竟然是后外点冰三周跳接点冰三周跳！

唐放眼睛都看直了。

他小时候很喜欢花滑，这些专业动作的名称，他全部了然于胸。

看到顾悄然做这些动作，脑子里自动浮出了专业名词。

唐放从没有看过完成度这么高的外点冰三周接点冰三周，登时，再也顾不上身上的疼痛，站起来鼓掌。

顾悄然根本没有给他回应，而是继续滑冰。

唐放不禁有些疑惑，动作都已经这么成功了，她为什么还不满意？

正在他思考间，顾悄然再度跃起，在空中连续旋转三周。

唐放以为顾悄然会落地再接三周，然而顾悄然并没有急着落下，而是在空中尝试将三周跳改为四周跳。

"啪！"

顾悄然四周跳失败，身体狠狠地跌倒在地上，她好似根本察觉不到疼痛似的，迅速起来，继续尝试着。

滑行，跳跃，摔倒，爬起，滑行……

如此反复着。

唐放深深地被顾悄然打动了，一个曾经创造了无数奇迹的冠军尚且这么努力，那毫无基础的他凭什么站在顾悄然的身边？

他转身，走出冰场，来到休息室，从里面拿出自己的冰鞋换上，长长地吐了一口气。

现在所有人都看不起顾悄然，更不相信他，而顾悄然正憋着一股劲想要证明自己，相信要不了多久，顾悄然就能够达到巅峰期的状态。

他不想等到顾悄然达到巅峰状态了，而他却处处拖着后腿，让顾悄然无法实现梦想。

唐放滑入冰场。

顾悄然愿意让他当她的男伴，这是信任他，他不想辜负顾悄然的信任。

经过一天的训练，唐放明显比以前进步很多，但转弯却是他的弱项，滑到拐角处，他脑子一片空白。

"拐弯。"

顾悄然提醒。

唐放眼看要撞上，吓得闭上双眼，他惶恐地说："我不会！"

顾悄然拉住他的手腕："睁开眼睛，看着我……"

唐放把眼睛睁开意外地发现他们居然已经连续过了两个弯，惶恐的心终于平静下来，他这才注意到顾悄然正在看着他。

近距离看顾悄然，他发现顾悄然的皮肤很好，即使没有化妆，脸上也看不到的毛孔，白里透红，显得非常健康。

顾悄然见他终于舍得睁开眼睛了，好笑地说："真怂。"

第10章
重拾信心

第一次看到她笑，唐放有些失神，她笑起来的样子好像比他见过的女生都要好看。

"别看我，专心训练。"顾悄然冷声提醒："你先在旁边看着，我给你示范一下接续步和转体。"

唐放点头。

顾悄然一边示范，一边介绍："接续步的种类分为三种：直线接续步、圆形接续步和蛇形接续步。而接续步又是由转体、步法、小跳和变刃组成的。"

选手在接续步中可以选用的转体动作又包括转三、括弧步、内勾和外勾、莫霍克步、乔克肖步和捻转步。

其他可以加入接续步用作衔接的动作包括大一字步和拖刀。大一字步和鲍步类似，区别在于鲍步单膝弯曲，并通常有下腰动作。Hydroblading则是指用刃极深的花型动作，选手身体尽可能放低接近地面，几近水平。

燕式步是指选手使用一侧刀刃在冰上滑行，燕式接续步是指顺序完成的一套包含一种或多种燕式姿态及用刃的动作。

燕式接续步是女子单人滑和双人滑的必选动作。

讲解示范结束。

顾悄然滑到唐放的面前："记住多少？"

唐放窘迫地挠挠头："就一两个动作……"

"那你今天就先练习这两个动作，等到什么时候把这两个动作练好了，我再教你别的。"顾悄然说着，滑向另外一个方向，接着自顾自地训练起来。

唐放调整好自己的心情，按照顾悄然教的动作训练。

顾悄然做接续步的时候动作十分简单，可唐放在练习的过程中却发现他始终做不到像顾悄然那么得心应手。

第一次做转三的动作，就笨手笨脚地摔倒在冰上！

唐放没有马上爬起来，而是躺在地上看天花板。

昨天摔了一整天，身体本来就疼得厉害，今天又摔，他难受得都不敢起身。

"怎么不练了？"顾悄然滑到他面前，望着唐放。

唐放委屈地说："浑身疼。"

"一开始都这样，等过几天习惯就好了。"顾悄然没有指责唐放的意思："不过你最好提前做好心理准备。"

唐放不明所以地问："为什么？"

顾悄然淡淡地说："因为这一行就是在摔中成长的。"

唐放咽了咽口水，还没有来得及思考顾悄然说的话，她就已经消失了。

不到一分钟，顾悄然就摔倒了，身体砸在冰上，发出闷闷的声音。

唐放扭头看过去，顾悄然已经爬起来了，她的侧脸很精致。

"你到冰场来，就是为了睡觉？"

是陈东旭的声音。

唐放坐起来："刚开始训练，身体吃不消。"

"难免，"陈东旭表示理解，"咱们俱乐部里，第一天过来训练累得要死，第二天还能坚持起来训练的，也就只有你和顾悄然了。"

"不过你总说顾悄然是个天才，很有花滑天赋，可我怎么看不出来？"

他能够看出来的是顾悄然确实比普通的队员努力。

唐放由衷地觉得，即便是一点天赋都没有的人，像是顾悄然这么用功，也能达到顾悄然现在的高度。

"这么跟你说吧。"陈东旭靠在围栏上："像是我们这一拨成员加入俱乐部的那天，教练才刚刚退役没多久，就跟我们示范了一下所有的接续步和转体。"

"顾悄然刚才也给我示范过。"

陈东旭重新给唐放演示了一遍,结束后问唐放:"她刚才让你看的是不是这些?"

唐放点头问:"不对吗?"

"你记住了多少?"陈东旭随口问道。

唐放吸了吸鼻子:"两个动作。"

"这已经算不错了,当时教练给我们示范,我们有的人连一个动作都没有记住,全是靠后来练的。"

"那顾悄然呢?"

"全部。"陈东旭十分羡慕顾悄然的天赋:"她就是那种,在人情世故方面什么都不懂,但是在花滑方面,又过目不忘,看一眼就能记住精髓的人。"

唐放问:"既然这么厉害,那她为什么还要这么努力地去训练?"

"这个问题,你需要问她。"陈东旭从不喜欢揣测别人的想法:"不过据我观察,她应该非常追求完美,从她参赛到现在,除了一两场比赛有伤病在身,导致动作发挥失误之外,其他比赛几乎都没有失过分。"

唐放诧异地问:"这不太可能吧?"

陈东旭瞥了他一眼:"没什么不可能的。"

只是当初状态好,起点高,如今一下子跌落谷底,顾悄然的心理压力一定很大。

陈东旭在提出拆组以后,就一直在担心顾悄然会记恨他,可是他没有想到对自己要求那么高,那么渴望得到冠军的女人,居然平心静气地跟他说了理解。

说实话,当时他觉得他好像不太认识顾悄然了。

陈东旭想了想,又说:"天才就是这么任性,不过最近这几年的花滑天才好像有很多,蓝阳俱乐部里的戚成雪也是,她跟顾悄然差不多,都是很多动作一学就会。只不过在训练方面,她跟顾悄然完全是两个极端,顾悄然整天埋头训练,她呢,完全相反,特别不爱训练。"

而顾悄然则是通过高度自律的训练,让身体能够听大脑的指挥,从而将每一个动作都做到毫无瑕疵的地步。

高要求和天赋双管齐下,创造的就是一个又一个常人所不能达到的奇迹。

那她可以跟顾悄然争夺冠军吧?

这个在训练场之中,总是狼狈跌倒的女人,真的是众人口中,高不可攀的神?

陈东旭摇头:"有天赋却不努力,基本只吃状态饭,状态好了就发挥得好一些,状态不行那就完蛋。"

唐放仍旧是心存侥幸:"那他们两个状态都在巅峰,谁赢谁输?"

陈东旭毫不犹豫地回答:"顾悄然。"

"旭哥……"唐放吞吞吐吐地问:"你是不是顾悄然的'脑残粉'?"

"不是!"陈东旭满头黑线,这熊孩子,怎么就是不相信?

陈东旭无奈地说:"不相信的话,你可以去搜索顾悄然,顺便再去搜搜戚成雪。"

唐放拿出手机,搜索顾悄然。

搜索页面第一条显示的是"上天创造的奇迹——顾悄然"。

这个结果是顾悄然的专访,他没点进去看,而是直接点了排名第二的。

一连串的比赛,后面跟的荣誉奖项都是冠军。

没有一个亚军。

一直到她转双人。

唐放又去搜索戚成雪,结果排在第一位的专访跟顾悄然的显然是同一个记者写出来的,标题是"慵懒的天才——戚成雪。"

他不喜欢看选手自吹,于是点开了戚成雪其他的网页,是她的粉丝帮她统计奖杯的,在这里他发现了一件非常有趣的事情。

只要是有顾悄然参加的比赛,戚成雪最好的成绩基本上都是亚军……

唐放看完这些,好像有什么东西在心中生根发芽。

基本上只要是跟顾悄然有关的内容,全都在夸顾悄然——长得漂亮、专业能力顶尖、努力和低调。

看到最后实在是没什么新意,唐放就点开了排名第一的专访,

繁星似你　月光如我

这个专访是在一年前出的,那会儿顾悄然正在巅峰期。

他本想着顾悄然会像现在一样高冷,可是采访之中,顾悄然的回答非常谦逊和随和。

唐放看得心情沉重,那是一种无法言说的感觉。

之前顾悄然在粉丝的眼中可以说是神一般的存在,可是他们眼中的神,如今状态却一落千丈……

那些曾经爱过顾悄然,把她当成偶像的粉丝,一路追过来肯定会对顾悄然失望。

当时多崇拜,现在他们就会对她有多失望。

唐放甚至可以预料到要不了多久,就会有人在网上黑顾悄然。

第11章
"好友"道歉

"愣着干什么？"顾悄然滑到唐放身边："走，出去吃早餐。"

"顾悄然，如果有粉丝骂你……"

"骂就骂呗。"顾悄然套上保护套，朝休息室的方向走去："反正不管是在哪个行业，关注你的人越多，骂你的人也就会越多。"

听着她无所谓的语气，唐放更加郁闷："可是，心里多少还是会在意的吧？"

"这个要等到你当上冠军，有很多粉丝以后，你再去考虑。"顾悄然奇怪地问："现在就想这个问题，你不觉得太早了吗？"

唐放解释："我说的不是我，是你。"

"嗯？"顾悄然没有想到话题会突然转到自己身上，她淡淡地说："我不在乎。"

走进休息室里，她看着唐放："不过你二哥还真没说错，你真是爱操心。"

唐放的二哥叫唐乐生，以前追过她，不过被她拒绝了。

"我二哥？"

顾悄然记得，唐乐生跟她提过唐放的名字，当时隐约有点儿印象，但是不能肯定。

她不甚确定地问："唐乐生是你二哥吧？"

"对。"唐放打开自己的储物柜："他说我什么？"

"反正不是什么好话，你确定要听吗？"顾悄然漫不经心地问。

"当然！"

他想知道他在二哥心中是个怎样的人。

"他说你朋友多，特别敢于尝试……"顾悄然话锋一转："不过总结一下就是无所事事的富二代，整天就爱到处乱转。"

唐放的自尊心受挫。

"不过接触以后发现，你比想象之中的要好一点。"

她的认同，让唐放的心瞬间飘了起来。

抵达食堂，看着里面清汤寡水的菜色，他不敢相信地问："以后咱们都要吃这个吗？"

前几天他都是在外面吃的，根本没有来过食堂。

"嗯。"顾悄然取了一个餐盘递给打饭的大妈："照常。"

打饭的大妈干脆地给她舀了几勺菜："好喽！"

顾悄然双手端着餐盘，看着旁边一动不动的唐放问："不想吃吗？"

非常不想。

唐放正纠结着该怎么回答这个问题，手机铃声突然响起，他拿起一看，居然是黄毛打过来的，心情更差。

不过为了找借口离开食堂，他还是抱着手机往外走："你先吃，我朋友找我。"

顾悄然来不及说话，唐放就已经跑出了食堂。她左右看看，找了一个没人的位置坐下。

正值吃午饭的时间，往食堂里赶的人特别多。

唐放逆着人流往外跑，不多一会儿就找到了出口，他按下接通键，恶劣地问："给我打电话干什么？"

"跟你道歉，那天的事情是我不对。"黄毛不情不愿地说："对不起！"

唐放一听他的语气，更生气了："不想道歉就闭嘴！"

黄毛顿时不乐意了："那天我是有不对的地方，可你不也有错吗？那会儿你进门就打我，根本没给我解释的机会！"

唐放差点儿被黄毛恶心坏了："你亲我前女友，还要我给你解释的机会？别搞笑了！"

"你出来，咱们边吃边聊，有些事电话里面说不清楚。"

唐放想了想食堂里的饭……

虽然黄毛很讨厌，但是用黄毛当作借口，出去吃一顿饭，倒也不错。

唐放随手拦下一辆出租车，告诉了司机地址。

便给顾悄然编辑了一条短信："朋友喊我出去吃饭，有些事情要解决，身上也疼得厉害，下午就先请一下假。"

"嗯，多休息。"

唐放得到顾悄然的同意，高兴地把手机塞到口袋里。

俱乐部的食堂里。

魏子灵坐在顾悄然的对面："你的那个富二代男伴怎么没来吃饭？"

顾悄然吃完，收起餐盘，放到洗碗池中。

魏子灵跟随在她身后："肯定是不喜欢咱们食堂里的饭菜！我就说，那种富二代，过来训练，只是玩玩而已，我要是你的话，就赶紧想好后路。"

顾悄然把耳机塞到耳朵里面，轻缓的音乐声彻底地将魏子灵的声音隔开。

"嘿，我这是为了她好，可你看看她！"魏子灵跟余绵绵抱怨："一点儿都没把我说的话当成一回事儿！"

"人家富二代今天早上可是最早去冰场训练的。"陈东旭替唐放辩解:"训练了整整一上午,可能是身体实在是吃不消……"

训练过的人都知道,摔了一整天,第二天从床上爬起来是什么感觉。

他们这些专业队员当时都受不了,更何况是唐放这种细皮嫩肉的大少爷。

魏子灵小声嘟囔:"难怪顾悄然不搭理我。"

"灵姐。"余绵绵揽着魏子灵的胳臂:"咱们一起回去吧!"

俱乐部的训练,一直到下午五点半,众人吃完了晚饭,顾悄然独自返回训练场。

魏子灵不依不饶地跟着她:"那个富二代中午出去,怎么现在还没有回来?该不会是不准备回来了吧?"

余绵绵苦恼地说:"灵姐,然姐心情不好……"

魏子灵尖锐地反问:"她心情不好这些话我也要说,不然万一唐放真的不回来,顾悄然怎么办?"

"陈东旭已经和我成为搭档,她再没男伴,那迎接她的可就只有退役这一条路喽!"

言语之间都是幸灾乐祸,仿佛恨不得顾悄然早点退役似的。

余绵绵着急地看向顾悄然。

顾悄然完成了一个相当漂亮的点冰四周跳,稳稳地落在冰面上,轻飘飘地说:"不是每一件事,都能如你所愿。"

"什么叫如我所愿呀?"魏子灵故意给顾悄然找不痛快:"我只是合理担心而已。"

顾悄然半转身，往魏子灵相反的方向滑去。

魏子灵明白，顾悄然不想理他，可她偏偏就是要说："这个富二代一看就不是重感情的，失恋也不难过。"

余绵绵使劲地勾着她的袖子，也不敢大声说话："前辈……"

魏子灵丝毫不为所动："他们一家五口人，两个哥哥现在是家族中的中流砥柱，只有他自己，是个被惯坏了的大少爷。你们真的觉得这样的富二代能够坚持下去吗？"

没有人回答她。

顾悄然从头到尾都在无视她。

余绵绵心里很认同魏子灵的说法，但她怕顾悄然不高兴，就没敢说。

魏子灵眼看着顾悄然的动作越来越顺利，完全不受影响，心里暗叫了一声不好，假如顾悄然恢复了巅峰时期的状态，那俱乐部一定会把陈东旭换回给她。

不行，她绝对不允许这种事情发生。

她喋喋不休地往下说着，说的话越来越过分，恶意地把顾悄然的职业生涯往衰败了的方向说。

空荡荡的冰场之中，只有三人，尖锐的声音一直持续着。

深夜的城市，灯火通明。

KTV302号包间里，唐放歪歪扭扭地躺着，一条腿搭在桌面上，跟朋友出来玩儿了半天，他突然意识到现在的日子太舒服了。

不用一大早听到铃声就跑出去训练，更不用摔得要死要活的，更重要的是不用对别人的梦想负责。

他愿意怎么玩儿就怎么玩儿，想怎么潇洒就怎么潇洒……

"哥们儿，你还真跑去当花滑运动员啦？"黄毛还是不敢相信，这个比谁都会享受的男人，居然会想着去当运动员。

唐放迷迷糊糊地回答："那当然。"

黄毛试探着问："累不累？"

"累倒是还行，我以前到处跑着玩儿，比这更累。"唐放咂咂嘴："唯一让人接受不了的是一天基本上要摔上几十次，一天过去，我这身上的骨头都要被摔散架了。"

"我要是你的话，摔不了几次，肯定马上就走！"黄毛专挑唐放爱听的话说："你看你家里条件这么好，哪怕一辈子什么都不干，家里人肯定也不会让你吃一点儿苦。"

其他人也跟着应和："对呀，要是我们有你这么好的出身，肯定什么都不干，躺平。"

黄毛眼看着唐放的脸色变差，立马打圆场："出身这种事儿吧，很多人羡慕都羡慕不来。"

坐在黄毛身边的人立马接话："对呀，生在你家，本身就是一种荣幸，你又何必在意别人的看法？别人觉得你不行，没实力，可是他们努力一生都未必能赚得来你现在的财富。"

"可不是嘛。"黄毛特别赞同他的话："别人说你不学无术，就是嫉妒你！"

说完，他给旁边的平头比了个眼色。

繁星似你　月光如我

平头立马说："对，你努力奋斗，别人说不定就不羡慕你了。"

"是吗？"唐放困得睁不开双眼，他随手拿个枕头，搭在脸上，头微微往里一偏，睡着了。

听着平缓的呼吸声，黄毛轻声喊着唐放的名字。

唐放睡得很沉。

第12章
狐朋狗友

"老黄。"平头问:"你觉得唐放真有那么傻吗?"

黄毛姓黄,单名一个力字,长的普普通通,有点儿小聪明。

听到平头质疑他,他很不痛快:"唐放要是稍微聪明一点儿,就不会同意跟咱们见面。"

周平怀疑地说:"可你前段时间还跟他女朋友搞到一块儿……"

"他这个人脑子简单,看不到他前女友肯定不会往那方面想。"黄力警告道:"这几天你给老子放聪明一点,千万别在他面前提到那个女的,不然老子要你好看。"

"是是是!"

一晚上的时间很快过去。

清晨,天灰蒙蒙的,消瘦的身影从女寝门口走出,拐了几个弯,最终停在大门口。

周辉正在那里等着她:"你觉得这个唐放靠谱吗?"

顾悄然没有回答。

前两天,听了前辈的话,她觉得她应该给唐放一个机会,可是唐放昨天彻夜未归,却叫她止不住怀疑,她是不是看错了人。

"要是不行,你得告诉我。"周辉叹气,他没法儿改变俱乐部负责人做出的决定,但要是唐放不行,他能够争取为顾悄然换上一个好点儿的男伴。

像是唐放这种刚来俱乐部第三天,就彻夜未归的人……

周辉对他没信心。

顾悄然坦诚地回答:"其实我不知道。"

"你怎么想的?"

"你也知道,我现在的状态有多差……"顾悄然垂眸,盯着自己的脚尖:"很多我以前做得很熟练的动作,现在都做不出来。在这种情况下,哪怕你帮我争取了世界上最好的男伴,都没有用。"

她很清楚她现在的水平。

顾悄然不想拖累别人,如果一个原本可以拿到冠军的人,因为她跟冠军失之交臂,那她会很内疚。

她比任何人都要清楚,冠军到底意味着什么。

顾悄然说这些话的时候,心情超乎寻常地平静:"我知道你对我好，但是……"

"我明白。"周辉听不下去了，揉揉她的头："什么时候状态有所回暖了，就告诉我。"

"好。"

"那我先去给我老婆孩子买早餐，你有没有什么想吃的，我给你带一点儿？"周辉平时陪家人的时间很少，心里也很愧疚，所以老婆孩子有什么要求，他都会尽可能地满足。

这不，昨天夜里提到想要吃碧春园的早餐，他今天特意定了早上五点的闹钟，准备去排队。

碧春园是这附近很有名的一个早餐店，店里的早点美味精致，广受好评，几乎每次一开门，店门口都能排出一条几百米的长龙。

去得晚了根本买不到。

周辉本来打算直接去，可想到唐放一夜未归，还是决定先过来问问顾悄然到底怎么回事儿。

"我到附近的店里，随便吃一点儿就去训练。"顾悄然催促道："你赶紧去吧，再晚一点儿，说不定又买不到了。"

周辉一看表，确实不早了，急忙跟顾悄然道别去买早餐。

顾悄然告别周辉，在隔壁的早餐店里要了一碗八宝粥，喝完，慢悠悠地回到冰场训练。

训练总是特别枯燥，一整个上午，顾悄然都在练习点冰跳，不停地重复跳跃和跌倒，直到吃午饭的时间才停下来，她离开冰场，看看四周，唐放还没有回来。

她给冰刀套上保护套，走到陈东旭的面前问："唐放有没有回来？"

陈东旭摇头。

"哦。"顾悄然在一旁坐下，给唐放打电话，没人接，她又连续打了好几个，最后一个好不容易接通，她喂了一声，那边直接挂掉电话。

她盯着手机屏幕，久久没有说话。

这么看了约有五分钟，顾悄然直接起身来到休息室，换上运动鞋，边往外走边给唐乐生打电话。

唐乐生接得很快。

顾悄然开门见山地说明了自己的来意："知道你弟在哪儿吗？"

"你问他干吗？"唐乐生的语气吊儿郎当的："该不会是对他有意思？"

顾悄然没有理会唐乐生的调侃："需要多久能够弄到他现在的坐标？"

唐乐生想到前两天唐放突然的八卦，再联系上顾悄然今天的电话，直觉告诉他这两个人之间一定有事，他没有急着追问，而是直接说："大概十分钟，你现在在哪儿，我去接你，到时候咱们一块儿去找他？"

"星耀俱乐部。"

唐乐生抵达目的地，透过车窗，就看到等在外面的顾悄然，依然那么精致。

不容置疑的是，她确实是个美女。

车窗慢慢降下。

唐乐生冲顾悄然招手："上车。"

顾悄然也不扭捏，打开后车门坐了进去。

途中，唐乐生有意地打听她和唐放的关系："小然，你跟我弟是怎么认识的？"

顾悄然扭头望着车窗外面，没有说话。

唐乐生也知道顾悄然的性子，因此也没怎么觉得尴尬："是偶遇，还是……？"

顾悄然沉默。

"你以前对谁都爱搭不理的，今儿个居然主动找我三弟，这可真是世界奇观！"唐乐生语气夸张地活跃着气氛，他认识的顾悄然可从来没有主动找过任何人，脑子里突然闪过一个念头，他诧异地问："你喜欢我三弟？"

透过后视镜打量顾悄然，他意外地发现，顾悄然也正在看他。

唐乐生心里咯噔一跳，难不成，他猜对了？

顾悄然漠然地开口："你能不能闭嘴？"

唐乐生无趣地轻咻了一声，幸亏顾悄然长得好看，要不然就她这么无聊的性格，肯定要孤独一生了。

车子停在会所楼下。

唐乐生把车钥匙交给门童，跟经理打了声招呼，在服务员的带领下来到二楼尽头的包间里。

五彩的灯光在包间里摇晃、闪烁。

唐放坐在众人中央,兴致勃勃地跟身边的黄力说着什么,兴许是聊得太投入的原因,他都没有注意到包厢的门什么时候被打开了。

黄力玩儿疯了,他拿着话筒,大声地问:"放哥,别去搞什么狗屁花滑了,回来跟我们一起玩儿吧!"

"是啊,放哥!"周平大声说:"练习花滑那么累,即便是努力了,也拿不到好成绩,还不如跟我们玩,又开心又自在!"

在这种氛围中,唐放满腔的斗志很快被丢到九霄云外,他双手捧着话筒,大声地说:"对,去他的花滑,去他的冠军,以后我就好好当个米虫,逍遥快乐!"

唐放说完,顾悄然走向他。

黄力最先发现顾悄然,他目不转睛地望着走进来的美女,心里止不住的荡漾,兴奋地冲她吹着口哨,"美女,来找谁?"

顾悄然站在唐放的面前。

"是谁挡在小爷面前?"唐放抬起头,想看看是谁这么不长眼,当看到顾悄然时,语气再也强硬不起来,他心虚地问:"你怎么过来了?"

顾悄然冷声询问:"不训练?"

唐放尴尬地别开视线,被顾悄然这么看着,他感觉自己像犯了错的孩子。

"还记得那天晚上你怎么说的吗?"顾悄然加重语气。

黄力诧异地说:"哥们儿,你够可以的啊,才刚跟女朋友分手,就勾搭上了这么漂亮的女人!"

冷冰冰的目光落在黄力身上。

黄力干咳两声,乖乖闭嘴。

"你说过你把花滑当成你的梦想,你说想要拿冠军,你还说已经做好了吃苦的准备!"

"梦想?"周平重复着这两个字。

包间里的其他人哄笑出声。

声音很粗的男人嗤笑:"这都什么年头了,还有人把梦想挂在嘴上?"

"梦想梦想,做梦想想就行啦!"

这人刚说完,其他人又是一阵狂笑,那嚣张肆意的态度,仿佛梦想这两个字很好笑似的。

"梦想是什么,梦想就是个笑话,你怎么那么天真。"

"就是说,小时候那么坚定地想要实现梦想,纯粹是因为见识得少,脑子单纯……"

"你呀,自己把这么搞笑的话挂在嘴上无所谓,但是请你别拉着我们放哥跟你一起搞笑行吗?"

"……"

因梦想二字引发的嘲弄,仍旧在继续。

顾悄然没有回应任何一个人,只是目不转睛地看着唐放。

别人的嘲笑,她都不在乎。

她只想知道唐放的想法。

唐放从始至终都不敢跟顾悄然对视："我又没有天分，即便是努力也没什么用……"

"这就是你的答案？"顾悄然逼问。

黄力打量着两个人，突然开口问："放哥，你该不会是怕这女的吧？"

"我不是怕她，我是……"唐放多多少少有些佩服她。

第13章
放弃梦想

周平不怀好意地说:"放哥别找借口了,兄弟们不会笑话你的。"

唐放骑虎难下,在兄弟面前,要是不说得干脆一点,那他以后在这个圈子里就没法儿混了。

可真对顾悄然说过分的话,自己又不忍心。

黄力趁热打铁:"放哥,以前怎么没发现你这么怂啊?"

周平急忙跟上:"才刚认识就这么没话语权,那以后不是更……"

顾悄然瞄了一眼一唱一和的两人,也没了耐心:"最后问你一个问题,还回去吗?"

唐放暗暗松口气："我觉得这样很好。"

顾悄然转身就走。

门口的唐乐生听个大概，但仍不明白，跟着顾悄然下楼："我送你回去。"

"不用。"顾悄然进到电梯里，俏脸黑得厉害。

唐乐生自觉地闭嘴。

自从顾悄然离开以后，唐放就觉得很没劲，唱歌也唱不下去，起身就走。

黄力一把抓住他问："放哥，干吗去呀？难不成是要追那个小娘们？"

"她叫顾悄然。"黄力的称呼让他不舒服，唐放甩开黄力的手："我内急，去厕所。"

另外一个男人立马跟过来："我跟你一起！"

黄力笑眯眯地冲两个人挥手。

周平狗腿地将房门拉开。

二人走出后，周平准备关门，唐放拦住他："先别关，透透气。"

周平点头哈腰地回答："好嘞。"

目送着唐放进卫生间，周平放心地坐回到沙发上，懒洋洋地说着："老黄，我真服你。"

周平觉得女朋友被抢，唐放怎么着也得记恨黄力一段时间，可今天早上醒来，黄力抱着唐放一把鼻涕一把泪地哭诉这几天的懊恼与悔恨，连扇自己几巴掌，还表示已经跟那个女人分手……

到最后，唐放居然原谅他了。

这是周平觉得最不可思议的地方。

"我就跟你说，像是唐放这种没有心眼的富二代，肯定会被老子捏在手心里玩儿。"黄力骄傲地挑眉："等到他什么时候开窍，发现咱们真没把他当朋友，只是图他的钱，咱们再跟他断交。"

周平竖起大拇指："高。"

黄力嘴一撇："有人愿意跟在咱们屁股后头给咱们花钱，咱们不要也不好说。"

两人谈话间，外面站着的黑影，很快地消失。

唐放觉得非常可笑，他真是蠢。

上次闹掰的主要原因就是这些人瞧不起他，可到现在，他们依旧是不把他放在眼里，当看到他们一把鼻涕一把泪的样子，他居然心软了……

听他们哭得撕心裂肺的道歉，他还信了！

真是愚不可及！

离开的步伐越来越快。

唐放想不通，为什么已经知道这些人的真面目，却偏偏还是要对他们抱有希望？甚至还因为这些人心口不一的吹捧，而舍弃真心想跟他一起努力，一步一步走上巅峰的人？

他脑子很乱，冲到楼下的马路旁边，左右看看，见没有出租车，立马掏出手机，准备叫车。

"准备去哪儿？"唐乐生靠在车窗上："要我送你吗？"

"星耀俱乐部，谢谢。"唐放坐在副驾驶位置上，系好安全带，催促地开口："最好快一点。"

"没问题。"

趁着这会儿路上没车，唐乐生一脚油门，直接冲到行车道，他右手握着方向盘，左手撑着太阳穴，时不时地打量着唐放。

唐放被他看得浑身发毛："你想说什么就直接说。"

"你想去俱乐部当正式队员？"

"嗯。"

唐乐生不可思议地问："就你这水平，人家教练没有一脚把你踹出来？"

唐放没好气地说："是他们副教练知道我要进他们俱乐部，主动要求我当正式队员！"

"那个副教练是王正利？"唐乐生又问。

唐放反问："还有其他人吗？"

"那不应该！"唐乐生决定去俱乐部好好看看："我追顾悄然那会儿，就这个王正利反对得最厉害……"

现在王正利居然让唐放这个半吊子当顾悄然的男伴？

唐乐生决定到俱乐部好好打听一下，他望着唐放："不过你都跟顾悄然说不会回去，那干吗不直接回家？"

唐放低着头："我……"

"妈前两天把你最喜欢的那辆法拉利提回家了，你回去看看呗?"唐乐生语含笑意。

"不回家,我要好好训练,拿冠军。"

唐乐生打趣:"你之前每次离开家,不都叫嚣着要好好干,争取当上行业内的第一名?最后结果是什么?不还是在外混不下去,灰溜溜地滚回家?"

唐放下意识地想要反驳,可仔细想想,唐乐生说得确实都对。

他就是个三分钟热度的人,不管干什么,都是刚开始兴致勃勃,了解之后顿时没兴趣。

父母也都是知道这些,所以才在他提出要管理公司的时候,让他先去实习的吧?

唐放沉默着。

"当然,我们一家人你最小,大家都疼你。"唐乐生慢悠悠地说:"哪怕你这一辈子没有工作,我们也都养得起你。"

"可我不想。"唐放小声地说。

唐乐生踩下刹车:"为什么?"

"因为一想到我一辈子都要活在你们的荣耀之下,不管到哪儿,别人一看到我都会说这是唐诗的儿子、这是宋词的儿子、这是唐庄的弟弟、这是唐乐生的弟弟……"唐放的语气难得沉重:"一天两天还好,要是今后的几十年,我都没有办法让别人记住我的名字,那我会很不痛快。"

唐乐生思考着该怎么劝他。

唐放低声说道:"万一我将来结婚,有了属于自己的孩子,那

我这么失败，我的孩子会怎么想我？"

你想得太远……

唐乐生看到唐放认真的表情，在心中已经成型的话，意外地说不出口。

这是他的弟弟，一直以来被他们保护得很好。

只是唐放慢慢长大，也会逐渐地有自己的梦想……

唐乐生不想做唐放成长路上的拦路虎："那你以后多跟顾悄然学，少跟那些朋友来往。"

"你以前特别喜欢玩儿，那这几个人又无所事事，陪着你、捧着你，我们肯定都没意见。"唐乐生是第一次抛下不正经的语气，认真地跟唐放说话："但你真想实现梦想，再跟他们玩儿，他们只会让你失去斗志，成为一个只会玩乐的废物。"

"我知道！"唐放已经彻底的看清楚了那些人的真面目："没有跟他们见面之前，我也有认真地训练……"

回俱乐部的路上，他也一直在思考，到底是什么让原本斗志满满的他自甘堕落。思来想去，得出的结论是那些人花样百出的"理解"和"吹捧"。

他们的"理解"，是为了打开他的心防，等到他没有那么戒备，他们就会向他灌输努力无用的思想，然后极力劝说他当一个废物！

将唐放送至目的地，唐乐生欣慰地说："我们家的小男孩儿，终于长大了。"

"谢谢二哥!"

"不客气。"唐乐生调转车头,现在看来,他似乎不用跟那些人打听唐放在俱乐部里的情况了。

小弟自己知道努力,他还打听个什么劲?

俱乐部的冰场。

顾悄然擅自将训练动作提高了两个难度,一遍又一遍地摔,一次比一次摔得惨烈,白皙的皮肤上满满都是青紫色的痕迹。

魏子灵看了都觉得疼,可顾悄然依旧没有停止训练。

那发狠的态度,让人止不住地发怵。

余绵绵见顾悄然这架势,小声地问陈东旭:"陈哥,然姐是不是被刺激啦?"

陈东旭摇头不说话。

魏子灵幸灾乐祸地搭腔:"这还用问吗,肯定是被那个只懂得享受的富二代气到了呗!"

"啊?"余绵绵表示怀疑:"可是前几天,唐放不还是好好的吗?"

陈东旭打断他们两个:"都别讨论这个问题,赶紧去训练。"

啪!

顾悄然又摔倒。

魏子灵摇摇头:"我早就说过,对这个富二代抱希望,就是对自己不负责。可她偏偏不信我,这下好了吧!"

余绵绵撇撇嘴,开始热身。

陈东旭继续训练。

在大家训练的时候,唐放走进了训练场。

"顾悄然,你出来一趟,我有话要跟你说!"唐放不好意思当着那么多人的面跟顾悄然道歉。

顾悄然充耳不闻。

唐放换上冰刀,滑到顾悄然的面前。

顾悄然调转方向,去另外一边。

唐放咬牙追上。

顾悄然跃起尝试五周跳,却在四周进行到一半的时候失败摔倒在地上。

唐放朝她伸手。

顾悄然无视,继续从地上爬起来。

唐放不依不饶地跟在她身后。

你追我躲的总共过去大约两个小时,顾悄然面色不佳地停下,换上运动鞋往外走。

这是机会,唐放见此情形,也急忙换鞋跟上,路上他一直都在解释:"顾悄然,对不起,昨天我跟我朋友见面,停了训练,在KTV里睡了一个晚上,感觉很舒服……"

他越说声音越弱:"第二天早上醒来,身上还是疼,就忍不住的犯了懒。"

第14章
注定艰难的选择

顾悄然在保安室门口停下。

"放哥！"

蹲在门口的人纷纷起立。

顾悄然一看，居然是今天在包厢里看到的那些人，她鄙夷地轻嗤一声，转身面对着唐放说："你想离开，我不拦着，所以你没有必要让你的兄弟也跟过来。"

唐放急忙解释："这事儿真不是你想的那样。"

顾悄然习惯性地屏蔽他说的话。

黄力一扫两人，瞬间明白了，敢情放哥是看上了这女的。

为了在唐放面前立功，他笑着上前："你叫顾悄然对吧？那我能不能喊你悄然？"

顾悄然屈指敲窗，看都没看黄力一眼。

黄力也没在意，反正这女的连唐放都不放在眼里，那肯定是看不上他："悄然呀，我跟你说，我们放哥可是个好男人，你要是错过他，那你这辈子肯定都找不到比他更好的男人了。"

保安正在休息，没有听到敲窗户的声音。

顾悄然加大力度。

唐放瞪着黄力："你别胡说！"

"难道我说得不对吗？"黄力一副非常了解唐放的姿态："我说你前段时间跟女朋友分手怎么一点儿都不难过，原来是移情别恋了，咱们哥几个有一句说一句，这个女人可比你前女友好看太多。"

周平目不转睛地盯着顾悄然："对啊，放哥有钱还大方，对女朋友也是言听计从，嫁给他绝对是你八辈子修来的福分！"

唐放恨不得冲上去堵住这几个人的嘴。

而顾悄然却懒得回应。

保安醒了，打开小窗户问："小顾有事儿吗？"

以前顾悄然好像从没有找过他。

顾悄然指了指唐放和门口的一群人："陈叔，以后麻烦不要让这几个非俱乐部的人进咱们俱乐部，影响队员训练。"

丢下这一句话，她头也不回地往里走。

唐放想追。

保安冲出来拦他，在这个俱乐部工作这么多年，他从来没见顾悄然针对过谁……

如今单独指明这个人，肯定是因为他们做了过分的事。

保安把唐放推出门口："麻烦配合。"

唐放呆呆地站着。

其实当顾悄然问他回不回来的时候，他已经猜到顾悄然会生气了，只是当时的他有恃无恐……

黄力连忙上前关心地安慰："放哥，这妞只是一时半会儿不知道你的好，等她了解了，肯定会上赶着要嫁给你。"

周平也说："对啊，放哥别的不说，对女人是一等一的好。"

"这个女人长得好看，性子又傲……"站在最角落的男人叼着一根牙签："还很有气质，我倒觉得她不跟咱们放哥在一起，也能找到比咱们放哥更好的！"

黄力和周平不约而同："闭嘴！"

有他这么安慰人的吗？

两个人正在思考着要怎么安抚唐放，却发现唐放看他们的眼神不对劲，难不成他们刚才又说错话了？

"刚才你们两个在包厢里说的话，我都听到了。"唐放决定坦白："我知道在你们心中我是个怂货，是个头脑简单的草包，是个可以轻松操控的傀儡！"

黄力脸色发白："放哥，事情不是你想的那样！"

唐放大声说道："我不求你们瞧得起我，只求你们不要总是在我努力的时候跟我说'努力没用，我生在这家庭之中已经是最大的荣

繁星似你　月光如我

幸'这种鬼话！我知道我立场不坚定，耳根子软，黄力给我戴绿帽子，转身在我面前哭一场，我就能轻松原谅他。我前脚刚决定和顾悄然一起努力，后脚你们又领着我去享受，让我觉得训练没用，梦想没用！这一切都不如拿钱去挥霍，去享受！"

周平哑口无言。

他从没有想过脾气好、好说话的唐放，也会凶成这个样子。

"我承认是我不对，我不该被诱惑！从而忘了，我想要什么！"唐放心里压抑得厉害："现在我很后悔，能不能麻烦你们离我远一些？"

他惹怒了顾悄然，顾悄然肯定不愿意再给他机会。

而离开星耀俱乐部，自己又将何去何从？

唐放懊恼得想哭，他好不容易才捡起童年的梦想，结果不到一个星期的时间，他就亲手把实现梦想的大门关上了。

黄力干干地说："放……"

"离我远点！"唐放捂着脸："行不行啊？"

周平拉着黄力，朝他摇摇头。

黄力思考再三，还是决定先离开。

俱乐部门口，只剩下唐放一个人，他抱着腿，无助地靠在墙角，孤零零的样子，可怜极了。

保安凑过来："小伙子，你怎么不跟那些人一起回去？"

"我是俱乐部的成员。"唐放的语气前所未有的坚定："除非退役，不然我不可能离开俱乐部。"

"你是运动员？这不太可能！"保安跟他分析："顾悄然待在俱乐部的这十年里，也不是没有人跟她闹矛盾，但这是她第一次，把人推到俱乐部门口，跟我说不让俱乐部之外的人进来。"

唐放懊悔地说："是我不对。"

保安认真地问："仅仅是不对？"

唐放："……"

他没想好要怎么回答这个问题，保安也没再追问，两人安静下来，只听到风吹动树叶发出的沙沙声响。

训练馆内的冰场，教练看不惯顾悄然自虐式的训练，主动叫停，并且把顾悄然喊到一边："好好说说吧。"

"周教，从加入这个俱乐部的第一天起直到现在，有一个问题一直埋在我的心里。"顾悄然望着周辉："我之前坚信我的立场没有错，可是……"

周辉靠在墙上："想问直接问。"

顾悄然抿着嘴唇，过了片刻，她开口："梦想，很可笑吗？为了梦想努力的人，是不是都很蠢？梦想是不是轻易就可以放弃？"

在她心里，梦想是神圣而不可侵犯的。

她也很尊敬和崇拜那些为了梦想而努力一生的人，可是今天，在包厢里，听到唐放朋友的嘲讽，又看到唐放那么轻易地放弃，她动摇了……

"这些问题，你心里都有答案，不是吗？"周辉拍拍顾悄然的肩膀："相信自己的选择。"

顾悄然应着:"嗯。"

周辉看她的表情就知道她肯定是还没懂:"可笑的不是梦想,而是那些没有梦想的人。"

顾悄然愕然地抬起头。

周辉:"先去休息半天,好好冷静一下,顺便平复心态。"

"谢谢教练。"顾悄然告别周辉,回到寝室,拿出手机。

唐放给她发了很多条短信。

顾悄然看都没看,直接删除,末了将唐放的手机号码拉入黑名单之中。

为了这种把花滑当成儿戏的富二代去质疑自己做的决定,实在不明智。

顾悄然点开聊天软件。

排在第一的是唐乐生给她发的信息。

顾悄然点进去。

唐乐生:唐放是我们家的小幺,很受宠,稍微累一点,家里人就会劝他放弃,久而久之养成了三分钟热度、无法坚持的习惯。而这一次,他是真的想靠自己的努力完成梦想,所以我希望你可以再给他一次机会。

顾悄然面无表情地打字:他已经放弃了,如果他还有兴趣,那你们唐家完全可以赞助一家俱乐部,让唐放去玩。

他跟你一块儿训练,我才能放心。

顾悄然很冷酷:抱歉,我玩儿不起。

唐乐生编辑一大段话发过去,对话框提示,他已经被拉黑。他无奈地笑笑,这女人的性格还是跟一年前一样,没变过。

不过他给顾悄然发信息,只是为了通知她,并不是真打算让顾悄然原谅唐放。

指望顾悄然那牛脾气……

唐乐生嫌弃地摇头,那恐怕唐放这辈子都没办法回星耀俱乐部了,他拨通王正利的电话:"王副教练你好,我是唐放的二哥唐乐生。是这样的,唐放才加入你们俱乐部,正式训练还没两天,被摔怕了,思想上有些懈怠,就跑了。现在又想训练,但是不好意思回去了,所以能不能麻烦你再给他个机会?"

他没有说明实情,就是怕俱乐部的人知道,顾悄然会难堪。

"好的好的,他现在在哪儿?"

唐乐生促狭地回答:"估计在你们俱乐部门口,他没脸进去了。"

"我马上过去!"

唐乐生客气地说:"麻烦您了。"

"不麻烦!"

王正利放下电话,立马冲到门口,一眼就看到唐放蹲在那儿,像被家长抛弃的孩子一样,脸上写满了失落,他冲唐放喊:"你小子蹲在这儿干吗?"

唐放回头,看到是他,局促地站起来:"我……"

"行啦行啦,你二哥都跟我说了。"王正利拍着唐放的肩膀:

"回来以后好好训练,别贪玩,我们还是很看好你的。"

唐放意外地问:"那顾悄然呢?"

她有没有在教练的面前帮他说好话?

"……"顾悄然?依照他对顾悄然的了解,当了她的男伴,不好好训练,反倒跑出去玩儿,她没出去打他一顿就够好的了。

王正利语塞,他脚步慢慢停下来,转过身看着唐放:"站在你二哥这边,我可能会替你说几句好话,不过如果是为专业运动员着想,那我其实是非常不满意你的态度的,你懂我的意思吗?"

唐放低着头,教练把话说到这个地步了,他自然是懂的。

王正利斟酌着用词:"前两天退役的那个运动员是什么情况,你也看到了,如果你再不努力锻炼,也许过两年,顾悄然就是这种结果,而你依然是一事无成的富二代。"

第15章
不该践踏的梦想

"我明白。"唐放无比沉重地说。

是他践踏了顾悄然的梦想,现在什么都没有做,就想让顾悄然原谅他,那显然是不可能的。

这一次,唐放决定豁出去了。

他想证明自己,也想让唯一看好他的人,不后悔曾经相信过他!

两人并肩抵达冰场,这会儿正是吃饭时间,空荡荡的训练场里没有一个人。

唐放站在入口处,望着场地,脑海之中不自觉地浮现出顾悄然在里面训练的场景。

繁星似你　月光如我

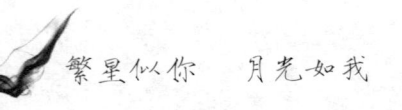

"我打电话问问他们，看顾悄然有没有在食堂里。"王正利找了个椅子坐下，询问之后得知顾悄然已经回到寝室里了。

他让人把顾悄然喊到训练馆里，"待会儿她过来，你好好跟她解释。"

"好。"唐放认真地回答。

顾悄然每天来得比别人都早，走得比任何人都晚，哪怕不是个天才，也该得到荣耀。

更何况，顾悄然还是个天才。

唐放想，不管是谁的梦想都值得被别人尊重。

"副教，你找我？"

顾悄然的声音很平静，目光落在唐放的身上，又快速地移开视线。

那姿态，明显是不想多看唐放一眼。

唐放很失落。

王正利打着哈哈："是，这次特意让人喊你过来，主要是想跟你说说唐放的事儿。"

俱乐部决定留谁让谁走，那都是俱乐部的事情，跟她没有关系。

"没什么可说的，我尊重俱乐部的选择。"

她能做的只是尽量忽视这个人，让自己开心。

唐放更加沮丧了。

她这么说应该是明摆着不想原谅他了吧？

"可双人滑最重要的就是默契，你看你们两个这么生疏，即便是训练了，也不可能有进展……"王正利把顾悄然推到唐放面前，苦口婆心地劝告道："所以呀，你们两个平时最好多交流。"

"副教，很抱歉，这点我可能无法赞同您。"顾悄然声音平和，不卑不亢："我来是为了训练，不是为了跟人交流。"

她干脆利落地表明了自己的立场："请问副教还有什么想跟我说的吗？如果没有的话，我想先回去休息。"

王正利还是头一次看到顾悄然早退，他很诧异："回去休息？"

"嗯。"顾悄然不打算跟他解释。

王正利挥挥手："去吧。"

"谢谢教练。"

顾悄然离开后，训练馆里又只剩下两个人。

"顾悄然这个人，就这么一个缺点，认死理儿！"王正利揉揉太阳穴："她一旦觉得一个人不好啊，你至少得十天半个月的，才能把她哄好。"

唐放愧疚地说："其实我能理解她。"

王正利语重心长地说："那你自己好好想想明天该怎么做，我去吃饭。"

唐放目送着王正利离开。

唐放心里特别难受，但现在不是自怨自艾的时候，他来到训练场，趁着没人，独自训练。

繁星似你　月光如我

期间周辉来过一次,指出了他一些动作中的不足,又给他示范了标准动作。

唐放照葫芦画瓢。

周辉在旁边看着,等到唐放熟悉了基础动作,这才放心地离开训练馆。

唐放学得并不快,已经练习了两天的动作仍旧是磕磕绊绊的。

练着练着他有些懈怠,思维逐渐发散,朋友们嫌弃的话就在他松动的这一刻,如潮水一般涌入他的脑海,随后浮现的是顾悄然坚定训练的样子。

唐放咬牙坚持,他知道,倘若不努力,那么这些嘲讽的声音就会陪着他一辈子!

晚饭后,运动员们陆陆续续回来,看到在场馆里训练的男人,很诧异。

"天呐,咱们俱乐部里怎么又多了一个这么拼的呀?"

有人哭笑不得地感慨。

"你们看,那是唐放!"陈东旭激动地开口。

魏子灵听到这个名字,瞬间失去兴趣,言语之间都是嘲弄:"他呀?上次心血来潮,坚持几天就放弃了,你们猜猜,这次他能坚持几天?"

余绵绵声音细若蚊蝇:"也许这一次他可以坚持到最后……"

"你也说了是也许,"魏子灵讥笑道,"像他这种富二代,即便是拿不到冠军,也有足够好的退路,所以他根本不可能跟我们一样拼！"

陈东旭打断："他现在肯努力，我们跟他在同一个俱乐部，就算做不到给他加油打气，也不能总是说丧气话，拖他后腿，你们觉得呢？"

余绵绵立马应道："对！"声音难得地大。

魏子灵没好气地瞥了她一眼："有精神了？"

余绵绵缩了缩脖子。

陈东旭带着魏子灵去训练，余绵绵也换上冰鞋，找男伴开始练习双人动作。

晚上的训练到八点结束，唐放坚持训练到十点，回到寝室洗漱好后钻到被窝里，沉沉地睡了过去。

第二天一早，不到六点，又赶到冰场，看到顾悄然的身影。

顾悄然默默地训练着点冰跳。

唐放换上冰鞋，追上她，跟她道歉："对不起，那天是我太混蛋，我……"

话还没说完，顾悄然已经滑到场馆的另外一边。

唐放补充着没有说完的话："我不该贪图享受，放弃训练，更不该被那些人的花言巧语所蒙蔽……"

顾悄然依旧全心全意地训练。

唐放不依不饶地跟在顾悄然身后解释，一直到其他队员过来，他说得嗓子都干了，顾悄然依然全程当他不存在，始终没有搭理过他，他也不气馁，依旧跟着顾悄然……

顾悄然早就练就了一身无视别人的本领，不仅自动屏蔽了唐放的脸，更是屏蔽了唐放的声音。

你追我躲之间，刚入行的唐放进步飞快，他只用了不到一个月的时间就学会了各种接续步。

察觉到这一点的唐放尚来不及开心，周辉便在晚上训练结束之后通知大家，近期有一场比赛，要大家提前做好准备。

这个比赛其实是市内举办的联赛，听负责人说，为了能吸引更多的粉丝，扩大这个联赛的影响，赞助商希望各个俱乐部能够派出实力最强的队员参加。

王正利主动站出来说："我觉得咱们俱乐部应该派出陈东旭和魏子灵。"

周辉没有异议："队员的问题就交给你来安排。"

"周教练怎么不为顾悄然争取参赛的机会了？"魏子灵站出来，故意提高了声音问道："我觉得应该不是你不争取，而是这次的比赛投资方特地叮嘱不能让顾悄然去吧？毕竟顾悄然上次的比赛那么丢人……"

周辉反问："是又怎么样呢？"

魏子灵得意地大笑："是的话就应该尽早让顾悄然退役！"

这段时间，顾悄然的进步有目共睹，她担心顾悄然很快能恢复到巅峰状态。

到时候别说是观众，就是俱乐部里的队员，都会把顾悄然当成重心！

魏子灵已经受够了那样的生活！

周辉瞪了一眼王正利，他记得这个魏子灵跟王正利的关系好。

王正利被看得心虚："负责人说，再给顾悄然一年的时间。"

一年？

"这是在浪费资源！"魏子灵反对，她看顾悄然现在的状况，要是再给顾悄然一年的时间，顾悄然说不定比巅峰时期更强，届时她在这个俱乐部里，就没有地位了！

魏子灵说："我觉得你们对运动员应该一视同仁。以前我们俱乐部里的其他队员两三个月没有恢复状态，你们就让他退役，那给顾悄然的最多也就是两个月的时间。"

唐放第一个站出来："我反对！"

魏子灵不满："你没资格反对！"

她原本以为唐放这种富二代坚持不了几天的，谁知道已经一个月了，唐放居然还没走。

余绵绵低着头，慢吞吞地出来，小声地说："我也反对。"

陈东旭紧随其后："我也是。"

被众人讨论的顾悄然，却是面无表情地站在那里，好像这些话题跟她没有关系似的。

"最开始俱乐部的负责人是说，什么时候顾悄然没有男伴了，就什么时候让顾悄然退役。你们不同意，要给顾悄然换男伴，那行，换就换。"周辉知道放任他们说下去，待会儿又会变成毫无条理的争

吵，于是便主动解释："如今换了一个什么都不会的男伴，又要求她在两个月内取得不错的成绩。"

周辉顿了一下问："你们扪心自问，如果给你们定这样的条件，你们能做到吗？"

"做不到那就退役。"魏子灵哼哼道："反正你就是偏袒顾悄然。"

"那行！"她这样针对顾悄然已经不止一两次了。周辉提高声音："从今天开始到三个月后，咱们俱乐部里谁拿不出来好成绩，谁就退役，你们看行不行？如果行的话，那我就拍板直接做决定了！"

这样的条件，除了巅峰时期的顾悄然之外，基本没有人能够百分之百达到。

周辉问完，俱乐部里一片沉默。

魏子灵主动把话题往顾悄然的身上引："顾悄然，教练在问你。"

她倒要看看，顾悄然准备怎么回答。

第16章
指责重重

"是吗？"顾悄然的声音没有丝毫起伏，甚至还有些淡漠："那我没意见。"

魏子灵没有想到顾悄然居然会给出这种答案，立马急了："你凭什么没意见？要是到时候，你没拿到成绩，肯定是要退役的！"

顾悄然不想争执这种话题："哦。"

余绵绵小声补充："不仅仅是然姐，还有我们。"

魏子灵狠狠地瞪着余绵绵："要你提醒！"

余绵绵吓得一个激灵，立马低头。

顾悄然闻言，微微蹙眉，好看的脸上显出一股不悦，最终还是没说什么。

安静了许久。

周辉没有等到别人的回应,继续慢吞吞地说:"顾悄然支持,其他人都反对,既然这样,那咱们俱乐部就从今天开始实行这个计划。"

"我反对。"陈东旭上前一步:"双人滑需要两个人磨合,三个月的时间根本不够!"

周辉问魏子灵:"你怎么想?"

魏子灵的脸色很难看:"我也这么想。"

"那行!"周辉早就想找机会跟大家说清楚了:"既然咱们俱乐部里有人看顾悄然不顺眼,又说我偏心,那咱们就规定一个时间,在规定的时间内,顾悄然若没有好成绩就退役,以免有人说我偏袒!"

魏子灵举双手支持:"我觉得半年就行了,你看顾悄然已经半年没有拿过任何奖杯……"

"但是半年之前,顾悄然是拿了两个大满贯的选手。"陈东旭反驳她:"倒是你,单人这么多年,拿过奖杯的情况屈指可数。后来换成双人滑,也一直都是垫底吧?"

魏子灵脸色铁青:"你到底帮谁?"

唐放接话:"旭哥说的都是事实。"

陈东旭在俱乐部里一直都是老好人,如今也是看不惯魏子灵咄咄逼人的态度:"顾悄然是咱们俱乐部里最大的功臣,我觉得可以多给她一些时间。"

魏子灵脑子蒙了，下意识地反问："给她这么多时间……"

察觉到自己差点儿说错话，她慌忙地改口："万一她还是没有恢复状态怎么办？"

陈东旭一字一句，掷地有声地说："那也是俱乐部该给她的！"

魏子灵："你！"

"好了好了。"周辉主动结束这个话题："这件事咱们事后再讨论，现在最主要的是接下来的比赛，到时候让副教选人集中训练。"

王正利笑眯眯地说："这个话题既然已经提出来了，我觉得倒是可以往下面聊一聊。"

他站到顾悄然的面前："你也知道咱们俱乐部规模不大，要是一直养着你这尊大神，恐怕坚持不了太久。所以请你给我们个准确的答案，到底需要给你多久的时间。"

连珠炮似的追问，核心很明显，就是让顾悄然给他准确的退役时间。

顾悄然愣了一下。

周辉不满地喊："王正利，你跟队员一块儿胡闹什么！"

王正利盯着顾悄然："我没胡闹，就是想知道顾悄然准备拖到什么时候。"

顾悄然很快反应过来，作为俱乐部最大的功臣，俱乐部的负责人如此绝情，会让她很失望，可奇怪的是，她很平静。

兴许是已经做了足够多的心理准备，她甚至能够用最淡定的态度回答："一年，一年之后不论情况如何，我都会离开俱乐部。"

魏子灵听到这句话，高兴得差点笑出声来！

顾悄然一走，那她就是这个俱乐部里最有资历的选手！

王正利笑了："别忘了你说的话。"

"嗯。"顾悄然补充："绝不会忘。"

王正利转身往外走："陈东旭、魏子灵，还有……余绵绵，你们一块儿过来，我给你们特训。"

俱乐部里的双人滑选手只有三组，其他两组都被选走了，只剩下顾悄然和唐放。

周辉早就预料到会是这样一种结局，知道顾悄然现在基本不需要指导了，就带着唐放往里走："你过来，我帮你看一下你的动作。"

"好。"唐放老实地应着。

大厅里，众人分为两拨，分别去往不同的方向。

王正利走到门口。

一个身穿大红色外套，下搭牛仔裤的女孩儿风风火火地拦住了他："顾悄然在这儿吗？"

王正利一看到来人，欣喜地问："戚成雪？你怎么到我们俱乐部来了？"

"你这不是废话吗？我到你们俱乐部来，当然是为了找顾悄然，不然你以为你们这个破俱乐部，还有什么值得我来的地方吗？"戚成雪翻了一个白眼："现在请你回答我的问题！"

王正利碰了一鼻子灰，指指后方："那边，不过顾悄然的辉煌已经是过去式了。"

"做教练，哪怕是副教练，在其他俱乐部成员面前，说自己的队员不好，是一件很蠢的事情，懂吗？"戚成雪不待见王正利，知道顾悄然在哪儿，马不停蹄地朝她跑过去："嘿，顾悄然，你为什么不参加那个叫什么mcl杯的比赛啊？"

魏子灵听到这话，转身，幸灾乐祸地调侃："当然是因为顾悄然现在的实力太差，配不上那个比赛喽！"

戚成雪看到准备出去的五人，又看看顾悄然，瞬间明白了："也就是说星耀俱乐部准备派你们几个人去？"

魏子灵骄傲地挺直腰背："当然，现在我的实力虽说不怎么样，但却比顾悄然好了不止一点。"

"去掉后半句话，只说前半句，别人肯定会觉得你是个特别有自知之明的人。"戚成雪笑得露出一口大白牙，突然想到什么，她捂着嘴："哎呀，这么说还是有问题，毕竟你不是实力不怎么样，而是根本没有实力！"

魏子灵："你是不是诚心到我们俱乐部来找事儿的？"

戚成雪一抬下巴："对啊，我就是！不服气吗？"

魏子灵被气得脸色铁青。

戚成雪得意地跑到顾悄然的面前，亲昵地勾住她的脖子："他们邀请我的时候说什么全国的花滑高手都会来参赛，我就找他们看了一下名单，结果看没有邀请你，就给拒绝了。"

"跟我有什么关系？"顾悄然扭头跟戚成雪对视。

戚成雪想都不想地说："国内厉害的选手也就那么几个，没了你的参与，比赛都失去了灵魂。"

"其实魏子灵说得没错。"顾悄然无奈："我最近的状态……"

"停停停！你状态要是好，那我百分之百是你的手下败将！"戚成雪打断她的话，嘿嘿笑道："所以我就想趁着你状态不好，在大赛上多打败你几次，这样即便是退役也值了！"

顾悄然哑口无言。

"哈哈哈，你不会真信了吧？"戚成雪松开顾悄然，走到她的对面，看着她："其实在你低谷期打败你这种想法，也就是一些小选手的梦想。可我不一样，我想跟你正面对战。"

她双手按住顾悄然的肩膀，认真地说："所以我希望你可以早些恢复状态，别让我寂寞太久。"

顾悄然从戚成雪的双眼之中，看到的是对她能够恢复巅峰的信任，心里好像有澎湃的感情，要破土而出……

她不禁笑了起来："嗯。"

戚成雪一脸郑重："顾悄然，我一定要在你巅峰时期，成为第一个打败你的人。"

"到时候谁输谁赢还不一定。"顾悄然抬脚往前走。

戚成雪意外地挑眉，小跑着追上："呦呦呦，已经开始狂了？"

顾悄然回到冰场。

戚成雪趴在围栏上面看着顾悄然。

第17章
知心好友

两人交流，几乎全程都是戚成雪在引导着顾悄然说话，虽然话少，但没无视戚成雪。

戚成雪提出问题，顾悄然就回答，哪怕只是简短的一个字。

被顾悄然无视了将近一个月的唐放，诧异地问周辉："教练，她们两个不是对手吗？"

"她们两个算是……惺惺相惜的对手？可能也是这个世界上最了解彼此的人。"周辉准备着训练的道具，在双人滑中，男伴除了训练花滑技巧之外，还需要保证自身的力量，否则在比赛中无法保证女伴的安全。

他说："相处久了你就会发现，顾悄然在心情不好，谁都不想

113

搭理的时候,只要戚成雪一出现,她绝对愿意开口说话。"

"这不就跟情侣差不多了?"唐放突然察觉到顾悄然对他和戚成雪的差距很大。

周辉挑眉:"你脑子里装的都是恋爱?"

唐放干咳两声。

"等你真的把花滑当成你的信仰,就会明白了。"周辉往旁边一站:"来训练吧。"

唐放听话地回答:"好。"

不知不觉间,到了傍晚,蓝阳俱乐部的人打电话过来问戚成雪在哪里,戚成雪告知对方地址,对方听说她在星耀俱乐部,气得破口大骂:"戚成雪,你脑子是不是有问题,明知道那是咱们的对手俱乐部……"

"再不说明你们打电话给我的用意,我就挂电话喽!"戚成雪漫不经心地反驳。

"mcl的负责人想找你谈话。"

戚成雪哦了一声,背靠围栏:"那你把电话给他。"

电话那边,一个较为温和的中年男人开口说:"戚小姐你好,由于我们是第一次举行花滑比赛,并且想要把这个赛事做大、做强,因此也需要一些实力强、关注度高的选手打开我们mcl的知名度。"

"关我什么事?"戚成雪打断他的话。

中年男人愣住:"这个是为了推广……"

戚成雪不耐烦地开口:"所以跟我有什么关系呢?"

连续的质问，让中年男人有些微意外，他连忙换一个思路："这次比赛的奖金非常丰厚。"

戚成雪吊儿郎当地问："贵公司觉得我很缺钱？"

中年男人说："如果你觉得钱少，我可以跟公司商量。"

"跟钱没关系，"戚成雪漫不经心地解释，"主要是你们比赛没有吸引我的点。"

"听说你想跟顾悄然同台竞技，那如果我们能把顾悄然请来呢？"中年男人显然已经做好了足够的准备。

戚成雪听到对方这么说，瞬间乐了："行啊，你能把她请过来，我就参赛。"

"好的，请等我们消息。"中年男人准备挂掉电话。

戚成雪打断他："不用，顾悄然就在我身边，我把手机递给她。"

"那就麻烦你了。"

"悄然。"戚成雪转身冲顾悄然招手："mcl的负责人要跟你聊聊。"

"嗯？"顾悄然滑到戚成雪的面前。

戚成雪把手机递给她。

顾悄然不明所以地喂了一声。

中年男人说话时，一改对戚成雪的恭敬："我听说顾小姐这段时间的状态不太好，基本拿不到大赛的奖金，而星耀俱乐部又是靠奖金给运动员发工资的，这么来算的话你应该已经很久没有拿到工资了吧？"

戚成雪在旁边听到他这么说，气不打一处来，让他邀请顾悄然，他就是用这种语气跟顾悄然说话的？

顾悄然拦住她的手，用口型告诉戚成雪：我想知道他到底想说什么。

中年男人没有察觉到顾悄然的情绪变化，而是自顾自地说："以前你在神坛上的时候，有众多粉丝追捧，如今从神坛跌落，滋味不好受吧！"

戚成雪止不住地翻了个白眼。

顾悄然见状，笑弯了眼睛。

中年男人抛出重磅一击："假如你来参加我们比赛，那我可以跟你保证，至少给你个第三名。"

第三名对于现在的顾悄然来说，已经算是个不错的名次了。

周辉听到这句话，也放下手中的本子，看过去。

唐放心情忐忑，顾悄然会不会答应？

"贵公司举办这个比赛的用意就是为了践踏运动员的尊严吗？"顾悄然缓缓地开口。

中年男人笑着解释："什么尊严不尊严的，你说得太严重了。"

顾悄然反驳："内定一个运动员的名次就是在蔑视运动精神！"

中年男人淡然地反驳："不是……"

"我顾悄然就是状态再不好,也决不会为了维护自己的名声而要虚假的名次,"顾悄然坚定地说,"也请您记住这一点。"

留下这一句话,她把手机还给戚成雪。

"不愧是我看中的运动员!"戚成雪激动地吹着口哨,她两只眼睛亮得厉害,在跟中年男人说话的时候,语气都是轻快的:"看来这位先生的邀请计划失败了呢。"

中年男人说:"戚女士……"

"别看我心情好就想劝我,实际上我会这么高兴,仅仅是因为顾悄然还是那个有傲骨的顾悄然。"戚成雪冲顾悄然摆手:"但是同样的邀请我不想听到第二次,否则,我可不敢保证会不会把你们比赛肮脏的一面爆出来。"

她说完,直接挂掉电话。

戚成雪一看到了吃饭时间,忙喊:"顾悄然,走吧,一块儿吃个饭!"

"好。"顾悄然准时结束训练,跟戚成雪一起往外走。

唐放一直在关注这两个人,看到她们两个都出门了,立马跟教练说:"我也过去!"

周辉慢悠悠地停下:"人家两个小女孩儿一块儿出去说说知心话,有你什么事儿?"

"我要抓住每一个有可能跟她们搞好关系的机会!"唐放握紧拳头,一脸认真!

周辉好笑地摇头:"那你去吧,不过晚上要记得早点回来参加训练。"

"好！"

楼上，教练办公室。

王正利靠着办公椅，望着训练结束不去吃饭，反倒跟自己回到办公室的魏子灵问："有话要跟我说？"

"嗯。"魏子灵眼看着顾悄然近一个月的状态越来越好，心里也有些着急，生怕再给顾悄然一年，顾悄然真的浴火重生了。

她斟酌了一下用词："顾悄然跟唐放到现在还是不说话，难道你不觉得放任着他们，也只是在浪费咱们俱乐部的资源吗？"

王正利也是个聪明人："可是咱们都说好了，让她一年后退役，短时间内，我们根本找不到发难的理由。"

顾悄然这种大牌，在他们俱乐部里，待得越久，浪费的资源越多。

为了俱乐部未来的发展，他必须要在最短的时间内，赶走顾悄然。

魏子灵眼珠子一转："我有办法。"

王正利立马凑过去："什么办法？"

魏子灵小声地说："你不用管我的做法，只需要在我实施的时候，不阻止我。"

王正利一听自己不用插手，精神顿时松了几分，这就意味着出了事儿他也不用负责，他笑着说："那我期待你的表现。"

"放心。"魏子灵得到王正利的许可,终于笑了,跟王正利道谢,转身离开办公室。

这一个月,她很辛苦,不仅要想办法适应陈东旭的节奏,还要抽空关注顾悄然和唐放。

最初她没把顾悄然和唐放放在心上,毕竟顾悄然过了巅峰期,而唐放是个富二代新人,没什么毅力。

可这一个月过去,顾悄然越来越努力地训练,而唐放更是渐入佳境,她慌了……

魏子灵知道,她必须趁现在把顾悄然赶走,否则一旦等到顾悄然状态变好,那星耀俱乐部肯定不会松手。

特别是王正利,他这个人一直把俱乐部的利益放在第一位,当初察觉顾悄然状态不好,多次在负责人面前提出要开除顾悄然,遗憾的是这些提议都被周辉压了下来。

如果等到顾悄然状态转好,她再去打压顾悄然,恐怕王正利会第一个提出开除她。

这次是她唯一的机会!

魏子灵走到楼梯口,抬头望着天空中的月亮,终于露出了个笑容:"真好。"

她的时代就要来了。

第18章
最后的机会

距离俱乐部约五百米的店里,老板将烧烤架摆在门口,上身穿个短袖,套上围裙,站在烤架前面,娴熟地烤着肉串,火烤着肉发出"滋滋滋"的声响,冲击着人的耳膜。

戚成雪看过去,只见浓浓的烟气滚滚向上,她咽了咽口水:"饿了。"

"先喝点儿水。"顾悄然倒了一杯水,递给她。

戚成雪接过来,嬉皮笑脸地说:"喝了待会儿就吃不下啦,我要留着肚子,多吃一些肉串!"

顾悄然忍俊不禁,自己端着一杯水小口小口地抿着。

"喝水干吗这么秀气?"戚成雪看向顾悄然背后的唐放,八卦兮兮地问:"是不是为了你身后的那个男生?"

顾悄然摇头:"水太烫,喝太多,我的嘴受不了。"

"噗……"戚成雪顿悟:"我就知道是这样。"

像顾悄然这种一心扑在训练上的人,可不会为了讨男人欢心,故意扭捏。

她小声地问:"那你介意我把他喊过来,问他一些问题吗?"

顾悄然回头,发现唐放正小心翼翼地看着这边,那眼神充满了渴望,好像是害怕被人欺负的小动物。

她愣了一下,随即摇头:"不介意。"

戚成雪冲他招手:"麻烦你过来一下。"

她话音刚落下,那边的唐放立马就站起来,冲到顾悄然的身边坐下:"你认识我?"

"听说过。"戚成雪想偷偷问唐放几句话,可一想到顾悄然也在这里,就只能压住内心的好奇。

唐放乖乖地坐着,不敢乱动。

这是顾悄然的朋友,他不能唐突。

"就是听说你家里条件不错……"戚成雪犹豫着怎么问。

唐放满头雾水:"怎么?"

戚成雪看着对面的顾悄然。

顾悄然无奈地说:"随便问,不用顾虑我。"

戚成雪得到顾悄然的允许,胆子大了,她的语气里夹杂着傲气:"你一个富二代,在家里好好享受就行了,没事儿干吗来祸害我

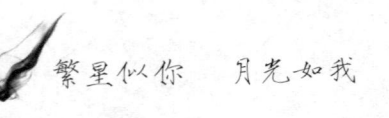

们顾悄然？你老实说，你是不是喜欢我们顾悄然？"

"噗……"唐放一口水喷了出来："你能不能问点儿靠谱的？"

"怎么就不靠谱了？"戚成雪理所当然地说："我们顾悄然好歹是花滑队伍里的颜值担当！喜欢她不丢人，好吧？"

花滑俱乐部里，长得好看的女选手数不胜数，但是像顾悄然这么好看，实力又这么强的就少得可怜了。

唐放有些尴尬："不是丢人不丢人的事情。"

"他有女朋友。"顾悄然替他解释。

唐放轻咳两声："加入俱乐部之前分手了。"

"哦……"戚成雪来劲了，她八卦地看着顾悄然："说不定是为了跟你……"

"停！"顾悄然打断她的胡思乱想："跟我没关系，他之前不知道我，就算是知道我，也不可能喜欢我。"

她长得虽然还不错，但只要跟她接触久了，都受不了她的性格。

顾悄然很清楚自己的性格有多糟糕。

戚成雪不满："那可不一定，我在没看到你之前，还经常说圈里没有比我更好看的了。可看到你之后，我很受打击。"

顾悄然的漂亮，直接碾压了她。

顾悄然承认："长得还行，性格很糟糕。"

"糟糕吗？"戚成雪完全没感觉到。

唐放小声地应和："她已经一个月没搭理过我了。"

"一个月？"戚成雪意外地看过去："你怎么做到的？"

在她的认知之中，顾悄然这个人的性格虽然高冷还经常不爱搭理人，但却从来没有过这么长时间无视一个人。

"就是我到俱乐部里面来，训练了一天，感觉很累就跑出去偷懒，还不想回来……"唐放不自在地回答："当时我就已经是顾悄然的男伴了。"

"那她没打你，就已经足够仁慈了。"戚成雪听了唐放的话，更加嫌弃他了，她踢踢顾悄然的脚："星耀俱乐部给你这种男伴应付你，你真的不考虑换俱乐部吗？"

顾悄然点头："暂时没打算。"

"担心没俱乐部愿意要你？"戚成雪问完，立马又说："那你可以考虑来我们俱乐部，我们俱乐部里的优质男伴特别多，你来的话肯定能换一个更好的！"

唐放忐忑地盯着顾悄然，如果她答应的话，那他的花滑之梦就真的要破碎了……

"我知道你是为我好，不过不用。"顾悄然手指轻轻地点着塑料杯，凉凉的温度，透过指尖传递过来，让她的脑子更加清醒。

"为什么？难道你不想拿冠军吗？"戚成雪指着唐放逼问："还是，你喜欢这个小白脸？"

唐放屏住呼吸，正襟危坐，余光一直落在顾悄然的身上。

顾悄然不解："跟他有什么关系？"

繁星似你　月光如我

戚成雪小声地嘟囔："不喜欢他，那你为什么不接受我的提议？"

"每个运动员的黄金时间就那么几年，他们正处于巅峰，而我状态不好，"顾悄然捧着杯子，"不想耽误他们。"

"那你就跟他这么耗着？"戚成雪说不出的嫌弃："那耗一辈子也未必会有成绩。"

"等状态恢复再说。"顾悄然没有直接回答："如果一年之内恢复不了，我就退役。"

退役的话题，对于运动员来说，很沉重。

戚成雪一时之间竟然不知道该怎么往下说，她想安慰顾悄然几句，可看到顾悄然平静的表情，她又说不出口。

思考了半晌，还是不知道该怎么说，便转移话题："老板，我们的烧烤什么时候好？"

"马上！"

岔开了这个话题，戚成雪一与顾悄然对视，就止不住地想到顾悄然说要退役。

心情止不住地沮丧，她双手按在桌子上，一肚子的话想要说，但最后都只化作一声叹息，只是轻声地问："你舍得吗？"

"该退还是要退的。"顾悄然冷静得可怕："比赛场上，从来都不是个拼情怀的地方，它只看实力。我没实力我就退，给其他人让位置。"

成王败寇的地方，赢了就是冠军，赢不了就暗淡退场。

这就是这个行业里的规矩。

巅峰坠落,万人失望唾骂……都是比赛带来的,她只能坦然接受。

"你们的串来喽!"

老板端上烤好的肉串。

"谢谢。"顾悄然道谢。

以前最爱的烧烤摆在面前,戚成雪都是第一个动筷子的,如今,她拿起一串却没了胃口,把肉串放到盘子里,她盯着顾悄然,郑重地说:"至少要等到状态恢复,跟我在正式比赛上碰面以后再退役!"

顾悄然倒了两杯水,递给她一杯。

戚成雪撬开一瓶啤酒:"那我喝这个。"

"咱们干了,你再喝啤酒。"顾悄然坚持。

戚成雪纳闷地跟她碰杯子:"白开水一点都不好喝。"

"嗯。"顾悄然笑了:"跟你碰杯,是为了感谢你帮我重拾信心。"

戚成雪没来之前,她都差点儿对自己丧失信心了。

顾悄然也是今天才发现,她没有那么强大。

"早说啊!"戚成雪紧皱的眉头舒展开来,语气也跟着轻快不少:"我等你恢复。"

"也等我崛起。"唐放突然开口。

戚成雪轻嗤了一声,鄙夷地说:"那估计要等到我们退役。"

繁星似你　月光如我

唐放委屈地看向顾悄然。

顾悄然忍俊不禁地说:"是这样。"

唐放:"……"

戚成雪见顾悄然恢复状态,终于放下心中的大石头,心情也跟着变得愉快,她大口大口地吃着烧烤,发现顾悄然一直在喝水,直接往顾悄然手里塞了一串:"出来吃饭,怎么能只喝水?"

"容易长胖。"顾悄然没接。

戚成雪嫌弃地问:"你现在有九十斤吗?"

顾悄然想了想:"我越重,男伴托举和抛跳的时候就越费力气。"

戚成雪收回烤串,送到自己嘴里:"以前怎么没发现你这么为别人着想?"

"因为我不擅长表达。"顾悄然平静地陈述。

戚成雪笑着摇头。

三人在一块儿吃饭,气氛相当活跃,但大部分都是戚成雪在找话题跟顾悄然聊,从事业聊到感情。

戚成雪问完,又开始跟顾悄然说自己现在的困境,没有劲敌,不管参加省里的什么比赛都是第一。时间一天天过去,她的热情也慢慢地消失,现在她甚至想退役,这次之所以过来见顾悄然,就是想确定顾悄然还能不能恢复,倘若恢复不了,她就干脆退了。

幸好现在的顾悄然还有决心。

话题结束,两人相视一笑,顾悄然又倒了一杯白开水,戚成雪刚拿起啤酒瓶,就对上顾悄然指责的眼神,"好好好,我不喝啤酒啦,咱们两个来碰白开水。"

顾悄然用肩膀碰了碰唐放:"一起吧。"

唐放受宠若惊地回答:"好。"

吃完饭,戚成雪拦下一辆出租车,上了车,大大咧咧地跟他们摆手:"我先回去啦,有时间咱们还一块儿来吃饭!"

顾悄然望着她的方向,允诺般地说:"好。"

不同于往日的冷清,她的这句话里染上了些许的人情味。

唐放顺口问道:"你很喜欢她?"

"应该,"提到戚成雪,顾悄然不由得放缓语气,"她有天赋,心态好,是个非常优秀的选手。"

繁星似你 月光如我

第19章
愿不愿意和我一起完成梦想

　　唐放只是试探着跟顾悄然搭话，没有想到顾悄然竟然回了，前方路途有些漫长，他不自觉地放慢脚步："但是优秀的选手很多。"

　　"但是能拼出来的很少。"顾悄然怅然地说："你在俱乐部里也待了一个多月的时间，听别人谈论或者是了解其他俱乐部的运营，也该知道俱乐部生存到底有多残酷。"

　　唐放很郁闷："可是这跟选手有什么关系？"

　　"优秀的选手都是从各个大赛中拼出来的，而比赛又比俱乐部的运营残忍很多。"

　　乍起的风迎面吹来，穿透人的皮肤，很冷。

　　可唐放却觉得，顾悄然说的话，比这风还要寒凉，似乎可以直直渗透到人的骨头深处。

然而顾悄然仍在继续："有的人实力很强，各方面都做到了极限，可仅仅是这样就能得奖了吗？当然不，因为有人比他们更有天赋，实力更强，哪怕不努力也比他们拼尽全力发挥得更好。"

前方的路只剩下几百米。

唐放往前看，只觉得这路好像无比漫长。

顾悄然继续说："特别有天赋的运动员，只有那么一两个，而奖杯只有三个。"

唐放自欺欺人地自我安慰："好歹还有一个。"

"可你知道多少个人争夺这一个奖杯吗？"顾悄然停下来，转身看着唐放的眼睛。

唐放被她看得脑子发蒙，他犹豫不决地问："几……几十？还是几百……个？"

顾悄然摇头，转身继续往前走："每个市里至少有一个小规模的俱乐部，每个省至少有一个规模较大的俱乐部，林林总总的运动员加起来至少一千人。"

星耀俱乐部以前只是花滑爱好者投资出来的俱乐部，后来连连出了几个成绩不错的运动员，才跻身为四大俱乐部之一。

但实际规模，星耀俱乐部还不如县级……

顾悄然介绍着："三个奖杯，上千人争夺，竞争其实比想象中的还要惨烈。"

唐放还是第一次直面这么残忍的事实，脑子还来不及做出反

繁星似你　月光如我

应。

　　顾悄然又说："不，惨烈的是也许有的人一辈子都登不上比赛的场地，与奖杯无缘。"

　　短短的几段话彻底地镇住了唐放。

　　"有的人甚至当不上正式队员。"顾悄然停在俱乐部的面前："刚入行那会儿，你什么都不知道，或许还有满腔热血，愿意一直拼下去。现在知道这个行业到底有多惨烈，我不拦着你也不劝你，希望你自己决定，是去，是留。"

　　唐放的脑子还来不及接受这么残忍的消息。

　　"放哥，你总算回来了！"

　　轻快有活力的声音，打破两人的交谈，也让唐放有了短暂喘息的空间，他转身。

　　黄力和周平朝他跑过来。

　　顾悄然扭头跟唐放说："如果你下定决心离开俱乐部，就跟陈东旭说一声。"

　　唐放正想回答顾悄然。

　　顾悄然却没有听的打算，她迈着长腿，大步流星地往里走。

　　似乎是因为大赛将至，场内的气氛也非常的压抑，往常逮到机会就要说话恶心顾悄然的魏子灵也全身心地投入训练之中，一语不发。

　　余绵绵投入的表情，再也寻不到些许的胆怯。

　　顾悄然滑到唐放的面前，一双好看的眼睛盯着唐放，冷静的语气中不经意地泄露出丝丝的紧张:"决定了吗?"

唐放回望着已经一个多月没有搭理她的女孩儿,突然觉得,这个女孩儿居然还有点儿可爱。

生起气来,谁都不搭理。但是一遇到自己关心的事情,也会拉下面子,跑到你的面前,问她最关心的问题。

顾悄然没有等到他的答案,眸光黯淡下去:"要走?"

"不,"唐放缓缓地说,"我想试一试。"

顾悄然朝他伸手:"那来吧。"

唐放顺势牵住。

两人开始练习双人滑动作。

经典的双人滑动作有托举、捻转托举、双人旋转、螺旋线、抛跳等,而两人即将练习的是螺旋线。

螺旋线拆分开共有准备、进入、滑行、滑出四个环节。

唐放入行时间短,还只是个初学者,在这一个月的时间内虽然双人滑动作以及技巧都有所涉猎,但却还没有实践过。

这是第一次。

唐放一开始信心满满,然而正式进入训练,却发现很多动作都比他想象中要难,他不可避免地失误了。

结束这一组螺旋线训练,唐放心里很不是滋味,难受地低着头,准备迎接顾悄然的责骂。

顾悄然的时间不多了,他这段时间虽然很努力地在训练,可却只学会了基础动作。

一些高难度的动作，他还是一点都不会。

唐放比谁都清楚，如果依照这样的进度，恐怕再给他们两年时间，他们也拿不到奖杯。

"教练，"顾悄然径直从唐放的身边滑到周辉的面前，"他有什么需要改进的地方吗？"

周辉正准备给两人分析，一看唐放还愣在原地，立马朝他喊："唐放你也过来一下！"

第20章
一往无前

在训练之中，运动员的动作有瑕疵，那么当事人基本上是感受不到的。

为了让运动员们更加清楚地认识到自己的错误，俱乐部就会把运动员训练的过程录下来，让运动员在观看的过程之中，清楚直观地认识到自己的错误，从而改正。

唐放全神贯注地盯着屏幕。

周辉不过是瞄了一眼，就知道唐放哪些动作不标准，视线不经意地从顾悄然的身上滑过，他意外地发现，顾悄然居然也目不转睛地看着。

他转动核桃的手顿住，随即又恢复了转动。

核桃相互摩擦，咔嗒咔嗒的声响在休息区回荡着。

周辉渐渐地露出了笑容。

"我的重心是不是应该再放高一些?"唐放站起来,想着曾经看过的直播,不断地调整着姿势。

周辉在他下降到差不多的时候,伸出脚挡住他的腿。

唐放觉得有些唐突,立马站起来,往后退。

"再做螺旋线的时候,就停在我刚才挡住你的那个位置就可以,还有你的失误可不止那么一点点。"

他拍拍旁边的椅子:"你坐这儿。"

听到周辉的解释,唐放不自觉地松了一口气,在他的身边坐下。

周辉依次给唐放指出动作失误的地方。

唐放认认真真地记在脑海里,末了又跟周辉重复一遍。

周辉听了,觉得没什么大问题,就点点头。

唐放学会之后,心里非常高兴,他邀请顾悄然:"能陪我再练习一次吗?"

"来。"

周辉站起来,趴在围栏上,望着热火朝天训练的两人,突然笑了。

双人花滑之中,最考验的默契度,都是在交流之中逐渐养成的。

只要这两个人愿意沟通,久而久之产生默契,那他们就有很大的可能成为全国冠军。

"教练！"

正在周辉神游太虚之间，唐放和顾悄然又滑到他的面前。

唐放神情激动地说："教练，我明显地感觉到我有进步了！"

"不错不错，进步很大。"周辉丝毫不吝啬自己的夸奖："再多练习练习，这个动作你就可以做得相当完美了！"

唐放一听，更加亢奋，他看向顾悄然问："是这样吗？"

顾悄然点头应和。

"那咱们继续练！"唐放的年纪也不大，浑身好像总有着一股劲儿，训练、休息、继续训练……

如此反复着，好像根本不会累似的。

顾悄然本来就是俱乐部里的"拼命三娘"，看到唐放这么投入，纵然身体不舒服，也还是咬牙陪着唐放训练。

螺旋线的四个环节，两人练习了一次又一次……

周辉在旁边看着，直到两个人的动作完全标准了，才放心地出去吃饭。

下午七点，运动员们有说有笑地回到冰场。

余绵绵正在跟魏子灵交流接下来的打算，扭头，看到冰场之中训练的两个人，立马拉住魏子灵的手："灵姐，你看。"

洁白的冰场之中，两位身穿休闲装的运动员正在训练螺旋线，几束灯光打在少女脸上，让本来就好看的女孩儿显出一股圣洁而不容侵犯的疏离之感。

握住她手臂的男孩儿，眉宇之间都带着未褪去的稚气，可他认

繁星似你　月光如我

真凝视着女孩儿的表情，却显得那样专注与深情……

余绵绵小声地感叹："长得好看，花滑技术又好，每次练习的时候都给人视觉上的享受，不佩服不行。"

魏子灵不自觉地攥紧双手，强迫自己露出个笑容："看不出来，你们两个人还挺有潜力的嘛，这还没训练多久，螺旋线就已经这么标准了？要是再给你们几个月的时间，你们肯定能拿冠军吧？"

场中央的唐放握住了顾悄然的手臂，做螺旋线动作，看着顾悄然一脸平静，他问："魏子灵这么说你，你真的一点儿都不生气吗？"

"有什么好生气的？"顾悄然反问。

螺旋线的动作收尾，她借着唐放脚的力气站起来，面色如常地滑到一边。

唐放想都不想地说："一般人莫名其妙地被针对了，都会很生气吧？"

顾悄然认真地沉思了一会儿。

一本正经地回答："那我应该不是正常人。"

唐放还要问什么。

顾悄然却抢在他之前开口问："要不要休息一会儿？"

"我不累。"唐放接过话："继续训练吧！"

他觉得顾悄然好不容易才原谅他，他应该在顾悄然的面前好好表现，唐放希望顾悄然能够早点信任他！

第21章
被剥夺的训练时间

顾悄然看到他,好像看到了几年前的自己,为了得到认同,而拼命努力。

顾悄然唇角缓缓地扬起,她问:"你确定你能坚持下去吗?"

这一个月的时间,顾悄然表面上是在记仇,实际上却是在观察唐放能不能坚持。

顾悄然一直觉得,像是唐放这种养尊处优的富二代最多只能够坚持三四天,可唐放却出人意料地一直训练到现在。

"我确定!"唐放迈腿准备往前滑,可是双脚却沉重到几乎抬不起来。

"过去休息吧。"顾悄然一点儿都不意外,之前唐放训练基本

繁星似你　月光如我

上都休息了好几次，可是今天却几乎一直没有休息。

他正式训练时间还短，身体难免会吃不消。

顾悄然也考虑到这一点，于是就把唐放送到休息区后，重新回到冰场之中，继续训练旋转。

魏子灵的训练已经结束，看着还在场中的顾悄然趾高气扬地问："这么晚了还不休息？"

顾悄然不为所动。

魏子灵看着她不为所动的模样，心里很不爽，一想到接下来要跟顾悄然说的话，她的心里又痛快几分："不过也确实要抓紧喽，不然等以后，过了集体训练结束的时间，你就不能使用冰场了。"

顾悄然闻言，滑到她的面前。

见她看向自己，魏子灵的心里痛快了不少，语气也跟着变得神气起来："毕竟你现在已经没有之前那么厉害了，咱们俱乐部为了长远打算，自然不可能在你身上浪费资源。"

顾悄然淡漠地回答："哦，谢谢你通知我。"

魏子灵原本打算说完就离开，发现顾悄然居然继续了："你是不是没听见我说的话？"

她跟王副教练好说歹说，王副教练才同意剥夺顾悄然加练的时间，要是顾悄然根本不停，那她岂不是白说了？

"听见了。"顾悄然检查好鞋带："不过这不是还有点儿时间吗？"

往常训练结束，运动员们都是自觉离开冰场，教练从来不会出现，可是今天，王正利却破天荒地赶来了。

他站在围栏外面，手上拿着一个哨子，眼睛盯着手上的表，一看到了结束的时间，他连忙吹哨："各位，各位，请停下！"

魏子灵扬扬得意地站在王正利的身边，准备看顾悄然出糗。

冰场中的运动员纷纷滑向王正利。

王正利视线在众人身上划过，发现顾悄然也看过来了，他不由自主地松了一口气，这些话其实都是说给顾悄然听的。

他清清嗓子，提高嗓门说："鉴于有人投诉近来部分成员在训练结束后，依然使用冰场训练，对冰面造成非常大的影响！我跟负责人商量后决定制止这种现象！"

"所以从今天开始，训练结束后，俱乐部的所有成员都不许在训练场逗留。"

王正利扫了不服气的运动员一眼，嗤笑着问顾悄然："你对俱乐部的决定有异议吗？"

顾悄然平静地回答："没有。"

王正利继续："以后谁再为浪费俱乐部资源的人说话，全部开除处理！"

"今天就到这里，散会！"

说完，他率先离开。

第22章
故人出现

第二天早上。魏子灵站在摊位前,问余绵绵:"想吃什么?"

"一个肉包子,一杯豆浆。"余绵绵见周围有几个混混,正朝他们走过来,神色慌张地抓着魏子灵的袖子。

魏子灵不动声色地挡在余绵绵的面前,把钱递给老板后,快速将早餐接过来。

她把东西递给余绵绵,见周围凑过来的小伙子,把余绵绵吓坏了,她没好气地说:"看什么看?再看小心我揍你们!"

"我们又没看你!"那人吊儿郎当地回答,视线却一直黏在余绵绵的身上,他露出恶心的笑容:"小妹妹,能不能把你的联系方式给我们一下?"

余绵绵慌乱地摇头："不……不可以！"

"怎么不可以？"那人越过魏子灵伸手去拉余绵绵的袖子："你这是不给我们面子？"

余绵绵害怕得浑身都在发抖。

"你们算老几，要给你们面子？"

魏子灵抓住余绵绵大着胆子说，侧眼看到唐放拎着早餐朝她走过来。

她松了一口气。

唐放虽然不喜欢魏子灵，却也见不得女人在自己的面前被欺负，他直接走到众人的跟前。

唐放挡在两人面前，用手示意那两个人赶紧走。

男人看着唐放说："我们都很喜欢这个小妹妹，所以请你把她的联系方式给我们，让我们跟她做个朋友。"

唐放回头看向余绵绵。

余绵绵惶恐地摇头，眼睛水汪汪的。

唐放非常担心，她会不会把眼泪甩出来，就跟动漫里一样……

"不好意思，她不乐意跟你做朋友。"

"那她什么时候同意跟我们做朋友，我什么时候让你们回去。"彭宇无赖地开口。

"彭宇，你觉得有意思吗？"

彭宇听到有人喊自己的名字，惊讶地回头。

顾悄然正一步一步地朝他走过来。

繁星似你　月光如我

早晨的太阳通红，东边的天空也好像是染了血似的，一片艳丽。

那温暖的颜色落在顾悄然的身上，却没有增添半分暖色，相反还让顾悄然看起来更加冰冷。

彭宇意外地问："怎么是你？"

"我听说你回来了，就过来看看。"顾悄然看着唐放："你先带她们两个回去。"

唐放立马转身，推着魏子灵和余绵绵往俱乐部的方向走。

彭宇呵斥道："我让你们走了吗？"

三人不约而同地停住步伐。

"你今年多大了？"顾悄然漠然地问道。

彭宇不自在地说："跟你没有关系。"

"快三十了？"说实话，彭宇的长相看起来就像是二十出头的小伙子……

以至于在看到彭宇之后，顾悄然还有些怀疑，这个彭宇是不是真的是她记忆里的那个人："一般人在你这个年纪，早就成家立业了吧？"

第23章
自暴自弃

彭宇很讨厌听人说教:"跟你没有关系!"

"对。"顾悄然没有否认:"但我还是想要多嘴问你一句,你到底打算自暴自弃到什么时候?"

"顾悄然!"彭宇恨恨地喊着她的名字:"我是不是自暴自弃,关你什么事?"

"如果你没跑到我的面前来,搭讪我的朋友,我自然不会多嘴问一句,你可以继续混日子,也可以四处勾搭小姑娘,但只要你别对我朋友下手,我保证不会多说你一句、多问你一句。"

彭宇没有答话。

顾悄然见她们三个愣在原地没有走,主动靠过去:"咱们回去吧。"

"这个男人是谁呀？"魏子灵奇怪地打量着彭宇，心里厌恶得厉害："是你的追求者？"

"不是。"顾悄然不太想说："反正我跟他没有暧昧关系，你们只需要知道这一点就好了。"

三人距离彭宇越来越远。

彭宇慢慢地转过身来："站住，我让你走了吗？"

顾悄然转身，跟他面对面："你还有别的话想说吗？"

她双手背在身后，示意他们快些走。

唐放不放心，想留在这里陪着顾悄然。

魏子灵干脆地拉着他和余绵绵离开现场。

彭宇走到顾悄然的面前，抬着下巴，指了指魏子灵的方向："那女的不是经常找你的事儿吗？"

"但她们罪不至此，"顾悄然淡淡地回答，"还有别的事情吗？如果没有的话，那我就先回去训练了。"

"嗯……"彭宇犹豫着，不知道该怎么开口。

顾悄然懒得在这里跟他浪费时间，便转身离开。

彭宇说："自打那件事发生以后，我就没敢再训练了……"

顾悄然的脚步停住。

她有预感，彭宇接下来说的话很有可能戳到她的伤口。

可顾悄然却控制不住自己。

"换了女伴以后，我的脑海之中总是不自觉地浮现出那天的情景……"彭宇懊恼忏悔着:"那简直太残忍了,我害怕以后跟女伴合作还会发生那样的事情,就直接离开了花滑俱乐部。"

顾悄然企图让自己看起来淡定一点,可开口的时候,沉闷的语气却暴露了此刻的想法。

她说:"哦。"

彭宇十分内疚:"这十年来,我都努力地说服自己,不要去关注花滑,不要去关注跟花滑有关的任何人……"

顾悄然抬头。

天空很蓝,万里无云,晴朗的颜色没有让人的心情变得更好。

彭宇是个混混,平时跟人打架,打断了肋骨都没有叫过疼,如今谈到过去,他却止不住红了眼眶:"可是已经过去了十年,我发现我还是忘不了花滑。"

"那你就继续训练。"顾悄然感觉自己的双脚依旧很沉,但就算是再沉重,她也必须往前走。

否则……她肯定承受不住这压抑的氛围。

顾悄然说:"这是你自己的人生,本来就应该由你自己负责。"

两人的谈话尚未结束。

俱乐部的其他运动员已经跑了过来。

唐放紧张地问:"你没事吧?"

"没,咱们回去吧。"顾悄然不想再接近这个人半分,更不想听到他说过去的事情。

繁星似你　月光如我

陈东旭问:"真没事吗？可是你的脸色很苍白。"

顾悄然摇头:"没。"

星耀俱乐部的运动员离开后,宽阔的马路就显得有些空旷,几个小弟见彭宇的脸色不佳,也都不敢再追着彭宇问了。

他们安静地站在一边等着。

"走吧。"彭宇脱下外套,搭在肩膀上,大摇大摆地往回走。

他的小弟们,你看看我,我看看你。

其中一位试探着开口问:"彭哥,咱们不泡那个妞了？"

"不泡了……"彭宇这次过来,主要就是为了看看顾悄然的情况。

说要泡余绵绵,那纯粹是个借口。

那人又问:"难道你看上了后来的这个？"

彭宇暴躁地回答:"没有！"

那就是有了。

那人又说:"如果你确实喜欢后来的这个,我们可以帮你追她。"

"我说了不喜欢！"彭宇怒火冲心,发完脾气后,见他们几个都快吓傻了,他又强迫自己冷静下来:"我认识她,还跟她的亲戚有过一段不怎么光彩的过往,心里面就一直觉得对不起她。"

这次过来,主要就是帮顾悄然出头,却没有想到顾悄然已经解决好了。

是他自己好心办了坏事儿。

那人了然："你把她亲戚打住院了？"

"如果只是住院，那我肯定不会这么内疚。"彭宇丢下这一句话后，三步并作两步往前走。

星耀俱乐部。

众人来到大厅的时候，周辉和王正利已经在等着了，看到他们回来，两位教练都止不住地疑惑。

以前顾悄然可是俱乐部里来得最早的一个，虽然昨天已经说过，不能利用额外时间训练了，可依照他们对顾悄然的了解，顾悄然应该不会迟到才对。

是不是发生了什么？

周辉问："你们几个怎么一块儿过来了？"

陈东旭知道顾悄然在俱乐部的立场，生怕顾悄然开口，教练们又会找她不痛快，便主动上前一步说："刚才吃饭，有流氓找事儿，所以我就领着俱乐部里的其他人过去解围了。"

"不是流氓，"顾悄然心情沉重，"是彭宇。"

"他呀？"周辉摇摇头："可惜了。"

"他不是早就退役了吗？"王正利显然也对这个人有所耳闻："我听人说，自从十年前发生了一场意外之后，他就再也没有出现在众人面前了，这次主动过来，你们有没有问他还有没有兴趣复出？"

他言语之间，带着相当浓烈的渴望。

顾悄然如实回答："他说的是想。"

王正利迫不及待地往外冲："那他现在哪儿呢？还不把他喊过来？"

"已经走了。"顾悄然全程没有隐瞒。

王正利责备地看向顾悄然。

顾悄然低头，看着自己的脚尖。

王正利叹了口气："算了，人家没进来就证明对咱们俱乐部并不感兴趣，咱们也没有必要强求太多。"

嘴上这么说，脸色却黑了不少。

周辉不想在与训练无关的事情上浪费太多时间，主动说："大家都快去训练吧。"

"好。"

运动员们四处散开。

唐放好奇地问顾悄然："彭宇是谁？很厉害吗？为什么王正利听到这个名字以后这么激动？"

"你问别人。"顾悄然板着脸，去换冰鞋。

她这是生气了？

可是他刚才说的话很正常吧？

唐放不明所以地凑到陈东旭的面前，询问彭宇的情况。

"彭宇呀，应该是国内花滑史上最为出色的男性双人花滑运动员。"陈东旭比彭宇小几岁，彭宇出道的时间比较早。

在彭宇退出的那段时间，陈东旭正在进行封闭训练，所以很多事情，陈东旭也不太清楚。

不过陈东旭却听说过彭宇的事迹："当时他跟他的女伴……"

陈东旭努力地想了半天，意外地发现，他好像根本想不出彭宇的女伴到底叫什么名字了，但这根本不影响他们接下来的话题："两个人几乎达到了全国最顶尖的水平，无论参加什么比赛，都能够奉上最精彩的表演。"

唐放又问："那他……"

"我们也不知道具体是什么原因，但可以肯定的是，十年前应该是发生了比较严重的事。"陈东旭当时一直在闭关训练，训练结束，出来问其他人到底是怎么回事儿，可知道这件事的人却都闭口不谈，久而久之，他也失去了好奇心。

"反正从那件事以后，彭宇在训练之中就经常失误，到了最后，更是干脆放弃训练，直接退役。"

魏子灵颇为感慨地说："那他不是挺可惜的？"

陈东旭耸肩："谁说不是呢？"

"当年那件事，跟顾悄然有没有关系？"唐放疑惑地问。

如果跟顾悄然没有关系的话，那顾悄然今天的表现，怎么那么奇怪？

陈东旭想了想说："应该是没关系，彭宇退役那年，顾悄然才刚刚加入花滑队。"

唐放又问："那她跟顾悄然的家人有没有什么联系？"

"应该是没有。"陈东旭也不太确定："我听说顾悄然家应该是一家四口，上面只有一个大哥，她大哥十年前还在上学，根本不可

繁星似你　月光如我

能跟彭宇有关系。"

"是吗？"唐放总觉得有什么地方没对上，如果对方跟顾悄然一点儿关系都没有，那顾悄然为什么这么不对劲？

他认识的顾悄然，可不是那种会莫名其妙生气的人。

第24章
渐渐浮现的秘密

俱乐部里的运动员,都在进行着各自的训练。

王正利站在围栏边喊道:"陈东旭还有魏子灵,先出来下,我有话要跟你们说。"

魏子灵停下正在进行的训练,立马滑过去。

王正利见两人都出了冰场,这才转身往外走,他把两个人带到自己的办公室里,沉重地吐出两口气:"新组织的比赛结束后,马上就有全国大赛……"

魏子灵明白了:"你是想让我和陈东旭去参赛?"

"没错!"王正利最头疼的就是这一点,他想直接让这两个人过去,却遭到了周辉的反对。

繁星似你　月光如我

周辉的意见是，应该先让小组PK，让实力强的人去参加比赛。

王正利说："只不过如果你们没有拿到好成绩，我就推荐你们过去，恐怕不能服众。"

陈东旭明白了："需要我们拿到什么名次？"

"最差第四名。"王正利也知道这样的要求对他们来说有点儿难："你们压力别太大，尽力就是了，大不了到时候回到俱乐部咱们跟其他人比赛……"

他补充道："相信以你们的实力，打败俱乐部的其他人，也易如反掌。"

交谈完毕，陈东旭觉得压力好像在无形之中大了很多，他们即将要参加的比赛虽然是市级比赛，但前来参赛的都是顶尖选手。

要让他们在这种比赛之中，拿到前四名的好成绩……

陈东旭觉得基本不可能，但为了拿到参加全国大赛的名额，他决定拼一下："嗯，我知道了。"

第25章
训练僵局

一阵阵冷风吹来。

顾悄然莫名地觉得有些冷,她拢住身上的衣服,快步往前走,可传来的脚步声有些奇怪。

她一个人走路,却能够听到两个人的脚步声。

顾悄然加快脚步,对方也小跑着跟上。

她小心翼翼地回头,准备看清楚是什么人跟踪她,却正好对上了余绵绵那张紧张的脸。

顾悄然提着的心终于放下,她回头问:"你怎么不喊我?"

余绵绵小声地回答:"我怕你不愿意跟我……一起……"

"我有那么可怕吗?"

"就……就是……"余绵绵声音越来越弱:"你平时独来独往惯了,我……我以为你不喜欢跟人……来……来往。"

"差不多。"顾悄然也没有否认:"只不过如果没有人跟你一起,而我又在你附近的话,你可以喊着我跟你一起回去。"

余绵绵愣住了,然姐居然这么好说话?

"毕竟两个人在一起,也更安全,不是吗?"

余绵绵羞涩地笑了:"是的!"

发现顾悄然没有想象之中的高冷,余绵绵心里止不住地高兴,偷偷地看顾悄然一眼,再看一眼,发现顾悄然要扭头,她又慌忙别开视线。

差一点就跟然姐对视了。

她……还是很害怕。

两人回到寝室的时候,魏子灵已经睡着了,她面朝着墙,背对着她们,呼吸非常平稳。

"然姐,你先洗澡吧。"余绵绵鼓起勇气说。

顾悄然想了想:"你先吧。"

她想利用这段时间,好好看看今天训练的复盘。

虽说教练一直在夸奖他们两个的进度不错,可她总觉得,在唐放做托举动作的时候,她有些动作没有做好。

或者说是根本没有调整好身体的状态。

状态问题,只有当事人才能感受到。顾悄然插上耳机,全神贯注地看着视频回放。

由于录播时间过长,顾悄然按下快进,她凭借着记忆寻找,场景快速地划过,她按下暂停,把进度条拖回去,又将镜头放大,这才发现……

在做托举和抛跳动作时,她的身体非常僵硬……

顾悄然盯着手机屏幕,陷入了沉思。

第26章
噩梦般的场景

"然姐,你去洗吧。"余绵绵从洗手间里走出。

顾悄然退出视频,"好。"

她关上门,打开淋浴,任由着水花洒落下来,她的心情久久不能平静。

顾悄然深吸一口气,从浴室里走出来,躺在床上,慢慢地闭上眼睛。

看来那件事对她的影响还是很大。

但是她一定要克服……

可她到底要怎么做呢?

只要她一闭上眼睛,脑海里面都是那场比赛的情形。

朦朦胧胧间,她的脑海之中出现了一个面积很大的冰场,冰场的四周,座无虚席。

观众们十分热情地高喊着:"彭宇加油,彭宇必胜!"

年轻的彭宇滑入冰场,一束灯光从他头顶洒落,站在他旁边的是一个女孩儿,音乐开始,两个人开始了表演。

开始时一切都非常顺利,高难度的动作为他们赢来了阵阵掌声。

彭宇和他的女伴脸上挂满了笑容。

而后,音乐逐渐变得激昂,彭宇握住女伴的腰肢,用力地将女伴抛出!

"哐当!"

极其响亮的声音,唤醒了顾悄然的意识,她猛地睁开双眼,一时之间竟分不清那声音到底是来自梦境,还是现实。

一滴冷汗从额头往下滑,顺着脸颊,滴落在被子上。

暗淡下去的颜色,一如顾悄然现在的心情。

她已经有好几年没有梦到那个场景了,原本以为自己会忘记,可再做梦的时候,她才突然发现,那个场景已经深深地烙在她的脑海之中……

到现在,她甚至还清楚地记得那一场比赛上,那两个人穿的衣服、用的音乐,以及做每个动作时的表情。

"然姐,我们要去吃饭啦,你去吗?"余绵绵发现顾悄然醒了,连忙跟她说话,可是看到顾悄然苍白的脸色,又止不住地担心:

繁星似你　月光如我

"你的脸色看起来不太好,是做噩梦了吗?"

"没有。"顾悄然摇头,她心跳得比平时快了很多,深入骨髓的恐惧感,让她有些虚脱:"你们先去吧,我马上就过来。"

"好。"余绵绵知道她不爱跟人太过亲密,也没有为难她,而是直接挽着魏子灵的胳膊往外走。

魏子灵有意无意地往里瞄了一眼,问余绵绵:"你跟顾悄然的感情什么时候变得这么好了?"

"好吗?"余绵绵不明所以:"不就是说了两句话吗?"

魏子灵这才松了一口气:"没跟顾悄然好就行。"

两个人离开后,寝室里只剩下顾悄然一人,冷清清的,也让顾悄然终于有了喘息的空间。

她双手撑着自己的额头,脑海之中止不住地重放着梦境中的场景。

进入动作时,彭宇握住那女人的腰肢,抛出……

"叮铃铃!"

手机铃声将顾悄然从噩梦回忆中唤醒,她拿过手机,见给她打电话的是唐放,直接接通:"喂?"

"你吃饭了吗?"

顾悄然没有想到唐放居然会这么问,犹豫了一下说:"还没。"

唐放说:"在早餐店门口等你过来一起吃饭。"

说完,直接挂掉电话。

顾悄然无语地拨回去,手机里却传来唐放手机关机的提示音,她无语地看着手机屏幕,看了半晌,最终叹了口气,她翻身下床。

床有点高,她下去的时候发现自己的双手都快没力气了。手一松,差点儿摔倒,好在顾悄然反应快,才避免了摔倒的噩运。

下了床,她快速地换好衣服,洗漱完毕,到俱乐部门口的早餐店里去找唐放。

"顾悄然,我在这里。"唐放看到顾悄然,连忙站起来,冲顾悄然挥手。

顾悄然看到唐放,主动走过去:"你不用等我。"

唐放当作没有听到,一脸郑重地说:"昨天教练跟我说,咱们两个现阶段不是实力不行,而是默契不够!"

"所以咱们两个现阶段,要做的,就是尽量保证睡觉以外的时间都粘在一起,增加对彼此的了解。"

顾悄然已经喝完了粥,她放下手里的碗,认真地看着唐放说:"不可能。"

唐放问:"你还想夺冠吗?"

"当然。"拿到双滑冠军,是顾悄然最渴望的。

唐放抓住顾悄然的手腕:"那就按照我说的来。"

"我觉得既然咱们两个在人生低谷期遇到彼此,咱们两个又都想变得更好,那就应该给彼此带来一点儿改变。"

顾悄然赞同地点点头:"然后呢?"

"我是遇到你之后才学会坚持的,不管条件多艰难,不管训练多艰苦,都要咬牙撑下去。"

顾悄然单手撑着脑袋:"继续。"

唐放深吸了一口气:"我也希望你能够学会我的开朗和乐观,好好跟俱乐部的其他人搞好关系,这样的话,你训练起来,也会轻松很多。"

"我要是不愿意呢?"顾悄然反问。

唐放愣住。

"我不喜欢在这种事情上浪费时间。"

听到她的解释,唐放止不住地觉得好笑:"其实我也能够理解你,只不过如果你想过得更好,肯定要做出一些改变,这样的话,俱乐部里就不会有那么多人不喜欢你了。"

"他们也不是不喜欢我。"顾悄然解释:"只是跟我一样,习惯性地无视彼此而已。"

"那你要不要改变?"

顾悄然回答得很快:"不要。"

唐放:"……"

顾悄然吃完了茶叶蛋,起身付钱。

唐放跟在她的后面,诧异地问:"你早餐就吃这么点儿吗?"

顾悄然往前走:"嗯。"

唐放立马追上去:"每天的训练量这么大,你又只吃这么一点儿,身体能受得了吗?"

"吃太多容易长胖。"顾悄然难得有耐心地解释:"双人滑中,有很多是考验男伴力量的,比如抛跳、捻转。"

唐放跟她显摆自己的肌肉:"我很壮,这个你完全不用担心。"

顾悄然好笑地说:"一般来说,女伴越瘦,男伴的压力就越小,做专业动作时,成功的概率也就越大。"

"可是如果你长期这么吃,会吃坏身体的。"唐放一脸认真地跟顾悄然保证:"你放心吃,不管你吃多胖,我都会想尽办法把你举起来。"

"算了吧。"顾悄然完全没有把唐放的话放在心上,回到休息室,她打开柜子的门,赫然看到被损坏的冰鞋。

她拎着坏掉的冰鞋,转身问:"是谁干的?"

第27章
被毁坏的冰鞋

休息室里，只有余绵绵和魏子灵两个女人。

余绵绵听到她说的话，吓得浑身都在颤抖。

而魏子灵用一脸看好戏的表情看着她："是我。"

"为什么？"顾悄然难以置信地问。

魏子灵耸了耸肩膀："我早就想这么做了，只不过今天才找到合适的机会而已。"

顾悄然尽力保持冷静："重要的是，你为什么要毁坏我的冰鞋，仅仅是因为讨厌我？"

"当然不是，"魏子灵耸肩，"你的实力还不错，我如果不想办法阻拦你训练的进程……"

顾悄然无法用言语来形容自己此刻的失望。

魏子灵坦白地说:"只要给你足够长的时间,你肯定会恢复,届时根本没有我表现的空间,所以我必须想办法将你赶出俱乐部!"

她紧紧地盯着顾悄然:"这样你就是过去式了,再没机会登上双人滑的巅峰。"

顾悄然压下心中的鄙夷:"你是我长这么大,遇到的最恶心的一个人。"

不会跟人正常竞争,只知道在背后捅刀子。

这样的人,真的怎么看怎么下作。

顾悄然拎着冰鞋往外走,刚走到大厅,王正利就迎面朝她走来,她低着头,想装作没有看见。

王正利却开口喊住了她:"小顾,你的冰鞋怎么坏了?"

"被人恶意破坏的。"顾悄然知道王正利对她有意见,也没说得很详细。

"哦。"王正利同情地说:"那你这段时间不是没办法训练了?"

顾悄然听出了这句话的意思,诧异地看着王正利。

王正利对上顾悄然诧异的双眼,没有丝毫同情,相反非常满意。

他轻咳两声:"为了节约成本,俱乐部准备让一些无法创造价值的运动员自备冰鞋。"

"是吗?"顾悄然不傻,自然听出来这个规定主要是针对她

的，她也说不出此刻的心情，总之就是失望得很："这是什么时候的事儿？"

王正利理所当然地说："今天。"

顾悄然挑眉。

"我待会儿就会跟其他的负责人商量，相信很快就会出结果。"

顾悄然深深地吸了一口气，又沉重地吐出来，再平复半晌，她的心情才恢复淡定。

顾悄然平复好情绪，带着冰鞋往外走。

"他们都去冰场训练了，你怎么还……"周辉刚才还在奇怪，顾悄然怎么没来，特意出来找她，结果就在门口看到了她在走神。

周辉问："在想什么？是不是看到彭宇，又想到之前的事情了？"

"不是。"

顾悄然将冰鞋藏在身后，抬头看着周辉："教练，我好像是从入行就开始跟着你吧？"

"对啊。"提到这个话题，周辉也万分感慨："当时没怎么把你当回事儿，就觉得你应该是过来玩玩，谁想到训练之后，一鸣惊人，而且那么多俱乐部的人来挖你，你都不愿意走。"

他知道顾悄然这是在感谢他的知遇之恩，心里面还是很感动。

在队伍越来越商业化的时候，顾悄然却肯为了教练留下来，这实属罕见，而且没有借机提出更高的需求，工资水平一直跟刚入行时的差不多。

周辉要说不感动，那肯定是骗人的。

"一年以后，你有换俱乐部的想法吗？"顾悄然问。

周辉诧异地看着顾悄然："换俱乐部？"

"嗯。"顾悄然没打算隐瞒周辉："到时候如果我还没能恢复状态，那我就乖乖退役，如果侥幸恢复……"

她认真地说："我就换俱乐部。"

周辉很了解顾悄然，知道顾悄然根本不是个任性的人，心中的疑惑更重："为什么？是不是他们……"

"不是，"顾悄然不想在任何人的面前告状，更不想破坏教练们的感情，"就是突然感觉星耀俱乐部不太适合我。"

联想到最近发生的一切，周辉也不好再说什么："如果我不走呢？"

"那逢年过节的时候，我会来看你。"顾悄然往后退几步："其实我留在这里，对你反而并不好，这点我知道。"

周辉斥责道："你在胡说什么？"

"这段时间你为了我一直跟他们争吵，我看在眼里……"顾悄然明明心里有非常多的话想要跟周辉说，但不知如何表达。

最终，顾悄然还是慢吞吞地继续说道："其实您只要别替我说话，就可以减少很多烦恼。"

"你别乱想。"周辉揉揉顾悄然的脑袋。

他比顾悄然的年纪大很多，也已经有了自己的孩子。

繁星似你　月光如我

周辉看着顾悄然，就好像是看到了自己的女儿："你们是我看着长大的，我替你们说话，难道不是很正常的吗？"

"我不想你那么累，"顾悄然低着头，"所以以后那边的人，如果在你面前说了什么事，你也别跟他们争论太多。"

周辉打断她："那不可能！我的运动员，我肯定是要护的！"

"你如果替我说话，我只会更加舍不得离开。"顾悄然嘲弄一笑："可我只要想到，这段时间发生的事，我还要经历第二次，我就……"

第28章
让人心寒

周辉听到这里，也是止不住地叹气。

这丫头从小到大，一直都是家长嘴里的别人家的孩子，相貌出众，肯努力肯吃苦。最重要的是，她还很有天赋，总是能够轻轻松松地掌握窍门。

在今年之前，她的人生可以说是顺风顺水，毫不夸张地说她就是被观众和俱乐部里的成员捧着长大的……

如今状态不佳，俱乐部里的部分运动员更是想方设法地针对她，而俱乐部也明显想逼走顾悄然。

周辉很佩服顾悄然，至少这种事情发生在普通运动员的身上，基本上没有几个人可以承受得住这样的压力。

繁星似你　月光如我

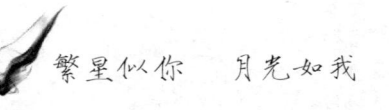

知道顾悄然的想法，他叹了口气："我都知道了，哎，我以后会注意的，你先去训练吧。"

"谢谢教练。"顾悄然朝周辉鞠了一躬，借着转身，把冰鞋藏了起来，背对着周辉，走向冰场。

周辉盯着顾悄然的背影，半晌，开口嘱咐道："你走之前，记得跟我商量商量想去哪个俱乐部，我帮你分析一下利弊，看看适不适合你。"

"嗯。"

周辉目送着顾悄然回去后，才走向办公室。

刚才有人给他打电话说什么负责人要喊他过去开会，他上楼来到了门口。

咚咚咚。

"进来。"

周辉推门而入。

王正利看到周辉，整个人都止不住地头疼……

虽说他刚才已经说服负责人了，但是这个方案未必能够通过，因为整个俱乐部里，最难糊弄的人就是周辉。

他调整好自己的表情，冲周辉招手："你过来，我有一件非常重要的事情想要跟你说。"

"什么？"周辉跟他保持着距离。

王正利把俱乐部新的管理方案说给周辉听，末了还不忘补充一句："负责人们都已经同意了。"

"我反对。"周辉举手站起来:"运动员们不管辉煌还是落魄,都曾经为咱们俱乐部服务了,如果用这种手段对付他们只会让他人心寒。"

"我觉得不会,"王正利很喜欢跟周辉唱反调,"大家都知道,四大俱乐部之中,只有咱们俱乐部的规模最小,广告少,运营起来相当困难。所以,他们如果知道我们减少了无法为俱乐部创造利益的运动员的开销,他们一定会支持。"

周辉想都不想地反驳:"那不可能。"

"你就永远只会站在运动员的角度考虑,从不会考虑俱乐部的感受!你为运动员们辩解的时候,有没有想过,这么做可能会对俱乐部造成的影响。"

"那你觉得苛刻对待曾经为俱乐部做出贡献的运动员就是对的吗?"周辉并不打算妥协:"如果不是顾悄然,咱们俱乐部早就垮了,在她的带领之下,咱们俱乐部从无人知晓的小俱乐部一跃成为全省最为知名的四大俱乐部之一,你还克扣了她很多的奖金!用她的这些奖金养她一年都不过分。"

"那只是你嘴上说说而已。"王正利不认同周辉的观点:"养她一年,你知道养她一年的代价是什么吗?是别人在关注咱们俱乐部的时候,总会习惯性地先去问顾悄然的状态怎么样!"

俱乐部的运营就靠运动员们的关注度,而顾悄然现在能够吸引过来的观众,注意到的全部都是她状态不行的负面消息。

那些人看到,肯定不想投资星耀俱乐部。

王正利之所以会针对顾悄然，纯粹是因为看到了这件事的负面影响。

"所以我们连她最后一点儿权利都要剥夺吗？你们想清楚。"

王正利张口就要跟周辉争论。

负责人见他们两个人争吵不休，急忙开口："周教练，其实我觉得副教说得很有道理。"

"什么？"周辉转身，他刚才甚至怀疑是不是自己听错了。

如果没有听错，那负责人为什么要赞同王正利这么愚蠢的条件。

负责人解释："咱们是商业俱乐部，并不是慈善俱乐部，虽然说起来你可能难以接受，但事实就是，我们俱乐部就是冲着钱去的。"

周辉也知道，一个俱乐部如果没钱，那肯定是运行不下去的："我并不反对咱们俱乐部爱钱。"

负责人说："可如果放任不管，就让顾悄然留下来，那么迎接咱们俱乐部的，就只有关门这一条路。"

周辉真的没有想到，这些话居然是从负责人口中吐出来的："你认真的？"

"没错。"

"很好。"周辉生气得直接甩袖子离开。

刚才他还在奇怪顾悄然怎么好好的说换俱乐部，要是他受到了这种委屈，也肯定会二话不说，直接离开！

周辉回到冰场，正好看到顾悄然趴在围栏边上，脚边放着的是她那双已经被损坏的冰鞋。

顾悄然发现是周辉过来，连忙藏起自己的鞋子，不让周辉看到。

周辉注意到她这个动作，止不住地心酸："我刚才认真地想了一下。"

"想了什么？"

"一年后如果你的状态可以恢复，那我就跟你一起跳槽。"顾悄然说得对，这个俱乐部不适合她，也不适合他。

星耀俱乐部根本不配拥有运动员。

周辉听了负责人和王正利的话以后，整个人失望透顶："到时候我就帮你们留意一下，免得你们再跳到坑里。"

"不是……"顾悄然听完周辉的话，奇怪地问："可你在这个俱乐部不是待了十多年了吗？真舍得？"

"感情肯定是有，而且还很深……"

顾悄然轻笑："既然是喜欢，那就留在这里。"

"可是我不能因为我对俱乐部的感情，而蒙蔽双眼。"周辉理智地回答："我加入这个俱乐部那天，负责人跟我承诺的是，会尊重运动员，可他们并没有做到。"

不仅没有做到，反倒还成了伤害运动员的刽子手！

周辉长长地吐出一口气："那我能眼睁睁地看着我欣赏的运动员被欺负吗？"

繁星似你　月光如我

"不能。"顾悄然调侃："所以在我们被欺负的时候，你也可以闭上眼睛。"

周辉没好气地看着她。

顾悄然耸耸肩膀。

"走，去买冰鞋吧。"周辉可不想让这些小事耽误顾悄然的训练："买好了，就赶紧回来，你的时间已经不多了。"

"还有十多个月呢。"顾悄然捡起地上的鞋子，跟着他往外走。

"你是想混完这十多个月，就退役，还是想在十个月后，让众人仰望？"

"我的目标，一直都是第一。"顾悄然轻笑着回答。

拿到冠军，是支持着她坚持到现在的信念。

"挺好的。"周辉突然无比感慨地来了这么一句。

顾悄然看着他的背影问："什么？"

"前段时间，看你精神状态不太好，还在担心……"周辉笑着说："万一我带出来的这个最厉害的运动员，彻底地被打垮了怎么办。"

顾悄然沉默了一下说："那就证明，我不是最厉害的。"

状态下滑后，她的心态迅速崩盘，如果不是周辉一直在身边留意着她的心理状况，唐放也在她耳边说着好话……

她挺不过去的可能性很大。

顾悄然望着远方的景色："其实我能够挺过来，应该要谢谢你、谢谢唐放、谢谢戚成雪。"

"不客气。"周辉一脸欣慰:"只不过要是让其他熟悉你的人听到这话,肯定会忍不住地想敲开你的脑袋看看,你是不是疯了。"

毕竟她曾经是圈内出了名的冷美人。

"嗯……"

其实她真没想那么多。

"喂,你们两个准备去哪儿?"唐放追了上来,跟他们两个并肩往外走:"刚才在训练的过程之中,看到你们两个出来,就偷偷跟过来了。"

这些都是借口。

唐放发现最近顾悄然的脸色不太好,又联想到顾悄然最近在俱乐部里的待遇,看到周辉带着她出来,就担心周辉跟她说一些很过分的话。

"去换一双冰鞋。"顾悄然把手里坏掉的冰鞋,递到他的面前给他看。

繁星似你　月光如我

第29章
定制冰鞋

唐放这才留意到那双被人为破坏掉的冰鞋，冰刀的刃部已经弯曲。

"这是谁动的手脚？"

"不知道。"顾悄然知道是谁，但是她并不想跟唐放说。

这事儿本来就是她和魏子灵的私人恩怨。

唐放显然不信："是魏子灵？"

整个俱乐部之中，也就魏子灵会做这种事。

"唐放。"顾悄然喊着他的名字。

唐放非常看不惯魏子灵这种行为，实力不如别人，不去想办法提升自身，反倒把心思用在破坏别人训练上。

这不是脑子有问题吗？

他转身就要回冰场，帮顾悄然解决这件事。

"站住。"顾悄然的声音跟着严肃起来。

唐放不听。

顾悄然大步挡在他的面前，拦住他："你别冲动。"

唐放不满地问："为什么？她都这么欺负你了，你还不让我对她动手，还护着她……"

"不是护着她，而是我现在的地位根本没有资格。"顾悄然对现在自己的地位很了解："在没有拿到成绩之前，不管俱乐部里的人做了多么让你难受的事情，你都要咬牙当作没有发生过。"

唐放心里压抑得厉害，以前他一直觉得运动员们的圈子里都是很纯净的人，他们心里装的就只有荣耀和冠军。

接触后，他才发现原来这些人也跟普通人一样，有着非常多的无奈。

"离开了俱乐部，你就一无所有，甚至没有恢复状态的机会，"顾悄然扭头看着唐放，"但是继续在俱乐部里待着，你的人生就会有非常多的可能。"

"我知道了。"唐放的语气变得沉重。

顾悄然也没有再说什么，而是跟着周辉一起去买冰鞋。

周辉带他们去的是一家专门的冰鞋制作厂，这里的冰刀全部都是根据运动员们的习惯定制的，冰鞋的大小，以及冰刀要有多高、刀刃锯齿的角度……

唐放看得目瞪口呆："一般买冰鞋，不都是去专卖店里买吗？"

他记得好像有好几种规格的冰鞋可以选择。

"那是非运动员买来滑着玩儿的，"周辉解释，"专业运动员因为要做非常多的高难度动作，所以鞋子的要求要比别人高。"

唐放了然地点点头："原来如此。"

"你要不要也定制一双？"顾悄然问他。

"我现在应该还没有到要穿定制冰鞋的地步吧？"

"穿定制冰鞋，没有标准，反正只要你想穿就能穿。"顾悄然脱下自己的运动鞋。

专业人员上来测量她脚的长度、宽度以及高度，每个需要注意的点都写在小本子上，之后又让顾悄然脱另外一只脚的鞋。

"为什么要量两只脚？"

"常人的两只脚，多少会有一些不对称，所以用同样的数据，做出来一双鞋，很有可能会让另外一只脚觉得不舒服。"制作员拿出尺子，开始量顾悄然的另外一只脚："最初的时候，可能会让你感觉有一点点不舒服……"

"但是在赛场上，这一点点不舒服，很有可能让你错失冠军。"顾悄然云淡风轻地说。

她觉得，她能够拿到冠军，一方面是因为自己努力，另外一方面就是因为她在道具的问题上，从来都不将就。

既然选了，那就选最好的，尽量杜绝让她失误的外界因素。

唐放很受用，顾悄然一起来，他就坐到凳子上：“那麻烦你也帮我量量吧。”

"没问题。"制作员一边回答着，一边从口袋里面掏出卫生纸，扯下来两团塞到鼻子里。

唐放问："你在干什么？"

制作员诚实地说："一般穿着运动鞋，做了剧烈运动的人脚都会很臭。"

量完了唐放两只脚的尺码，制作员又问了唐放的个人喜好问题，比如说是喜欢什么样的颜色，颜色要怎么搭配。

唐放第一次定制鞋子，全程一头雾水，最终定下来的是最简单的颜色。

把所有的注意事项都说完，顾悄然直接拿出自己的银行卡付定金。

刷了卡以后，制作员告诉顾悄然一周后过来拿鞋子。

顾悄然出门时，突然想到什么，回头叮嘱道："这两双鞋，必须是我们两个亲自来取，才能给。别人来拿，就算是我们俱乐部跟我们关系很好的成员，也不能给，知道吗？"

制作员不明白她为什么要特意叮嘱这么一句，不过他们一般都把顾客的要求放在第一位："可以。"

得到保证，顾悄然才放心地回到俱乐部。

三个人站在俱乐部的大厅之中，唐放想到顾悄然说的话，也渐渐地认清了现实，没敢再浪费时间，他换上冰鞋就毫不犹豫地冲过去练习了。

周辉背靠在围栏上,看着顾悄然问:"现在有没有什么想法?"

"没有,不过这几天里,没有冰鞋供我练习,我也不能松懈下来。"

"嗯?"

"努力去训练体能,特别是弹跳能力。"顾悄然走到一旁的训练室。

"还是跟以前一样有拼劲儿。"周辉笑着感慨,接着去忙自己的工作。

刚走出大厅,王正利就堵住了他:"上班时间,不好好留在这里监督运动员,你干吗去了?"

"我有必要跟你说吗?"周辉对他向来没有好感。

王正利嗤笑着说:"没有必要?那我要是把你偷偷离岗,带着顾悄然他们去买冰鞋的事情告诉负责人,你觉得他们会原谅你?"

"不会原谅?"周辉抬脚往负责人办公室的方向走:"那咱们去试试看。"

他现在对负责人们的意见非常大,而且也有离职的想法,如果王正利说服了负责人,让负责人同意开除他,那他反倒会觉得高兴。

"那行,走吧!"王正利在前面带路,心里止不住地幸灾乐祸,周辉这个人的脾气不好,而负责人那边呢,最近又对周辉的意见很大,如果让他们正面杠上的话,说不定负责人一怒之下,会决定撤了周辉的职位。

到时候,他就能当上正教练了。

王正利敲门听到回答后,直接推门进入,两个人先后进去,王正利开门见山地说:"今天训练的过程之中,周辉不务正业,公然撇下俱乐部里的其他运动员,带着唐放和顾悄然出去定制冰鞋。"

负责人看向周辉:"有这么回事儿吗?"

"有。"周辉坦白地承认:"但这事儿是有原因的。"

"我不管你原因是什么,总之你在已经没有任何可利用价值的运动员身上浪费时间就是不对。"负责人也看到了顾悄然这段时间的表现,心里也隐隐知道,顾悄然的状态恐怕是回不来了。

俱乐部又不搞慈善,要是在没有价值的人身上投入太多,那明显就是拿俱乐部的前途开玩笑。

负责人是绝对不允许这种情况发生的:"这次扣你三分之一的工资,当是给你一个教训。"

第30章
不如一拍两散

王正利一听到他们这么说，连忙开口找存在感："那我觉得，只扣掉点工资，这个惩罚也太轻了。"

"所以，你觉得什么样的惩罚才合适呢？"负责人跟王正利一唱一和，非常默契。

王正利一看，他终于可以提出期待已久的想法了，连忙说："降职！"

周辉适时地开口："我觉得降职还不够，最好是开除。"

"对！"两个人不约而同地回答，说完了才意识到周辉说的是什么，一瞬间，脸色惨白。

周辉："明天我会递交辞呈，麻烦你们批准。"

负责人好声好气地劝告道:"咱们实在是没有必要把事情闹到这么尴尬的地步。"

"是你们咄咄逼人。"

周辉知道他们现在非常地不待见顾悄然:"所以明天我走的时候,会把顾悄然和唐放一起带走,免得他们留在俱乐部里,脏了你们的眼睛。"

说完,他大步流星地离开了办公室。

负责人起身要跟上,却被王正利拦住。

王正利现在一心想的都是怎么当上正教练,哪里知道负责人的担忧:"负责人,我觉得这个事儿吧,咱们两个可以商量一下看看怎么解决。"

"什么怎么解决,你难道没有看见,人都要走了吗?"负责人不耐烦地说。

王正利就堵在他的面前:"周辉带着两个拖后腿的,不管去哪个俱乐部,肯定都没有人愿意收留。"

"咱们俱乐部的投资商都是冲着周辉和顾悄然来的。"负责人解释完,又说:"现在顾悄然在咱们俱乐部基本是不拿工资的,唐放也没有,周辉带着两个不拿工资的成员,随便加盟一个俱乐部,你觉得没人要?"

王正利连连点头称是。

在没有跟负责人交流之前,他的脑子里面想的全部都是当正教练以后的情景,完全忘了考虑这些细节问题。

经负责人的提醒，也彻彻底底地让他清醒过来。

王正利主动道歉："这段时间有些飘了，您再给我一次机会，我保证以后再也不……"

"去吧去吧。"负责人揉着生疼的太阳穴："赶紧想办法求得他们原谅让他们回来吧。"

"明白明白明白！"王正利连连答应。

回到冰场，王正利意外地发现周辉跟顾悄然都没有在这里，他开口问道："你们知道周教在哪儿吗？"

"在隔壁的训练室里。"

王正利主动走到隔壁的训练室中。

顾悄然正在做弹跳训练，周辉就在旁边看着她，什么都没有说。

王正利整理好自己的表情，赔着笑走到周辉的旁边："周哥……"

周辉正在气头上，自然懒得搭理他："有事？"

"这不是刚才在办公室，说了一些让你不舒服的话，这会儿特地来给你解释吗？"王正利的语气，比在办公室里好了很多。

顾悄然也不由看过去。

这个副教到底想做什么？

周辉黑着脸："完全不需要。"

第31章
说客

"你看你这话说得就太没有人情味儿了不是？"王正利笑着说："刚才，咱们都是讨论，而且你做得也确实不对，负责人要扣你工资……"

周辉看过去："这些话我已经跟负责人说得非常明白了，爱扣工资你让他扣，给我扣光也无所谓，不过条件是明天我递交辞呈的时候，他能够批准。"

"不是……"王正利其实是不想周辉在俱乐部里的，可是负责人已经把这个任务交给他了，如果没能把人留下来，负责人肯定会觉得是他办事不力。

他想了想问："一点儿商量的余地都没有了？"

周辉立场非常坚定："嗯。"

"可是你在这个俱乐部也算是待了这么多年，对这个俱乐部真的一点儿感情都没有？"王正利苦口婆心地劝告道："之前星耀默默无闻的时候，是你陪着它一步一步走过来，现在星耀好不容易有了现在的地位……"

周辉决定好的事情，从来没有人可以更改："不管星耀将来的地位如何，都跟我没有关系，所以你也用不着再劝我了。"

他加入这个俱乐部之前，就已经强调过，如果这个俱乐部对运动员不好，那他一定第一个离开。

俱乐部当初答应了，现在又食言，如果他再不走的话……恐怕俱乐部真以为他认可他们的行为，从而更加肆无忌惮地剥削他手里的这些运动员。

"哎，不是！"王正利看他话里透露出的坚定，也着急了："那你总得说个条件吧。"

周辉看着他。

王正利说："你愿意留下来的条件，我去跟负责人说，如果他同意，你就别走了。"

"我考虑考虑。"周辉回答得非常敷衍，如果他真的想留在俱乐部的话，这会儿肯定说自己的底线了。

可是他却没有说。

王正利以前也跟周辉打过交道，大部分的时候周辉都非常好说话，但是他搞不清楚到底是为什么，周辉今天居然这么难搞。"我会想办法在负责人那边多说两句好话……"

"先闭嘴，不要影响运动员训练。"周辉盯着顾悄然。

按理说，顾悄然今年才十八岁，单人滑状态不行了，转双人滑之后应该还有发挥的空间。

可是顾悄然的状态却一落千丈，这其中肯定有原因。

周辉的计划就是顾悄然这段时间训练的时候，全程盯着，直到找出顾悄然状态下滑的原因为止。

王正利哪儿能真的闭嘴，要是不说话了，周辉明天辞职信一交……

负责人那儿他也不好交代。

王正利现在只能想办法许诺自己可以答应的事情："要不然这样……"

周辉不满地问："没听见我说的话？"

王正利见周辉的立场坚决，这会儿也知道如果再说下去的话，只会让周辉厌烦。

为了提高这件事情的成功率，他后腿两步，讪笑着说："那等到训练完了，咱们再来继续谈。"

周辉没有开口说话。

王正利权当他同意了，离开训练室，他去了冰场，监督陈东旭和魏子灵。

现在这两个人是他翻盘的所有希望。

训练室里。

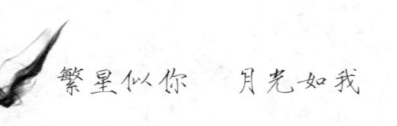

顾悄然的这一组训练已经完毕,她从台子上走下来,准备进行下一项训练。

周辉垂眸,佯装平静地问:"小顾,如果明天我要离开俱乐部的话,你愿意跟我一起走吗?"

"嗯?"顾悄然知道周辉平时不会提到这种话题,既然说出来了,就证明他已经有了这种打算:"想好要去哪个俱乐部了吗?"

周辉摇头:"还没有,不过咱们要是决定好了要离开,肯定会有俱乐部愿意要咱们。"

"那行啊。"顾悄然大大方方地回答:"反正对于我来说,只要有一个地方,可以给我训练,那就足够了。"

由于第二天陈东旭他们要参加比赛,俱乐部早早结束训练,让他们调整状态。

次日清晨,俱乐部里的运动员洗漱完毕之后,都在俱乐部门口集合。

人到齐之后,司机开车把他们送到蓝阳俱乐部。

这次比赛的会场还没有做好,所以主办方就商量着借俱乐部的场地,而这些俱乐部之中,只有蓝阳俱乐部的规模最大,是按照标准比赛场地来建设的,所以他们干脆就直接把比赛场地定在了蓝阳。

蓝阳俱乐部的负责人想都没想,直接答应。

主办方把顾悄然他们领到观众席坐下,顾悄然无事可做,四下观看。

"嘿,顾悄然,看这里!"

第32章
mcl比赛

听到有人喊她的名字,顾悄然看向声源处,正好看到戚成雪大大咧咧地冲她招手。

顾悄然唇角微微上扬,站起来走到围栏旁。

戚成雪径直滑到她的面前,惊喜地问:"你决定来参赛了?"

"没有,过来看看你们训练。"顾悄然很诚实。

其他俱乐部的成员慢慢过来。

蓝阳俱乐部的教练过来让他们停止训练,戚成雪换掉脚上的鞋子,二话不说直接坐在顾悄然的身边:"今天你不比赛的话,那我也不登场了,就在旁边陪着你。"

唐放坐在顾悄然的另外一边:"不好意思,她的身边已经有我

繁星似你　月光如我

了。"

在三人聊天之间，比赛已经开始了，第一组比赛的运动员们，纷纷试冰，调整冰刀。

顾悄然从这个角度看过去，心里莫名地有些感慨。

自从可以参加正式比赛以来，她就没有坐在观众席上看人比赛过。

这是第一次。

这确实是个不可多得的体验。

"感觉怎么样？"戚成雪往她的肩膀上面一靠："那里，以前是我们的天下，可是随着我们的状态一天不如一天，那里的主角也会变成其他人。"

"我的状态在下滑了，可你不同。"顾悄然没有舍得移开视线："你还早着。"

"不早了。"戚成雪突然开口。

顾悄然坐直身体，看向戚成雪，有些不明白她说这句话是什么意思。

戚成雪看着前方："放眼现在的花滑圈子，还有人值得我认真对待吗？"

第33章
实力有目共睹

顾悄然示意她往场中央看:"当然。"

戚成雪难以置信地问:"你不会是认真的吧?"

值得她认真对待,那就证明这个人的实力已经达到了顾悄然的水准。

而顾悄然的成绩,也不是努力就能够企及的。

还必须很有天赋。

"看。"顾悄然让她看向场中央。

既然顾悄然认同了这个人的实力,那就证明这个人的能力确实不错。

戚成雪不由得严肃起来。

繁星似你　月光如我

场中央，灯光暗淡。

余绵绵低垂着眸子，缓缓地张开双臂，而她的男伴则是无比深情地凝望着她，音乐的前奏响起，两个人将专业的动作融入舞蹈之中……

随着音乐的推进，两个人动作的难度也越来越大，捻转、抛跳、螺旋线……一系列动作都是完美发挥，根本找不到半点瑕疵。

戚成雪看得愣住了。

一直到音乐结束，她都没有缓过来。

这是新人？

怎么可能……

戚成雪扭头看着顾悄然："我记得他们好像是你们俱乐部的？"

"对啊，平时话比较少，人也特别胆小，短时间内不会对你造成太大的威胁。"顾悄然客观地陈述道："但是再过一段时间，她跨过了心里的那一道坎……"

她笑看着戚成雪："到时候谁胜谁负就不一定喽。"

戚成雪不再说话了。

他们俱乐部里虽然也有天才队员，可是那些天才，跟她比起来，更像是蠢材。

正是因为笃定了优秀的队员都在四大俱乐部里，而这四个俱乐部之中，有实力的新人都会选择除了星耀之外的其他三家，因为那三家俱乐部的训练更加系统、专业。

所以戚成雪觉得，星耀俱乐部可能后继无人，在这种想法的影响下，她平时看比赛的时候，非常留意其他两个俱乐部的新成员，但是这三个俱乐部里，根本就没有可能超过她的……

如今出现了一个，居然在星耀俱乐部。

戚成雪慢慢地紧张了起来，不过片刻，她又笑了："看来这下是绝对不能再敷衍训练喽。"

不然她可能真的要成万年老二了。

"加油。"顾悄然盯着比赛场。

戚成雪靠在她的肩膀上："不会还有其他的天才花滑运动员吧？"

时间一分一秒地过去，比赛也渐渐进入了尾声，让人失望的是接下来的比赛之中，并没有出现新的让人眼前一亮的运动员。

大家的发挥都有各自的瑕疵。

没过多久，颁奖仪式开始。顾悄然和戚成雪看完比赛，基本上就已经猜到结果了，因此也没打算继续看，二人直接站起身往外走。

刚走了一半，第三名和第二名的成绩都已经公布了……

除了第三名的魏子灵换成了另外一个跟魏子灵分数不相上下的运动员之外，另外一个人跟她料想之中的一模一样。

顾悄然毫不停顿地往前走着。

戚成雪却在此时凑了过来："你们俱乐部里那个最厉害的小姑娘叫什么名字啊？"

她想先了解一下对手的名字。

顾悄然淡淡地说:"余绵绵。"

话音刚落,宣布比赛的冠军的声音就响了起来。

"第一届mcl比赛冠军的名字是——魏子灵!"

顾悄然诧异地转过身,冠军是魏子灵?不是余绵绵?

这怎么可能?

戚成雪也一脸震惊:"这个比赛,是下定了决心要搞黑幕是吗?"

发挥最好的没有拿到第一名,而成绩在第三四名徘徊的人却拿到了冠军?

顾悄然盯着比赛的方向:"还记得他当时怎么跟我说的吗?"

当时比赛方允诺她,只要她肯参加这个比赛,那就能够给她一个名次。

如果按照他们邀请自己的条件来看,为了邀请陈东旭过来,从而跟魏子灵说,只要拿到前三就给第一,似乎也并不意外了。

"我现在真的特别庆幸自己没有参加这一个比赛。"戚成雪感慨道。

不然一个成绩各方面不如她的人,在颁奖的时候,靠走后门拿到了冠军……

如果这件事真的发生在了戚成雪的身上,戚成雪可以保证,自己绝对会被恶心死。

第34章
下作的主办方

"嗯,咱们基本上可以断定,这是一个能被拉入黑名单的比赛了。"顾悄然说着,往颁奖台上走。

戚成雪看愣了:"你去干什么?"

顾悄然回头问:"你能允许别人当着你的面玷污运动精神吗?"

戚成雪被问住了,看着顾悄然的背影,她突然发现,自己一直自诩骄傲,但是在这种事情上,好像远远比不上顾悄然……

至少顾悄然遇到了不公平的比赛,敢于站出来。

可她……

戚成雪看着顾悄然一步一步地走上领奖台,脑子里天人交战,

繁星似你　月光如我

有个声音在告诉她，要冲上去阻止顾悄然。

但她又比任何人都清楚，真的冲上去了，说不定只会把顾悄然变成她这样的人。

"运动比赛，崇尚的应该是公平和公正……"顾悄然站在颁奖台下："在这里，我想问一下mcl比赛的主办方，你们公然无视选手的发挥，随便把冠军颁给别人，是要糊弄我们在场的所有观众吗？"

"你闭嘴！"主持人没有想到半路居然杀出来程咬金，登时恨不得请来两个保安，把顾悄然赶出去。

"过气的花滑运动员，并没有资格对我们的比赛评头论足。"

"没有资格？"顾悄然平静地陈述道："刚才余绵绵那一组的动作难度系数明明要比魏子灵一组的高，这个稍微熟悉花滑的人都能看出来……"

主持人自然没有顾悄然专业："但是他们发挥得不够好。"

顾悄然挑眉："余绵绵组全程完美发挥，没有任何失误，然而魏子灵组却在大螺旋线的时候出现明显的失误……"

她的语气越来越坚定："可余绵绵组却没有拿到奖杯，我觉得关于这一点，你需要给我们所有观众一个解释。"

近距离的观众们听到顾悄然说的话，也开始回味比赛的过程，把刚才的画面近距离地在脑海之中过了一遍，他们意外地发现情况确实如同顾悄然所说！

余绵绵组发挥得最好！

魏子灵组明显差了很多……

可是比赛方居然要把属于余绵绵的冠军给魏子灵？

观众们愤怒了："我们抗议比赛结果不公正。"

一直不愿意站到讲台的陈东旭，见情况居然到了这个地步，不知怎的，心情不仅没有那么沉重了，反倒放松起来。

他主动绕到前面："如果比赛做不到公正，那就算给我们的是冠军，也是在侮辱我们！所以请你们正视运动员的发挥，也请主办方用正确的态度对待运动精神，给出一个让我们所有人都心服口服的结果。"

话还没有说话，魏子灵就拉了拉陈东旭的袖子，这个傻子，在说什么呢？

只要他们不说话，那冠军奖杯就是他们的……

陈东旭拍掉魏子灵的手。

主持人进退两难，登时不知道该怎么做才好，可是眼看着观众和运动员的情绪都越来越激动，他立马说："关于比赛结果，我先去问一下评委和主办方。"

看看主办方是打算继续坚持这个结果，还是顺从民意，换成该有的结果……

俱乐部的后台。

主办方正在跟裁判保证这么宣布比赛结果，绝对不会引起任何骚乱。

裁判们都是这一行的老前辈，自然不会跟他们同流合污："我们给出的结果根本不是这样，你们硬要这样安排，既然这样，那行，

我们以后绝对不会再来这个比赛当裁判了。"

他们在这一行混得久了，自然知道在这一行要是想干下去，就必须保证公平公正。

他们做到了，可是比赛方宣布的时候，却把结果换成了别的。

这要是让人知道了，结果是他们给的，指不定要怎么嘲笑他们。

裁判也都是有脾气的人，一个人表明了态度，其他人也纷纷应和。

"你不尊重运动员，也不尊重我们这些裁判，完全都是人为操纵结果，那你还邀请我们过来，有什么意义？"

他们这一次来，原本想的是，市内好不容易举办一次比赛，而且规模还可以，他们这些做前辈的，自然要支持。

哪儿想到，好心帮助他们，换来的居然是这样的结果。

现场三位裁判，除了正在争吵的两位之外，剩下的那一个已经准备走人了。

主办方负责人头疼不已："那要不然这样吧，你们开个条件，看看想要多少钱，我尽量满足你们！"

"你想用钱买成绩？"这完全就是在侮辱他们的竞技精神。

三人听了负责人说的话，就都知道不是一路人，纷纷拍着屁股站起来："以后我们谁再来参加你的比赛，谁就是脑子有问题！"

说着三人纷纷离开现场。

负责人头都大了，这些个老东西，怎么就这么顽固？

负责人现在只想骂人。

主持人冲进来，奇怪地看着三位走出去的裁判，没时间再管裁判为什么出去，他快速走到负责人的面前，把前面的情况如实地汇报给负责人听。

负责人闻言，更加恼火，现在的"老人"不知道变通，新人怎么也守着这一套老规矩？

他问："前面的事儿是谁挑出来的？"

"顾悄然。"主持人没敢隐瞒。

负责人摆手："你就过去跟他们说，顾悄然也企图让我们给她名次，但是被我们拒绝了，这次会说结果有问题，纯粹是蓄意报复！"

主持人回到大厅拿着话筒说："刚才我们去问了比赛的负责人，负责人说，顾悄然之所以会站出来造谣我们比赛不公正，纯粹是因为她要求我们比赛给她一个好的名次，但是被负责人拒绝了。"

戚成雪听到这里，不由得皱起眉头。

比赛结果怎么样，她一点儿都不关心，可她关心她这个好朋友的人品。戚成雪主动站出来反驳道："我认识的顾悄然，绝对不是那种为了拿到冠军，就公然无视竞技精神的人！"

她看着站在上面的主持人："再说了，当初明明是你们为了让我和顾悄然都参加比赛，主动提出要给顾悄然一个第三名，但是顾悄然当时就拒绝了你们！"

陈东旭也站出来："我也相信顾悄然。"

参加比赛的其他三大俱乐部的人，有很多都是跟顾悄然比过赛的，他们都见识过顾悄然巅峰时期的实力，也都清楚顾悄然的人品。

听到陈东旭这么一说，其他人也纷纷站起来："我也相信顾悄然！"

"我也是！"

"相信她！"

"……"

主持人见原本笃定顾悄然人品有问题的观众们，这会儿也主动站出来表示相信顾悄然，他连忙给里面的负责人打电话。

负责人一听到这声音，知道事儿闹大了，连忙去把那三位评审请回来，并且再三表示自己知道错了，这一次要让他们宣布真正的比赛结果。

三位评审一看负责人确实比较有诚意，你看看我，我看看你，又都回到了颁奖台上。

运动员和观众们一看这三个前辈都过来了，一头雾水，他们来干什么？

第35章
再给mcl一个机会

"大家都坐好!"其中的一个评委发声,他是退役很久的前辈,如今已经发胖了,人往领奖台上一站,硕大的将军肚毫不掩饰地暴露在大家的眼前。

他接过话筒,认真地说:"我有几句话想要跟大家说,麻烦大家先稳定一下自己的情绪,好好听听。"

但凡是对花滑有所了解的人,都知道这位前辈在花滑界的影响,因此运动员们都安静了下来。

观众们一看这情况,也都乖乖地坐了回去。

中年男人中气十足地说:"首先,今天的比赛结果确实有问题,但是我们可以保证,我们三个人打分绝对公平。只是他们在宣布

繁星似你　月光如我

的过程之中,出了些问题,导致拿到第一名的选手拿错了奖杯。"

他说得非常含蓄:"不过我觉得毕竟是第一次举办这种比赛,即便是有些问题,也是可以理解的,但我觉得我们不应该把注意力放在比赛的问题上,而是应该把注意力放在这个比赛还能不能改好上!"

台上的前辈犹豫了一下,接着开口说:"现在主办方亲口跟我们承诺,愿意公布比赛真正的结果,从此往后也愿意让大家监督mcl比赛,如果以后比赛有什么不公平的地方,大家尽管提出来!我们会积极改正!而这个比赛,又是我们市里自己举办的,所以我希望大家可以多包容一些!"

这句话说出来,现场安静了。

他们都不知道到底应不应该相信他。

这个时候,负责人站出来说:"刚才前辈说的,都是我们的心里话。"

说完他又补充:"其实这一次把比赛冠军给魏子灵,也是我们深思熟虑之后做出的决定。大家也都知道,现在的比赛非常多,我们花滑比赛得到的关注度,跟其他比赛比起来,简直少得可怜。"

负责人越说越觉得痛心:"所以这一次就想制造一点热度,让我们的比赛得到更多的关注,谁知道我们精心策划的一切,居然让大家这么不满。事后我们也深刻反省了自己的行为,而且我向你们保证,以后绝对不会再发生这样的事。"

这句话说出以后,顾悄然带头鼓掌。

戚成雪嗤笑着说:"嘴上一套一套的。"

真想让比赛得到更多的关注度,那就应该好好做比赛。

而且这个人在事情发生以后,第一时间不是想着怎么去解决,而是往顾悄然的身上泼脏水,这让戚成雪对这个比赛着实产生不了好感。

"现在,就请前辈们来宣布比赛结果。"负责人主动把手里的话筒递给中年男人。

中年男人中气十足地宣布:"第一名余绵绵、周庆;第二名萧子都、苏蓝;第三名展涛、莫利和魏子灵、陈东旭两组并列。"

这个结果刚出来,台下立马响起了热烈的掌声。

颁奖的时候,顾悄然和戚成雪离开了观众席,唐放也跟在后面。

他脚步停下,认真地问:"你们接下来准备去哪儿?"

"回俱乐部。"顾悄然淡淡地开口。

戚成雪抱住她的脖子:"这么快就走啊?不在这边多玩儿一会儿?"

"嗯,我的时间已经不多了,所以能多训练一会儿,就多训练一会儿吧。"

戚成雪听到这里,眸子也不由自主地黯淡了,她叹了一口气:"那我也不耽误你啦。"

她站直身体,看着顾悄然的方向:"我等着你恢复状态,到时候希望咱们能够在比赛场上来个巅峰对决。"

第36章
关系更近一步

俱乐部的人都坐到车里,氛围瞬间凝重起来。司机往里扫了一眼,二话不说,直接开着车回俱乐部。

王正利不和善的眼神扫在顾悄然的身上。

顾悄然闭着眼睛休息,完全没有感受到。

魏子灵心有不甘地瞪着顾悄然:"别装睡了,顾悄然,我就问你一句,你是不是故意的!"

自从她加入俱乐部,训练花滑以来,就没有拿到过冠军,这是最接近冠军的一次!

只可惜这个到手的奖杯,还因为顾悄然丢了!

魏子灵想到这里,气得咬牙。

"故意？"顾悄然平静地反问："我故意什么？"

"当然是故意针对我，害我拿不到冠军！"

顾悄然没有情绪的眸子落在她的身上："你确定是我针对，而不是你自身的实力不足？"

魏子灵气得直咬牙："但如果不是你，那今天将会是我拿到冠军！"

王正利也不冷不淡地说："作为运动员，最需要的就是大度，可顾悄然，我看你恰恰没有做到这一点！"

他越说，脸上的淡定就越绷不住："你知不知道，俱乐部本来可以拿到冠军！"

"现在冠军，不也是咱们俱乐部拿来了吗？"顾悄然面不改色地说："王副教练，偏袒某些个运动员，要有一个度。"

王正利一路都在气恼顾悄然当着那么多人的面让魏子灵和陈东旭难堪，以至于下意识地忽略了冠军得主，如今被顾悄然一提醒，顿时尴尬不已，他下意识地看向余绵绵。

余绵绵低着头不说话。

王正利又看向周庆，周庆只是绷着一张脸不说话，他松了一口气："我没有忘，只是……"

"副教练，你比我们入行的时间都要早，应该也清楚，比赛要的是运动精神！"顾悄然清楚，如果今天不是余绵绵他们拿到冠军，那她就真的是俱乐部里的罪人了。

顾悄然掩住眸子里的失望："可你似乎忘了。"

王正利硬着头皮问："运动精神？你们天天把运动精神挂在嘴上，可你们摸着心口问，运动精神能为你们带来什么？钱，还是别的？如果舍弃这些，就给你们一大笔钱，你们还会坚持那所谓的运动精神吗？"

顾悄然不紧不慢地说："当然会。"

"你能说得这么轻松，那是因为你已经有了足够多的钱，可其他人没有。"王正利向来都把花滑运动，当成是一个可盈利的项目："他们从俱乐部里出去以后，也要生活，没有钱你让他们怎么在社会上生存？"

顾悄然没有回答他的问题，而是顺着他的话问："所以，没有实力的选手，就可以通过走后门的方式，拿到冠军，维持生活吗？"

王正利没有否认顾悄然的话："这话听起来虽然残忍，但是为了生活，我们只能这么做。"

第37章
必须做出的妥协

车里的其他人,听了王正利的话,纷纷低头,神色纠结。

一方面是他们坚持的运动梦,一方面是生活……

他们也不好选。

"是吗?"顾悄然失望极了,她怎么都没有想到,这句话会从教练的口中说出来,更加想不到她坚持的梦想,在副教练的口中,居然成了一个笑话,一个累赘,一句可有可无的矫情话……

她低着头:"我懂了。"

王正利不满地哼了一声:"知道就好,以后要是再遇到这种事情,你再敢站出来乱说,那咱们俱乐部可不会再要你这样的人了。"

顾悄然嗯了一声,便没再说话。

抵达俱乐部以后,顾悄然的神情不佳,再加上她的冰鞋还没有做好,所以就在一旁训练着体能。

"心情不好?"唐放凑到她的身边问道。

顾悄然摇头,她现在没有倾诉的欲望,只是想安静一下。

唐放犹豫了一下说:"但我觉得你没有做错。"

顾悄然抬头看向唐放。

唐放一字一顿地说:"不过我觉得,我们不应该把时间浪费在这种小事上,既然我们想夺冠,就应该把全部的精力放在训练上。"

顾悄然也觉得他说的有道理,于是调整好心态准备拿出备用冰鞋,恢复训练。

两人一起前往冰场,意外地发现原本训练的运动员们,此刻都停下来,看向冰场出口的方向。

王正利和周庆正站在那里,一言不发地对峙着。

唐放随手拉住一个人问:"什么情况?"

"周庆不满意在咱们俱乐部里的待遇,想转俱乐部。"陈东旭解释着。

唐放听到熟悉的声音,意外地看了陈东旭一眼。

陈东旭冲他露出个笑容。

几人都没再说话,而是全神贯注地注意着出口的情况。

周庆声音不大,却字字有力:"副教练,请允许我退出咱们俱乐部。"

王正利没有说话,只是叼着一根烟,连连抽了好几口。

作为四大俱乐部之一，星耀的人才储备量远远逊色于其他俱乐部，不仅如此，就连代言和投资也少了很多。

如今好不容易出来一对儿有可能冲击省冠的双人滑搭档，王正利自然不舍得放手，对他来说，这就是钱，这就是俱乐部的未来。

接连吞云吐雾很久，王正利意味深长地问："你有没有找好俱乐部？没找好，就先在咱们俱乐部待一段时间……"

繁星似你　月光如我

第38章
跳槽

"比赛结束,蓝阳俱乐部的负责人主动找我跟余绵绵谈话了。"周庆坦白地说:"他们那边给出的待遇还不错,我无法拒绝。"

王正利看向余绵绵:"你们两个打算一起走?"

"她不愿意走。"周庆说:"只有我。"

王正利好像一夕之间苍老不少:"理由呢?"

"就像你在车上说的那样,我们运动员总要在钱和理想之间选择一样。"周庆也是突然之间看透了,现在王正利的眼里只有陈东旭和魏子灵,哪怕自己拿了冠军。

与其一直在星耀当个默默无闻的选手,还不如换个俱乐部,发光发热。

周庆说:"梦想不能当饭吃,但是有实力的话,其他俱乐部会给我们非常丰厚的工资,让我们下半生无忧。"

"我觉得其他人可能不理解我,但是教练你一定能。"

因为这样的观念,都是王正利渗透给他们的。

王正利按灭了手中的烟头:"可是你们当初加入咱们俱乐部,可是签了合同,要是违约,那你们得赔钱。"

"赔多少?"

周庆手里没钱,正犹豫着要怎么说王正利才会放过他的时候,突然听到有人这么问,他回头意外地发现,来的人赫然是蓝阳俱乐部的负责人。

蓝阳负责人往周庆旁边一站,俨然是最有力的靠山:"要不然你把合同拿出来,我们帮他付违约金?"

周庆不动声色地站到对方身后。

王正利一看这副架势,也知道自己肯定是留不住人了:"你们等着,我去拿合同。"

周庆的合同里,俱乐部承担了他所有的开销,吃饭、住宿和专业道具,除此之外,每个月只有三千的工资。

违约的话要赔偿十倍,也就是三万块钱,蓝阳的负责人签订完赔偿协议后,干脆利落地将钱全部转给王正利。

末了还问他:"请问王副教练,还有什么手续吗?我们一并办了。"

王正利什么话都不说，只是摇头。

到了现在这个地步，人肯定是要走的，他说什么话都没用。

"那周庆我们就带走了。"负责人往外走了两步，突然想起什么，回头看着余绵绵："我们在蓝阳俱乐部跟你说的那些话永远有效，如果你想通了，愿意加入我们俱乐部，我随时欢迎。"

"啊？"余绵绵显然没有想到话题会被带到她的身上，愣愣地看着负责人。

"你愿意的话，我们可以顺便帮你交了你的违约金，把你也带走。"

"不……不用了。"余绵绵用力地摇头："我在星耀就挺……挺好的，你们走吧，再见！"

"那我等你联系。"负责人做出一个打电话的手势。

余绵绵匆忙避开他的视线。

负责人一看余绵绵的表现，就知道余绵绵今天不可能走了，他笑着跟王正利说："副教练，我们下次见……"

"没有下次，你赶紧滚！"王正利再也绷不住脸上的表情，怒气冲冲地吼着。

俱乐部里好不容易出了一对儿好的运动员，现在又被人挖跑，而陈东旭和魏子灵能磨合到什么样谁也不敢肯定。

王正利顿时觉得自己已经被逼入绝境，可这会儿，周辉也要走，那这么一个破烂俱乐部，不是全部都要压在他的身上？

他怎么想都觉得不对劲，最终默默地下定决心，一定要想办法把周辉留下来。

"喂,你好?"周辉从外面办完事儿回来,接到一个电话,又匆忙从入口处退了回去,他焦虑地问道:"怎么回事儿?你慢慢说,别紧张!"

冰场里的众人面面相觑。

今天到底是怎么了?

王正利一看周辉回来,瞬间站起来,跟那些运动员说:"你们先训练,我去找周教练说点儿事儿。"

"好。"

王正利拔腿往外跑。

看到周庆走了,余绵绵还在,顾悄然感觉这是意料之中,唐放看着发呆的顾悄然,拍了一下:"走吧,估计咱们的冰鞋好了,一起去拿吧。"

第39章
还恨在心

两人抵达鞋店的时候,他们都快要关门了,一看顾悄然过来,店员连忙把做好的鞋交给顾悄然。顾悄然接过来一看,他们定的只有两双,可到手的却是四双,她连忙说:"不好意思,你们多给了我们两双鞋。"

"不是多给的,是我们老板特意让我们给你的。"店员微笑着解释:"没有备用的冰鞋,坏了又要重新过来定购,耽误你训练的时间。"

拿到冰鞋,回到俱乐部,顾悄然马上换上鞋子滑入冰场准备训练。

魏子灵猛地滑到她的面前:"不好意思,你挡着我了。"

好不容易才拿到的冠军奖杯，还没来得及摸一把，就被顾悄然弄丢了。

魏子灵现在就一个想法，把顾悄然赶出俱乐部。

顾悄然淡漠地看了一眼便向后滑去。

魏子灵又追上顾悄然："道歉。"

她往后滑，魏子灵便往前，魏子灵是铁了心的要刁难她。

她向前，魏子灵就追上。

来回反复了无数次。

冰场里的人看到这情况，都停了下来。

魏子灵欺人太甚了吧……

"呵。"顾悄然猛地提速，魏子灵不死心，也急忙跟上。顾悄然灵活地运用着学过的步伐，在提速的过程之中，做好转向的准备。

魏子灵以为顾悄然想炫技，也跟着做了几个难度较大的动作。

顾悄然灵活转身。

魏子灵只看到突然放大的挡板，紧接着整个人都不受控制地撞了上去！

"哐当！"一声响，魏子灵摔倒在地，刹那间，浑身都跟碎裂开了似的，疼得厉害。

她咬牙站起来："顾悄然！"

"一般就算是新手，遇到这种情况，也不会摔得像你这么狼狈。"顾悄然面无表情地说："魏子灵，你还是利用这个机会，好好地反省一下，你最近都在干什么吧。"

繁星似你　月光如我

训练的人,最忌讳心有杂念。

魏子灵恨恨地盯着顾悄然。

都沦落为俱乐部高层的眼中钉了,居然还有闲情逸致来给她讲大道理。

好啊。

她倒要看看顾悄然能得意到什么时候。

第40章
抉择

下午六点,训练结束。

王正利这才慢悠悠地从外面回来。

魏子灵一看到他,连忙凑上去告状:"副教,今天顾悄然总是挡着我,不让我好好训练。"

顾悄然听到这句话的时候,正在往冰刀上面套保护套,抬头,看向王正利的方向。

王正利双手背在身后,大摇大摆地站在冰场的出口,他看着顾悄然,根本不问事情的缘由,张口就骂:"顾悄然,你的心态能不能放好一点儿?自己训练不顺利,就去拖累别人?就你这心态,我真不知道你以前是怎么拿奖的!"

繁星似你　月光如我

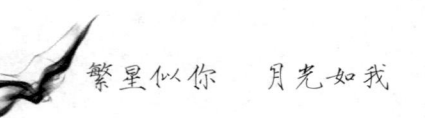

"你都不去了解事情的真相,就跑过去骂顾悄然?"唐放不服气了。

别人不分青红皂白地骂人,他肯定要帮顾悄然出气。

不然的话,顾悄然以后不就只能受委屈了?

唐放可不想看到这样:"事情的真相根本不是这样,明明就是……"

"你闭嘴,这里还轮不到你说话!"王正利恼怒地训斥道。

他原本想着,把唐放拉进俱乐部,唐家的人会多少投资俱乐部一点儿,谁想到唐家一家人都在反对唐放练花滑。

投资没要到,王正利自然也不把唐放放在眼里:"我可提前跟你们说好,咱们俱乐部就是一个强者拥有绝对话语权的地方,以后要是想让我听你们说话,那你们必须拿出成绩来,懂吗?成绩!"

唐放反驳道:"那咱们俱乐部里也找不到比顾悄然成绩更好的!"

"成绩这事儿吧。"王正利咧嘴一笑:"咱们看的都是眼前,魏子灵刚刚还拿了一个季军,可顾悄然呢?都半年了,没有让我们看到一个奖杯对吧?"

唐放顿时说不出话来。

王正利又说:"那既然这样,你们就好好地听魏子灵说话。"

"即便真相不是她说的那样?"顾悄然问。

王正利重重地点头:"我们只看成绩……"

顾悄然长长地吐出一口气。

陈东旭站出来说:"副教,你这么说,会伤害到其他人的感情。"

王正利可不想管什么感情不感情的:"既然这样,那就让他们赶紧拿到冠军!"

"可……"陈东旭的手握成拳头,显然是在隐藏着自己的愤怒。

比赛场向来是优胜劣汰、竞争残酷的地方。

按照王正利的说法,被淘汰的选手在俱乐部里,就活该被人欺负了?

陈东旭非常不满这样的情况。

余绵绵说:"那……那我今天拿到了冠军……"

王正利打断她:"等你什么时候找到了男伴,重新拿到了奖牌,你才有说话的立场。"

在场的运动员,听到这算是明白了王正利的意思。

他就是看顾悄然不顺眼,想要把顾悄然赶走!

顾悄然目不转睛地盯着王正利。

王正利干脆就跟顾悄然说白了:"咱们俱乐部的种子选手,说你影响她训练,那你呢,从明天开始,就在外面找个地方训练。这样的话,等到比赛的时候,我们还可以给你报个名!"

这个条件,简直太过分了。

唐放第一个看不下去:"王正利,你不要欺人太甚!"

第41章
另找训练的地方

王正利现在身上背负的一共有两个任务,一个是把周辉请回俱乐部,另外一个就是赶走顾悄然。

这会儿看到他们生气,王正利的心里止不住地痛快:"你们要是不愿意,可以收拾收拾东西赶紧离开星耀,你放心,只要你们愿意,我绝对不会拦着你们!"

说完这句话,他扬长而去。

冰场之中,众人面面相觑。

尽管他们平时看顾悄然不太顺眼,可王正利用这么恶劣的态度对待顾悄然,他们真的接受不了。

不管怎么说,顾悄然都是俱乐部的功臣……

"然姐……"余绵绵小声地喊。

陈东旭不自在地说:"顾悄然?"

其他人也纷纷开口。

"女神。"

"悄然。"

"小顾。"

"……"

种种称呼在耳边响起,顾悄然知道他们想安慰她,努力地扯出一个笑容,但还是没能笑出来。

她说:"我出去冷静一下,你们不要担心我。"

唐放看她大步往外走,立马追了出去:"你等等我。"

偌大的冰场之中,只剩下几个运动员。

陈东旭看着魏子灵,眼神凶狠。

魏子灵撇嘴:"你看我干吗呀,又不怪我……"

"还不怪你?要不是你在副教练的面前说那些话,副教练能那么对顾悄然?"陈东旭是真的生气了,他在这个俱乐部里待了将近十年,现在早就已经把这个俱乐部当成了家。

平时他一直都希望俱乐部里能够和和睦睦的,当然,人和人之间有一点儿小矛盾,也是无可避免的。

陈东旭心中希望的是,遇到了大问题,大家还是能够站在同一条线上。

可是,顾悄然都已经说了,再给她一年时间。

繁星似你　月光如我

一年时间，她恢复不了，就退役。

陈东旭说："你比顾悄然大了那么多岁，却小心眼到一直容不下她，我真的是看错你了。"

说完这些，他愤愤地离开。

其他人虽然没有说魏子灵半分不是，可看魏子灵的眼神带着责备。

大家都走了。

冰场之中只剩下余绵绵和魏子灵，魏子灵把全部的希望都寄托在了余绵绵的身上。

余绵绵脾气好，不管对谁都不舍得说重话。

"灵姐，我很失望……"余绵绵说完就快速地跟着其他人离开。

魏子灵气得大喊："怪我吗？"

要怪就怪顾悄然自己的状态不好，这么久了都没能再为俱乐部拿到奖杯……

而且即便她没有告状，王正利也会找借口把顾悄然赶走……

而她只不过是顺水推舟而已。

说她错，她错哪儿了？

魏子灵不服气地冲出俱乐部。

天已经黑了，通往寝室的路上，亮着灯光。

顾悄然打开寝室的门，听到魏子灵发出不满的哼声，她没有理会，去浴室冲了个澡，从浴室出来，直接爬到床上睡觉。

余绵绵有很多话想要跟顾悄然说，可看到顾悄然回来，她竟然不知道该从何说起，缩到被子之中，只露出一双圆圆的眼睛。

如果……她能再大胆一些就好了。

"顾悄然，从明天开始，你就不要来冰场了。"魏子灵也很清楚，这么说会让顾悄然非常不高兴，可为了捍卫自己的地位，也为了让顾悄然这辈子都没有翻身的机会，她还是说了："你要是敢来，我就去找副教练，到时候肯定会闹得很难看……我想你也不愿意看到。"

顾悄然没有搭理她，只是掀起被子盖住自己的脑袋。

魏子灵知道顾悄然肯定是听到了，唇角得意地扬了起来。

俱乐部最有天分的运动员，最后不还是落魄到没人要的地步？

带着旗开得胜的满足，魏子灵沉沉地睡了过去。

次日清晨，顾悄然抵达冰场的时候，周辉已经来了，已经戒烟多年的他，如今却重新拿起了烟，狠狠地抽了一口又一口，脸上的表情非常烦躁。

听到越靠越近的脚步声，他回头："悄然啊……"

"怎么了？"顾悄然问，教练的脸色不太好，很有可能是家里发生了什么不好的事情。

周辉没说什么，只是摇头："前段时间我答应过你，会带着你跟唐放一起离开，但是很对不起，我可能要食言了。"

不管食言的原因是什么，他终究是没有做到对顾悄然的承诺。

周辉心里止不住地愧疚。

"那算什么？"顾悄然平静地坐到他的旁边："其实你在这个俱乐部里待的时间比我长……"

别说是有原因，就算是什么理由都没有，只是单纯的舍不得，顾悄然都可以接受："我尊重你的选择。"

"但是我听说，王正利不让你来冰场训练了。"周辉得到这个消息，第一时间就去找负责人核对了，但是负责人明显是跟王正利站在同一阵营里的。

他原本是想替顾悄然说两句话，只可惜发生了昨天晚上的事情之后，他觉得自己好像根本没有了开口的权利。

周辉止不住地叹气："你有没有想好，接下来要怎么做？"

第42章
走投无路

前几天,她联系过其他俱乐部,无一例外,没有人愿意要她。

那么,摆在她面前的只有一条路了。

顾悄然不甚在意地说:"我打算租个冰场。"

这一年,不管要付出多大的代价,她都要坚持下去。

那是她的梦想。

"教练,既然你还在俱乐部里面工作,那肯定很忙。"顾悄然往门口看着:"我们还要找地方训练,你也知道,耽误的时间越久,就越影响训练效果。"

周辉摆手:"去吧去吧,不过如果在租场地的时候,有什么疑问,你可以打电话来,我会帮你参谋。"

"谢谢。"跟周辉道别后，顾悄然直接走出俱乐部，站在站牌旁边的休息亭子里，等公交车。

等了大约五分钟，没等来公交，反倒把唐放给等过来了。

唐放看顾悄然挎着包包，奇怪地问："不过你准备去哪儿？"

"找冰场。"顾悄然想快点儿把冰场的事情定下来，然后尽早去训练。

顾悄然完全不想再浪费时间。

"你一家一家地找，要找到什么时候啊？"唐放自告奋勇地说："你先找个地方休息，这事儿就交给我了。"

他虽然交友不慎，但他父母的那个圈子里，还是有很多办事儿能力强的富二代。

唐放直接打电话给其中的一个朋友，跟他说了自己现在的情况，对方二话不说，直接答应了。

他的这个朋友，是某家地图公司的，平时到处跑，纠正地图上的某些小地点到底对不对，工作的时间长了，对于附近的地标了如指掌。

挂完电话等了还不到半个小时，对方就把附近的营业性的和私家冰场，发了过来。

唐放看到几家是确定要出租的，而且上面还有联系电话，就一家一家打过去，了解冰场的具体情况。

这些冰场大部分都在郊区，且都有一个共同点，不月租，只年租。

而且租的时间在十年以上……

唐放几乎把上面租冰场的人全部都联系了个遍，可却始终找不到一个价格合适的。

他头疼极了："现在的冰场，溢价溢得也太厉害了吧。"

"我先回家问我爸妈要我的奖金。"顾悄然决定好好地拼一把："租金虽然贵，但是我的奖金也够了。"

唐放泼冷水："可是后期还要维护，晚上还要泼冰，最重要的是还要一直开着空调，这样各项开支都不会小。"

虽然顾悄然的奖金有很多，但是耗上一年的话……

唐放真担心，把顾悄然存的钱都耗完了。

"可我们现在，还有别的办法吗？"顾悄然云淡风轻地反问。

如果不是被逼到了绝路，她也不想……

唐放说："我先打电话回去要钱。"

"我回家。"顾悄然见公交汽车停下直接上车，投币后，坐到最后一排，跟唐放摆手。

唐放站在原地，跟顾悄然挥手，等到顾悄然已经消失在视线中了，他又坐下。

王正利跟他说的那些话，让他的心情非常郁闷，短时间内，他也不想再回俱乐部。

唐放靠着身后的广告牌，第一个打电话给他大哥唐庄求救。

电话通了。

"喂？"唐庄的声音非常的清冷，即便是隔着话筒，依然带着一股公事公办的漠然。

　　唐放的心里有些发怵，他试探着开口："大哥，我有些事想要找你帮忙。"

　　唐庄："说。"

　　唐放把在俱乐部里发生的事情原封不动地给唐庄说了一遍，接着又说："我们现在是真的非常需要一个冰场，要不然你赞助一下？"

　　"你确定那个女人是回家要钱，而不是想找个借口搪塞你？等过段时间，再哭哭啼啼地来找你，跟你说，家里人不愿意给她钱？"唐庄已经工作了多年，心思比较重。

　　他听了唐放的话，第一时间就觉得顾悄然是个骗子。

　　唐放却觉得无所谓："她拿了好几项冠军，才攒了那么点儿奖金，家里的人舍不得让她拿出来也是情有可原吧。"

　　这个确实没什么可拿出来说的。

　　唐放不想继续顾悄然的话题了："大哥，我好不容易坚持了一件事，要不然你就当作是用这些钱，赞助了我的梦想？"

　　"爸妈的意见是，除非你回家，不然不可能给你钱。"唐庄的意见也跟父母一致。

　　"可是大哥，我有我的梦想！"唐放不满地反驳："你看你梦想是接手公司，你完成了你的梦想，你多痛快！可是我……"

　　唐庄不冷不淡地说："我没有梦想，只不过是家人希望我接手而已，而我不管干什么事情，都想要做到最好。"

并不是因为这么做会让他觉得高兴。

"大哥,我知道你很厉害,不管做什么都能做到最好!"这是唐放长这么大以来,第一次感受到这么无力:"可我不是你啊,就好像这一次遇到问题,我也找不到解决办法,只能求你!大哥,我求你了,如果这一次放弃了,我可能会后悔一辈子。"

"这些话,你跟爸妈说,如果他们同意你当运动员,我没意见。"

说完"啪"的一声,把电话挂了。

繁星似你　月光如我

第43章
一致反对

　　唐放不死心地给父母都打了电话，结果父母的态度非常的一致，都反对！

　　手指落在屏幕上的最后一个号码上。

　　唐放止不住地叹气，算了，现在就把最后的希望寄托在二哥身上吧，要是二哥支持，那就算了，不支持的话，他再去想别的办法。

　　电话被人接了。

　　唐乐生的声音从那边传过来："呦，老三，你还真给我打电话啦？"

　　"我现在是真的找不到别的办法了，但凡能找到，我也不会……"唐放说不下去了。

"我知道你是真的想把花滑当成事业，只不过我现在也真拿不出来这么多钱。"唐乐生头疼地说，"你要是先打电话给我，之后再联系爸妈还好一点儿，可你偏偏先联系的他们。"

家里人都知道唐乐生跟唐放年纪差距小，关系也好，平时唐放有什么要求，父母不满足的，唐放都会去找唐乐生。唐乐生一般也不会拒绝，反正有钱，弟弟又有要求，就干脆同意了。

只是这一次，爸妈为了阻止他帮助唐放，干脆冻结了他的个人卡！

公司里流动的资金，他也不敢随便动。

唐放也愣住了："那……"

唐乐生说："爸妈看我天天跟女明星勾搭在一起，早就不顺眼了，正好你又出了这事儿，就顺手整整我！他们说，要解冻我的卡，很简单，要我结婚！可你也知道，让我玩玩还行，让我结婚，那不是要我的命吗？"

唐放挂掉电话，又去联系其他的朋友，结果稍微有钱一点儿的朋友，家里面都被他父母打了招呼，现在没有一个人愿意借钱给他。

没钱的朋友，更是有心无力。

唐放郁闷极了，如果要不到钱的话，那他和顾悄然要怎么办？

难道真的要放弃花滑吗？

唐放昂头看着天空，不由得陷入沉思之中。

天空之中，白云朵朵。

顾悄然回到家中，意外地发现，父母都在家中，坐着包饺子，而她的哥哥和嫂子也都在这里。

她一一打了招呼,接着搬着板凳坐到了父母旁边,小声地喊:"爸,妈……"

顾父继续包着饺子,看都不看她:"终于舍得回来了?"

顾悄然不自在地回答:"嗯。"

顾母问:"我听你们教练说,那个星耀俱乐部不让你过去训练了?"

顾悄然低着头:"对。"

她本来是想跟父母提要钱的事情的,可父母直截了当地把她在俱乐部里的事情都说了出来,她反倒不知道该怎么说了。

顾悄然伸手,准备跟父母一起包饺子。

顾父顾成国一筷子打在顾悄然的手上:"先别动,咱们好好聊聊你的事儿。"

顾悄然吃痛,把手收了回来:"有什么好说的……"

顾母钱雪华慢慢地说:"你之前加入花滑俱乐部,我跟你爸反对,你不听我们的,非要加入,我们也没办法,不过这一次……"

她看着顾悄然:"你的状态都不好了,也该听听我跟你爸的意见了。"

顾悄然的双手不自觉地抓紧衣服。

她嫂子一看情况不对,立马站起来:"那个,爸妈,我刚才想起来,我还有些东西没买,你们先聊,我出去看看。"

这一家子的事儿,她多少也了解一些。

她虽然支持顾悄然寻找梦想,可她的公公婆婆不支持,她要是说了真心话,只怕是以后跟公公婆婆不好相处。

"行,你先去吧。"钱雪华应了一声。

钱雪华把刚包好的饺子放下,又拿起一个新的饺皮儿:"而且这个双人滑比较危险……"

"那都是别人说出来吓你们的,要是真危险,我训练都多年了,怎么还好好的?"顾悄然小声地反驳。

顾成国把包好的饺子,丢在盘子上:"我跟你妈说的话,你都不听了是不是?"

顾悄然着急地说:"不是,但是,你们也知道……"

顾成国板着脸问:"知道什么?我警告你,顾悄然,你要是还认我跟你妈,那就赶紧退役,别训练了!"

"爸!"顾悄然提高了声音喊:"你们知道这是我的梦想!"

顾成国不满地说:"就算是梦想,你今天也必须放弃!"

"我不!"顾悄然倔强地回答。

之前在俱乐部,别人怎么说她,她都觉得无所谓,只不过面对来自父母的指责,还是让她觉得非常委屈。

顾悄然说:"你们别威胁我,我都已经跟俱乐部的人说好了,如果一年之内,我恢复不了状态,那我就退役……"

她只给自己一年的时间……

钱雪华不冷不淡地问:"你的意思是一年之后,如果恢复状态了,那你是不是还要继续?"

繁星似你　月光如我

顾悄然紧紧地抿着嘴唇，不说话。

顾成国生气地喊："你是不是要气死我跟你妈？"

顾悄然用力地攥紧自己的衣服："我只是要坚持我自己的梦想而已，这都不行吗？"

"不行！"顾成国在这件事情上，立场特别坚定。

顾悄然没有想到居然会跟父母闹僵到这个地步，犹豫了半晌，她还是开口说："那你把我的奖金卡给我……"

顾成国一直跟教练保持联系，而且顾悄然事业上的事儿，他也没少了解，所以他当然也知道顾悄然要这个卡有什么用，向来不支持女儿训练花滑的他此时更是绷着脸，恼怒地说："不给，里面的钱都花完了！"

"不可能！爸，我虽然不知道卡里面到底有多少钱，但是数额肯定不小！"顾悄然反驳，意识到这是父亲不愿意把钱给她的借口，她委屈地问："你凭什么不把卡给我？那是我赚的钱！现在俱乐部不让我回去训练了，我总要钱租个地方训练吧？"

顾成国有片刻的松动，不过很快，他就毫不犹豫地说："花完了，在外面给你侄子侄女买了一套学区房，准备让他们上小学的时候用。"

第44章
绝境

顾悄然起身往外走:"奖金没了就算了,我再去想别的办法。"

说完,头也不回地往外冲。

顾成国一看女儿跑了,也止不住叹气:"你说她喜欢什么不好,非要喜欢花滑,要是喜欢别的,就算让我砸锅卖铁,那我也要支持!"

"你再不赶紧把她的奖金卡拿出来,咱们以后就别想要这个女儿了。"钱雪华也止不住地叹息:"这些东西毕竟是她自己选的,让她自己走,不管结果好坏,她自己承担就是了。"

"可是……"顾成国问:"你忘了悄悄吗?"

钱雪华满脸愁容:"忘是肯定忘不了,只不过咱们已经失去过一个女儿,不能再失去第二个女儿了!"

这两个失去,意义显然不同。

顾成国气得直摆手,他颤颤巍巍地站起来,跑到里屋,打开柜子,从里面拿出崭新的奖金卡,交给顾正升:"你递给那死丫头,顺便告诉她,要是不小心摔残了,就别回来了!"

钱雪华气得直抽他:"你能不能好好说话!"

"我好好说话,她能不训练花滑吗?"顾成国显然也在气头上。

他们怕女儿出点儿什么意外,可是更怕女儿真不认他们。

"行啦爸妈,悄然有天分,不会的。"顾正升安慰道。

顾成国破口大骂:"放你的狗屁,当时悄悄没有天分吗?她也有,可结果呢……"

这句话说出来之后,整个房间里的人都陷入了沉默之中。

顾正升接过顾成国递过来的卡:"我先去找悄然,剩下的,咱们回来再说。"

顾成国叹气:"哎,这疯丫头!"

顾正升拿着卡追上去的时候,顾悄然已经下了楼,他抓住顾悄然的胳膊,把卡放到顾悄然的手心里:"喏。"

顾悄然无精打采地说:"钱都已经花完了,我要它也没什么用。"

"爸妈骗你的。"顾正升揉揉她的头:"你的钱,他们一分钱都没有花。"

顾悄然难以置信地看着顾正升:"啊?"

顾正升含笑说:"他们也是因为你姐姐出了那事儿以后,一直怕你也出意外,所以才骗你说没钱了,想让你早点退役,好好过日子。"

顾悄然心里更加难受了。

顾正升拍拍她的肩膀:"悄然,不管比赛结果怎么样,我们都希望你可以保护好你的身体,至少不能……出意外。"

他沉重地说:"爸妈不能再失去第二个女儿了。"

"我知道。"顾悄然的声音有些哽咽。

以前她一直以为父母反对她训练花滑,只不过是因为大人的控制欲,而且爸妈跟她说话总是恶声恶气的,久而久之她也就觉得爸妈不喜欢她。

谁知道他们却一直在关心她。

顾正升伸手将顾悄然拉进怀中,重重地抱了一下:"好啦,要坚持梦想就赶快恢复训练。"

顾悄然看着顾正升说:"好!"

顾正升手落在顾悄然的后背上:"那行,赶紧去吧!"

"再见!"顾悄然显然有些激动,她往前跑着,还不忘回头跟顾正升摆手。

顾正升哑然失笑,等顾悄然从视线里消失了,他转身正要上楼,却看到趴在楼梯扶手上的妻子。

她笑着问:"爸妈同意了?"

她不太理解:"你看悄然花滑水平明明可以,还拿了不少大奖,爸妈为什么老反对她?"

顾正升想要开口,可要说的话却跟卡在了嗓子里似的,半晌,他才开口说:"因为悄然之前还有个姐姐,也是练花滑的,只不过她一开始练的就是双人滑。"

女人静静地听着顾正升往下说。

顾正升的语气无不惆怅:"她们姐妹两个人都非常有天赋,悄悄之前双人滑搭档的男方也很出色,他们两个还是当时的完美搭档,但是一次意外,在抛四周跳的过程之中……"

女人的直觉告诉她,这个答案只怕不好。

顾正升也没说得太直接,虽然那时候他年纪尚小,但那一幕却好像是永远地留在了记忆之中:"悄悄落地的时候没有落稳……"

她闭着嘴,没再说话了。

顾正升说:"从那之后,我们的一家五口人,就变成了现在的四口。"

"哎……"她心情止不住地沉重:"我就说爸妈平时这么善解人意,怎么一遇到悄然的事儿,就变得那么蛮不讲理。"

现在她总算是知道原因了。

她甚至觉得,如果她是公公婆婆,家中发生了这种情况,她肯定也不会让女儿继续训练花滑。

毕竟再好的成绩,也没有女儿的命重要。

顾正升小声地说:"待会儿回到家中,可千万别提这件事。"

这件事是父母心中的死结。

顾正升甚至觉得,顾悄然转双人以后,状态会急速下滑,也是因为这个问题。

只不过,他没有说出来。

顾正升知道如果顾悄然不主动走出来,那谁都帮不了她,他拉开房门,让妻子先进去,随后自己也跟着进去,把房门关上。

楼下。

顾悄然小跑着冲到门口,叫了一辆车,立马给唐放打电话,等唐放接通了,她兴冲冲地问:"唐放,你在哪儿呢?"

这个好消息,她希望等见到唐放以后,面对面地跟唐放分享。

"我在医院。"唐放的声音听起来闷闷的。

顾悄然疑惑地问:"身体不舒服吗?"

唐放:"不是。"

顾悄然更郁闷了:"那你在医院干什么?"

"卖东西,换钱……"唐放小声地嘟囔着。

"你在哪个医院?"顾悄然听到这一句话,差点儿炸了,她急迫地催促道:"快把地址告诉我,顺便到门口等着我,咱们两个先见个面。"

唐放不情愿地说:"你就别来了。"

他干的事儿太怂。

唐放私心并不想让顾悄然知道。

繁星似你　月光如我

"你要是不想告诉我，那咱们以后就拆伙，以后都别见面了。"顾悄然很少说这种话，但如今却是被唐放气急了。

她知道唐放想要干什么，只是她完全不能够理解唐放的行为。

唐放被她这么一威胁，立马把地址说给顾悄然听，接着乖乖地跑到门口，去等顾悄然。

顾悄然抵达医院门口，把钱交给出租车司机，径直冲到唐放的面前，向来冷漠的她，这会儿也维持不住高冷的表象了，她连声质问道："你什么病都没有，跑到医院来卖东西？你好好跟我说，你要卖什么？"

劈头盖脸的一顿话，与其说是在询问，倒不如说是在指责，唐放被问得脸色涨红，他小声地嘟囔："我家里不愿意给钱，我借也借不到，除了这种方法，我实在是想不到别的办法了。"

顾悄然气得想锤他："我不是说了，我会回家拿奖金吗？"

唐放小声嘟囔："你家里条件也不好，让你把所有的钱都拿出来投资训练，你爸妈肯定也不舍得。"

她家是普通人家，而这一笔奖金又非常丰厚。

"那你就要……"顾悄然实在是说不出那几个字了，越说越生气，她自上而下打量着唐放："你知不知道对于运动员来说，最重要的就是身体，特别是双人滑之中的男伴，要是身上真少了点儿什么，捻转、抛跳这些需要力气的动作，你以为你还能做得来吗？"

唐放被她训斥，心里也很郁闷："我这不是实在想不到办法了吗？要是能想到，我怎么也不会拿我自己的身体开玩笑……"

"行啦，我爸妈把我的奖金卡给我了。"顾悄然不想再瞒着唐放，转身往前面走，她看都没看唐放："咱们赶紧去找个场地，看看能不能趁早租下来。"

唐放垂头丧气的："可我不能让你一个人出钱……"

顾悄然无所谓地说："大不了等咱们将来拿到冠军，赚到不错的奖金以后，你再把钱还给我。"

唐放蔫蔫地跟着顾悄然："可我觉得这不太好。"

顾悄然随手拦下一辆车，不理解地问："哪里不好？"

司机把车停下，顾悄然打开车门，把唐放塞进去后自己才坐了进去，她带上车门。

第45章
困难重重

唐放小声地嘟囔："以前我交朋友，不管干什么，都是我请别人，从来没让女生花过钱。"

"唐放。"顾悄然没有等到唐放的回答，压低了声音喊唐放的名字。

唐放没有精神地回答："怎么了？"

"到地方了。"顾悄然付了钱，起身下车，她实在是不知道怎么安慰人，可是唐放一直都在纠结这个问题。

她没法儿帮唐放度过心里这一关，就想找些别的事情，帮唐放转移注意力。

顾悄然把卡交给唐放："我不擅长交谈，所以待会儿，租场地啊，还有买器材之类的事情，都交给你了。"

唐放知道顾悄然这么说，是为了让他好过一些，可是他的心情却变得更加糟糕。只不过进了冰场，他们发现糟糕的事情还在后面……

原本表示冰场可以租赁的老板，突然改口说不租了。

而且在谈判之中，老板还特意提醒他们，以后都不要尝试再租其他场地了，因为已经有人跟他们打过招呼，说冰场可以租给任何人，唯独不能租给顾悄然和唐放。

两人不死心地又去了其他地方，只可惜跑了一整个晚上，把市内所有的冰场全部都跑遍了，仍旧没有一个人愿意把冰场租给他们。

两个人精疲力竭地回到俱乐部，可两个人的东西都已经被收拾好，摆放在寝室外面，询问一下才知道，原来是王副教练安排的，说什么他们两个人都不在这边训练了，那寝室自然也没有他们的。

无奈之下，顾悄然和唐放只好在附近开了房。

两个人房间的距离很近，就在彼此的隔壁，顾悄然洗了澡就躺在床上，翻来覆去睡不着。

这几天发生的一切匆匆地在脑海之中过了一遍，最终定格在最后一个人拒绝把冰场租给他们的画面。

顾悄然有些无奈，本来以为拿到了钱，什么事情都解决了，谁知道最让人无法接受的事情还在后面。

原来，有钱也不是可以做到一切的。

她拿出手机，犹豫着，还是给戚成雪发了一条信息。

"这几天可以在你们俱乐部训练吗？"

戚成雪很快地回复了："我刚问了一下我们教练，他说可以，但是最多只能训练一周。"

"我们会在一周之内找到合适的训练场所的。"顾悄然发过去了，想到这样不够礼貌，又补了个谢谢过去。

戚成雪发回来几个问号，接着不可思议地问："顾悄然，你不是吧，还跟我这么客气？"

顾悄然反问："这不是礼貌吗？"

戚成雪："你懂礼貌的年纪，是不是太晚了？"

顾悄然："……好像是。"

"对了，我刚听说，昨天你们周教练的妻子生病住院了，情况好像不太好，你知不知道具体状况啊？"戚成雪也是帮教练打听的，她的教练跟周辉是很好的朋友，这一次会答应顾悄然，也是因为周辉提前跟她教练打好了招呼。

顾悄然看到屏幕上面的字，整个人都呆住了："教练妻子住院了？我不知道啊，今天早上跟他见了一面，但是他什么都没说……"

信息刚发出去，顾悄然的手就愣住了。

其实也不算是什么都没有说，严格来说，教练说了他会继续留在俱乐部，然而前几天，教练还说了准备带着她跟唐放走。

周辉是个非常注重承诺的人，一般答应了别人的事情肯定会做到，这一次临时反悔，肯定也是因为他妻子生病……

顾悄然突然觉得，自己好像过分疏忽自己的教练了。

教练是，唐放也是……

教练家里出了事儿，她还是从别的俱乐部的成员口中听到的。

唐放一直不愿意让她拿钱，她也不清楚原因。

顾悄然长长地吐了一口气："我先去问问。"

"好，问出情况，记得告诉我一声啊，我教练这边特别关心。"

"好。"顾悄然找到周辉的手机号，编辑一条信息，直接发出去："教练，你妻子的病好些了吗？"

等了十多分钟，周辉才回复信息："差不多，已经稳定了，再住几天，应该就差不多啦。"

顾悄然问："在哪个医院？"

不管怎么说，周辉带她那么多年了，现在他的妻子生病，她应该过去看看。

"中心医院，你明天早上过来，咱们两个正好谈谈。"周辉知道这一次恐怕连自己都帮不了顾悄然了，不过作为顾悄然曾经的教练，他还是有很多话想要叮嘱顾悄然。

"好。"顾悄然回了之后，又把情况转告给戚成雪。

不论如何，在这种情况下，她都必须要打起十二分的精神！

顾悄然不想让这次的困难，击倒她！

一墙之隔的房间。

唐放坐立难安，想到顾悄然拿着奖金跟他说的那些话，想着两人忙了一天以后，顾悄然越来越黑的脸，又想到两个人的梦想，最终，还是止不住地叹息着，给唐庄打了个电话。

他把顾悄然说的话原封不动地复述给唐庄听。

唐庄难得地沉默了。

这个女孩儿，到底是真的不把钱放在眼里，还是真的在伪装？

繁星似你　月光如我

第46章
转机

唐庄想不出来，不过脑海之中却止不住地回荡着唐乐生说的话。

其实今天唐放跟唐乐生聊完以后，唐乐生就给他打电话了，虽然唐乐生的卡被封了，但是唐乐生的脑子并没有。

知道他担心的是什么，唐乐生特意拿了一堆报纸来到他的办公室，就是为了跟他说明，顾悄然并不是个贪财的女人。

而报纸上大部分的报道都是有多少富二代追求顾悄然，送了她多么昂贵的礼物，跟她求婚或者是想跟她做个朋友，但是顾悄然看都没看那些人一眼，就拒绝了。

唐庄觉得这根本没有任何可信度，因为那些家族，跟他们家比起来，完全不值一提。

唐乐生又无奈地拿出自己追求顾悄然，却被拒绝的报道。

唐庄有些动摇，但依然坚定地冲着话筒说道："即便这个女人没有任何问题，爸妈也不可能允许你训练花滑，你懂吗？"

这个东西是危险的，他也不太支持自己的弟弟接触这么危险的东西。

但如果唐放坚持梦想，他想他肯定会支持。

只不过现在的情况，是爸妈反对。

唐放说："大哥……你应该知道我从很久之前就已经开始想要当花滑运动员，那会儿父母一直在反对我，我选择了听他们的话，一直把对花滑的喜欢强行压制了下来。但是真心爱的东西，是藏不住的。"

唐庄正在办公室里工作，看到有人推开办公室的门进来，他摆摆手，示意那人出去。

手机之中，唐放继续说着："这些年，我试了非常多的东西，画画、唱歌、跳舞、攀岩、跳伞……可始终找不到能唤醒我体内热血的，浑浑噩噩过了这么久，我得到的是什么？"

唐放语气沉重："大哥，我不想继续混了，我想做个为了梦想而努力奋斗的人，这样就算是将来失败了，至少我也不会后悔。"

"其实在你之前想要学花滑的时候，我们就已经了解过这项运动了。"唐庄慢吞吞地说。

只是了解以后发现，这项运动实在是太危险。

繁星似你　月光如我

唐庄说:"有人在训练的过程之中,被同伴脚下的冰刀割伤……"

唐放打断他的话:"可这些对我来说,根本不算什么。"

唐庄又问:"那你知不知道,十多年前,有一名花滑运动员直接在比赛的过程中摔死?"

他的声音之中,带着些微的遗憾和叹息。

唐庄没有等到那边的回答,便继续补充:"那名女花滑运动员,在当时也被称为天才少女,论地位的话,应该是跟巅峰时期的顾悄然不相上下。"

一个站在巅峰的少女都遇到了这样的危险,更何况是唐放这种普通的运动员。

"跟巅峰时期的顾悄然不相上下?"唐放显然觉得有些不可思议。

唐庄又想了一下说:"其实严格来说的话,应该是也有很大差距的,毕竟在她那个年代,厉害的运动员太多,而她好像是刚参加成年组的正式比赛还没有多久,不过发展势头非常迅猛……"

他记得,那个女孩儿当年从比赛之中默默无闻的运动员,一跃闯到前三。

而这一切只用了不到三个月的时间。

虽然她没有拿到冠军,但当时的人都觉得,如果她没有在那一场比赛之中丧生的话,拿到冠军,也是指日可待的。

唐放不说话了。

唐庄说:"我知道这对你来说,有点儿刺激,所以我给你一个晚上的思考时间,等到明天早上,你再给我一个答案,如果到时候你还是执意要在这条路上坚持下去,那我会想办法帮你租到一间冰场,供你们训练,如何?"

"好,谢谢大哥。"唐放说完,把手机放到一边。

说实话,刚才唐庄说的那些话,确实给他造成了不小的心理压力。

有人在冰场上出了意外吗?

唐放看着天花板,看着看着,就闭上了眼睛。

次日清晨,顾悄然和唐放从床上爬起来,两人碰面以后,一起去了医院,探望周辉的妻子。

周辉的妻子刚做完手术,现在气色还不太好,跟他们两个打了招呼,又疲倦地睡了过去。

周辉不想打扰妻子,便把他们带到门口,往常健谈的他,此时张口就是叹气,他看着顾悄然说:"你也看到这情况了,不是我不想帮你们,实在是有心无力啊。"

"行啦,教练……"顾悄然往病房里面一看:"先别考虑我的事儿,好好想想,钱够不够用?要是不够的话,我这个钱你先拿着用!"

周辉沉重地说:"有钱,是俱乐部帮忙给的。"

顾悄然意外地问:"俱乐部这么好?"

周辉止不住地摆手:"他们愿意掏钱给她看病,条件就是,我以后要继续留在星耀俱乐部里。"

如果不是答应了这个条件,他怎么也不可能抛弃顾悄然。

"这样啊?"顾悄然只是有些微的意外,不过很快就反应了过来,她看着周辉说:"这应该算是好事了吧?师母已经脱离危险,你也没有因为给师母治病而背上一屁股的债……"

她说的,他都知道,只是……

周辉心里仍旧觉得非常愧疚:"当初拉你入行的时候,我明明跟你说过,不管遇到了什么情况,我都会想办法帮你解决,可现在……"

"我会遇到这个情况,也不怪你,主要怪我自己的状态不佳。教练,你就别内疚啦。"顾悄然怕再说下去,会加重周辉的负面情绪,犹豫着想要跟周辉告别:"对了,应该是你跟蓝阳俱乐部打了招呼,他们教练才同意让我们暂时在他们那里训练一段时间的吧?"

周辉沉闷地点头:"对,我们两个是多年的朋友了,求他帮忙办这点儿事儿,他还是会帮的。"

"正好,这段时间不愁训练的地方了。"顾悄然带过话题,就想直接离开:"那我们先去蓝阳俱乐部训练啦?"

第47章
梦魇中的人

"先别走,我还有话想跟你说。"周辉看着顾悄然,可却始终开不了口。

顾悄然看到他这副欲言又止的样子,一时之间也猜不清楚他到底想说什么。

周辉艰难地说:"昨天,彭宇来俱乐部了……"

他?

顾悄然的脑子里面一片空白,嗓子也不自觉地在发干、发涩:"然后呢?"

她清楚地听到,自己说话的语气好像变了。

周辉知道她为什么会这么难受,其实提到彭宇,他心里也不好受:"他说想要加入俱乐部,重新恢复训练。"

"是吗?"顾悄然越来越乱了。

周辉见她脸色不好,不想再往下说了,只是这些事情,他必须告诉顾悄然:"昨晚我在医院,回了你的短信,还没过几分钟,王正利就打电话跟我说,彭宇要加入咱们俱乐部,他同意了。"

顾悄然连续长吸了好几口气,这才平静下来。

唐放看顾悄然情绪波动太大,止不住有些疑惑:"彭宇就是那个小混混?"

"现在是,但以前不是。如果你了解国内的花滑运动员,就会知道,他刚出道的那段时间,被称为黄金男伴。"顾悄然的声音很轻,还带着一丝难以察觉的惶恐:"他的技术非常的高超,而且力气很大,托举之类的动作,几乎都毫不费力。"

她说着,突然发觉,当年那件事对她现在的影响远远不如以前了,不然,她应该不会这么平静:"一般自由滑四分钟半的动作做完,他都不带大喘气的。"

唐放不可思议地问:"这么厉害?"

顾悄然嗯了一声。

唐放准确地察觉到顾悄然的情绪不对劲,试探着问:"你们两个谈过恋爱吗?"

顾悄然不可思议地看了过去:"你为什么会这么想?"

唐放平静地说着自己的猜测:"你提到彭宇,说话的语气和神态,都跟平时不一样……一般的话,都是跟对方谈过一场恋爱,或者是，被对方伤害过，才会用这种语气说话吧？"

顾悄然情绪渐渐地恢复："他少说比我大八九岁了……"

唐放问："你不喜欢年纪比你大的吗？"

"你好好算一下年纪，他当时在赛场上活跃的时候，是十六七岁，而我当年才六七岁。"顾悄然不想跟他说明当时的情况："我就算再早熟，也不可能那么大一点儿，就喜欢上一个男人吧？"

唐放更加不明白了："不是喜欢，那你提到他的语气为什么那么不对劲？"

顾悄然看向周辉。

周辉实在是不想在顾悄然的面前提到那件事："反正不是因为喜欢就是了。"

说完，他嫌弃地看着唐放："作为一名花滑运动员，你能不能不要满脑子想的都是爱情？好好想想训练行不行？再说了，顾悄然可是我们俱乐部里面最出色的一位花滑运动员，她从开始加入花滑队伍以后，就满脑子只想着训练，从不想谈情说爱，你想这样的人怎么可能早恋？"

唐放摸了摸鼻子："我觉得也不可能。"

都怪顾悄然的语气实在是太引人误解了。

"先别聊这些啦。"顾悄然跟周辉说："俱乐部愿意接纳他，那就让他回来呗，反正当年的事情，错也不在他，所以教练你也不用担心我了。不管发生什么事情，我都会好好训练，争取不让坏状态影响我一分一毫。"

繁星似你　月光如我

周辉见顾悄然不像是在说谎，这才点点头："那就好。"

"教练，我们就先去训练啦。"顾悄然跟周辉告别。

周辉摆了摆手，随后转身进了病房。

顾悄然跟唐放并肩往前走。

唐放一直在看着顾悄然，非常想知道，顾悄然为什么一听到彭宇这两个字，脸色有那么大的变化。

两人离开医院，顾悄然拦车，跟司机说了蓝阳俱乐部的地址，心里面想的却是有没有可能给蓝阳俱乐部一些租金，在蓝阳俱乐部里蹭着训练。

不过这个想法刚冒出头，顾悄然就立马放弃了，蓝阳俱乐部是省内数一数二的大俱乐部，根本不缺她这点钱。

那给星耀俱乐部钱呢？

顾悄然陷入了沉思之中。

旁边的唐放，又偷偷扫了顾悄然几眼，见顾悄然一副神游太虚的表情，直接给唐庄发信息说自己想好了，确定要一直坚持下去，而且保证不会后悔。

信息发出去了，并没有马上收到回信。

唐放也清楚，他工作繁忙，不可能像他们这种闲人一样，时时刻刻把手机抱在手上，也就没着急。

只不过刚联系完大哥，他又去给二哥发信息："二哥，我今天听到他们说彭宇，可顾悄然一听到这个名字，脸色就变得特别厉害，你知道顾悄然跟他是什么关系吗？"

唐乐生回复:"彭宇你都不知道?"

唐放无语,他该知道吗?

唐乐生又停了很长时间,这才又给他回了一条信息:"这件事你不用问我,直接去网上搜彭宇,估计第一页就会有你想要的结果,而且留意一下他的花滑女伴。"

唐放更奇怪了,听他们说的,彭宇应该是很早之前就退役了,女伴根本不可能是顾悄然。

唐放实在是想不通,就干脆点开浏览器,输入彭宇的名字,但是弹出来的结果,都是好几年前的。

"彭宇顾悄悄为国争光,成功夺得大赛季军!"

"彭宇顾悄悄发挥失误,酿成惨祸!"

"……"

下面还有非常多报道这一对儿黑马的消息,不过大部分内容,都是这一对儿花滑运动员又拿了多好的成绩和记者们对他们的看好之类的。

顾悄悄?

这个人的名字跟顾悄然的好像有点儿相似。

唐放偷偷地看了顾悄然一眼,点开第二条结果,里面的内容,让他瞳孔不由得缩了缩。

原来,在比赛场上发挥失误,导致女伴意外丧生的人就是……彭宇?

而丧生的人名字叫顾悄悄?

繁星似你　月光如我

　　唐放说不好自己的心情，昨天在大哥那里听说有人在比赛场上出意外，今天又看到了当年的报道，说实话，心里要是一点儿波动都没有，那是真的骗人的。

　　只不过这次最让他意外的是……

　　这个女运动员的名字。

　　唐放又搜了一下顾悄悄和顾悄然的关系，弹出来的结果是，匿名网友不知道从哪儿弄来的顾悄然一家人的信息介绍。

　　其中赫然写着，顾悄悄是顾悄然的亲生姐姐，但是在一场比赛之中，意外丧生。

　　唐放看完，慌忙地退出了浏览器。

　　他之前一直想不通，为什么顾悄然听到彭宇的名字以后，波动会这么大，现在他好像全明白了。

　　顾悄然的亲姐姐，在比赛场上跟彭宇的合作之中，意外丧生了……

　　唐放叹了口气，再看顾悄然的眼神复杂了很多。

第48章
没人愿意把冰场租给他们

抵达蓝阳俱乐部，戚成雪主动过来迎接，她上来就给顾悄然一个大大的拥抱，接着在顾悄然的耳边小声地说："如果短时间内实在是找不到训练的地方，那就先在这儿训练着。"

"不是说只有一周吗？"顾悄然不想给戚成雪添麻烦。

戚成雪嘿嘿一笑："一周以后，你没找到地方，继续在这儿练，到时候有我帮你压着，我看谁敢多议论你一个字。"

顾悄然知道戚成雪为了她好，但是她也清楚，自己不能太自私，不管遇到什么事情，都只考虑自己："俱乐部那边，你好不好交代？"

戚成雪昂着头："俱乐部那边，还用我交代？我跟你说，现在

繁星似你　月光如我

有好多俱乐部想要挖我,他们现在都怕我走人,要是这一次惹我不痛快,我直接带着我的男伴走,那俱乐部肯定会后悔死。"

"嗯……"顾悄然欣慰地看着她:"我会尽量找到场地的,如果实在是找不到场地,那就只能先在你们俱乐部蹭一段时间了。"

戚成雪勾住她的脖子,小声地说:"其实这个主意,是教练帮我出的,他说知道你们教练看重你,他呢,也比较欣赏你,实在是不忍心看到咱们国内的一个可能崛起的冉冉新星……啊呸,一个天才就这么默默消失了,所以就让我用这种办法帮你。"

在星耀被王副教练和负责人赶出俱乐部,如今到了蓝阳俱乐部,大家却这么帮她……

顾悄然心里感激极了:"你们对我这么好,我该怎么感谢你们?"

戚成雪小声地说:"现在感谢就不必啦,可以等你在将来赢了冠军以后,感谢一下蓝阳俱乐部暂时借你个场地的恩情,顺便感谢一下你最大的对手戚成雪。"

顾悄然闻言,扑哧一声笑了出来。

戚成雪也不介意,仍旧自顾自地说:"但如果赢的人是我呢,那我会继续在公众面前宣布,我终于打败了我最大的对手,赢得了冠军!"

第49章
意志坚定

"嗯。"顾悄然换上冰鞋,开始训练自由滑动作。

唐放见顾悄然恢复训练了,自己也跟过去,只不过他训练的动作都是入门级别的……

跟顾悄然训练的难度比起来,他觉得自己简直就像是幼儿园的小朋友一样。

唐放默默地告诉自己,不要害怕丢人,一点一点地坚持,总有一天,他会成为配得上顾悄然的最佳男伴!

两人不想干扰俱乐部的其他人,随意地选了一个没有人的空余地方,全身心地投入训练中。

蓝阳俱乐部的队员看他们二人坚持训练了将近半个小时一直未

停歇，都觉得不可思议。

大家停止训练，聚在一起讨论着。

"不是吧？顾悄然怎么比咱们都要用心呢？"

"不仅仅是用心吧，我觉得她简直太豁得出去了，摔倒了也不停歇。"

"对呀，顾悄然就全程没有休息……"

"她还是个女人吗？"

"我觉得她是个女超人。"

"……"

众人七嘴八舌地讨论着，言谈之间，都是对顾悄然的佩服。

戚成雪扫了他们一眼问："你们看到顾悄然这么努力，难道一点想法都没有？"

"有什么想法？"大家不约而同地开口问。

戚成雪没好气地说："抓紧时间，好好训练啊！"

其实这也是教练和她同意顾悄然来他们俱乐部最主要的目的。

他们觉得，也许让这些缺少斗志的队员以及对自己的能力非常自信的人，看到曾经站在巅峰的人努力训练，会深受触动。

从此以后也会加油，为了冠军而努力。

第50章
积极训练

那一群人听到戚成雪这么说，立马四散开来，重新开始训练，这一训练就到了吃午饭的时间。其实，大家训练到一半的时候，本来都想停下来好好休息一下，可看到顾悄然一直没有停顿，他们也都默默地坚持了下去。

平时他们都觉得，累了就要休息，可坚持到最后他们才发现，身体是吃得消的，是他们平时太过矫情而已。

中午吃饭时间，一帮女生一个劲儿地往顾悄然的身边凑。

其中一个人看顾悄然打饭，甚至主动递出自己的饭卡，她看着顾悄然问："偶像，你每天都这么拼吗？"

顾悄然把她的卡退了回去，自己给的现金："今天这样还算拼吗？"

她觉得今天的状态实际上懈怠了很多，如果放在平时的话，她休息的时间应该会更少。

"还不算啊？"女孩儿们都诧异地张大了嘴。

"她在咱们俱乐部至少会待一个星期，到时候你们好好看看不就行啦。"戚成雪还是挺喜欢这个朋友的。

吃完了午饭，又休息了一会儿，感觉胃里的东西消化得差不多了，顾悄然又继续开始训练。

俱乐部里的众人上午都跟打了鸡血似的，人人训练得都非常投入，下午看到顾悄然训练得更加卖力，也都在不知不觉中跟顾悄然较劲。

俱乐部的气氛也在不知不觉间紧张起来。

蓝阳俱乐部的教练，看到这一幕，非常地满意。

戚成雪看到他在旁边一直点头，主动凑过去，帮顾悄然说话："你看顾悄然没来之前，俱乐部里死气沉沉的，大家还没训练一两下，就凑到一块儿聊天。现在顾悄然一来，你看他们摔疼了，都没有再抱怨……"

教练打断她："我没有时间听你说废话，所以，想说什么，你可以直接说。"

"那我就直接跟你说了。"戚成雪开门见山地说："你看顾悄然过来啊，既然能够为咱们俱乐部带来这么好的影响，咱们要不然干脆让顾悄然多在这里待一段时间得了。"

"你放心,我会跟上边申请一下。"教练其实也是很乐意看到俱乐部里的队员有这样的改变。

毕竟这些人都在安逸的氛围之中待了太久,时间长了,难免会懈怠,而只要把顾悄然留在这里,就能很好地解决这一切,他们何乐而不为呢。

教练说:"看看能不能说服他们,把顾悄然挖过来,当咱们的定海神针。"

戚成雪听到这里,心里止不住地高兴:"你的意思是,我还定不住咱们俱乐部?"

"你还好意思说?"教练没好气地瞥了戚成雪一眼:"他们这些人都是在你的带领之下,疏于训练的!"

戚成雪担心教练会秋后算账,转身往冰场里面一滑:"教练,我要训练,就不跟你闲聊了,再见!"

说完身影融入那些运动员之中。

教练止不住地摇头,接着转身,往楼上走。

市中心,耸立的高楼之中。

唐庄终于完成了手头的工作,把厚厚的文件,往旁边一放,看着坐在面前的唐乐生,他问:"你想跟我说什么?"

"昨天晚上,老三应该打电话跟你求助了对吧?"唐乐生很直接地说。

唐庄淡淡地说:"嗯。"

唐乐生在这件事上,简直比唐放本人还要上心:"你是怎么想的？老大，你也知道，老三至今为止也就在花滑上面上点儿心，要是咱们不帮他的话，万一他们两个都被迫退役了，他会恨我们！"

　　唐庄慢条斯理地问："所以你这次是来当说客，让我站出来帮老三的？"

　　唐乐生想都不想地说："你也知道，我的卡都被父母冻住了，要不然的话，我也犯不着过来找你啊。"

　　唐庄没有直接答应："我想再等几天。"

　　唐乐生没那么好的耐性："都已经决定要帮了，干吗要再等等？"

　　唐庄好笑地问："不等等，怎么知道他是三分钟的热度，还是真的愿意一直坚持下去？"

　　唐乐生明白过来唐庄的意图，无语地撇嘴："老三有什么要求，你答应就好了。"

第51章
哥哥们的心机

"如果我也像你那样纵容老三,那今天被冻结的卡可就不止你那一张了。"唐庄摆了摆手:"你先回去吧,剩下的事情交给我,不过……"

他看着唐乐生:"如果老三真的能坚持下去,那我会联系你,让你去跑场地。"

唐庄不擅长跟人交谈,当然他也不想在这种问题上浪费时间。

"好!"

唐乐生说服了唐庄,就大摇大摆地离开了唐庄的办公室,关上门的瞬间,他还在想,这一次不管是为了什么,唐放都必须要坚持下去。

因为这关系着他的梦想!

第二天一大早,唐放就过来敲门,约她一起去蓝阳俱乐部训练。

顾悄然二话不说,立马从床上爬起来,收拾好之后,跟唐放一起出了酒店。

危机解除后,幸运也终于找上了他们两个,这天两人刚出门,坐上出租车,顾悄然就接到了冰场老板的电话。

冰场老板在电话里说,想了好几天,还是觉得送到手的钱不能不赚,所以决定把冰场租给他们。而且价格比前几天联系的时候,少了很多,基本上跟市场上的正常价位一致。

顾悄然和唐放一听到这个消息,连忙让司机掉头,把车开向冰场老板指定的地点。

在路上,她还不忘打电话跟戚成雪分享这个好消息。戚成雪在电话里面跟顾悄然吐槽,蓝阳俱乐部里面的气氛,好不容易才变好了,结果顾悄然这一走,说不定要不了几天,俱乐部的众人就要恢复原形。

吐槽归吐槽,戚成雪还是打心眼里替顾悄然觉得开心。

顾悄然听了她的调侃,止不住地回想在蓝阳俱乐部里的时光。

时间虽然短,但是她得到很多温暖。

他们从没有因为她的状态不佳而嘲讽她。

顾悄然感慨地说:"戚成雪,麻烦你帮我一个忙。"

戚成雪意外地问:"什么?"

两个人认识了这么久,这还是顾悄然第一次求她帮忙。

顾悄然认真地说:"帮我向你们俱乐部里的人说一声谢谢。"

冰场距离酒店约有七十公里的路程,他们终于在两个小时之内赶到了地方。

下了车,他们两个就看到了站在门口的老板,唐放主动迎上去,跟老板确定:"租金确定就是在电话里面说的那些?"

老板是个憨厚的中年人,国字脸,一副老实相:"保证!但是我们的要求是年付,全款,不知道你们……"

第52章
投资冰场

　　唐放接过顾悄然递过来的银行卡，跟着老板往里走："怎么给你转账？"

　　老板在外面带路："可以去银行转，也可以用你们方便的方式。不过小哥儿，她这么信任你的吗？说要转账，就直接把卡交给你，她难道不怕你把她的钱骗走吗？"

　　"我家里比她有钱多了。"唐放说到这里，神情不自觉地变得沮丧："但是最近我遇到了点儿情况，拿不出来这么多钱，所以只能暂时让她垫付。不过等我有钱了，一定会还她！"

　　"别等到有钱啦。"

　　唐放解释："现在家里人不愿意给我钱，要是他们愿意给我的话，我肯定不会让她付钱。"

说完，突然发现这个声音不太对劲，他抬起头，就看到了站在面前的唐乐生和唐庄。

唐放意外地问："你们两个怎么会在这里？"

"我们的三弟独自出来打拼，我们这个时候再不站出来支持你，还要等到什么时候？"唐乐生挂着笑容反问道。

唐放有些反应不过来："可是你前段时间不是跟我说你的银行卡被爸妈冻结了吗？"

唐乐生拍拍唐庄的胳膊："你二哥的卡被冻了，可你大哥的没有。"

唐放脑子都是木的："啊？"

"行啦，别废话啦，去把顾悄然喊进来，我跟老大有话想跟你们说。"唐乐生跟唐庄都很忙，而且他们不想在这件事上，浪费太多的时间。

唐放知道他们两个一定会帮忙，于是就出去把顾悄然喊了进来。

顾悄然一看到唐乐生，和他旁边的陌生男人，顿时有些意外，她看向唐放。

唐放给她介绍："我二哥唐乐生旁边的这位是我大哥，唐庄。"

"你们好。"顾悄然跟他们打招呼。

唐庄说："我跟唐乐生有意投资花滑俱乐部，但是目前还不熟悉运作方式，也不懂怎么培养运动员，所以就想请现成的运动员来俱乐部试试水。"

唐乐生知道唐庄不爱说话，主动抢走了介绍的任务，他一字一顿地说："当然，俱乐部刚开始，我们也不打算请太多的运动员，就暂时只请你们两位，等出成绩了，我们再扩大俱乐部的规模。当然你们放心，虽然是实验的，但是教练等专业人员，我们都已经请过来了。"

唐庄点头。

唐乐生继续说："不过我们不打算投资太久，如果回不了本，也为我们公司带来不了利润和正面影响的话，那我们可能就会直接撤资。"

顾悄然愣愣地看着他们两个人，过了很久，才笑着说："谢谢。"

唐家家大业大，根本不用投资花滑，也能赚到很多钱，可他们却用这个当借口来帮助他们。

顾悄然虽然清楚，他们的目的是帮助自己的弟弟，但间接性地还是帮了她，她觉得非常感激。

"大哥。"唐放凑过去问："你有没有帮我们找好住所啊？我们住的酒店，离这儿有些远，如果天天来回跑很浪费时间。"

在自家哥哥面前，唐放就恢复了本性。

唐乐生敲着他的脑袋："当然，走吧，我带你们过去。"

房子就在冰场后院，这个冰场的老板在冰场后面建了一栋四层小楼，一层楼共四间房子，每间房里面都有独立的厨房和卫生间。

一楼空出了两间办公室，除了卫生间以外，卧室都被人改造成了书房，而且聘请的人都已经到了岗位，唐乐生领着他们两个跟那些人一一打了招呼，又把所有的事情全部都安排好了，这才跟唐庄离开。

辞别唐乐生和唐庄，唐放和顾悄然打车回酒店，把东西全部收拾回了冰场，立马投入训练之中。

顾悄然已经把双人滑动作的难度练到了最高难度，唐放也已经准确地掌握了一些入门级的步法和动作，只是两个人在配合方面，始终有问题。

特别是在捻转和抛跳的过程之中，唐放始终觉得，有些不对劲，可具体是哪里不对劲他又说不上来。

时间一天一天地过去。

唐放训练的动作也越来越多，难度也越来越大。

教练让他们训练完了基本动作，就开始加强训练双人动作，两人在旋转方面都没有任何问题，可是一到抛跳和捻转，顾悄然的身体就止不住地僵硬。

又一组练习不顺，顾悄然主动坐到一旁休息，眼睛看着的却是冰场的方向，许久都没有眨一下。

唐放也发现了她的不对劲："能跟我说说吗？"

顾悄然摇头："没什么大事儿，我缓一下，咱们再继续。"

她脸色苍白地站起来，主动往冰场走。

顾悄然知道，她的心里有非常大的障碍，特别是被抛出去的时候，脑海之中不受控制地回放着十多年前的那个情景。

当时，顾悄悄也是那样被抛到空中，然后狠狠地坠落！

繁星似你　月光如我

"哐当！"

长长地吐出两口气，把心中的惶恐全部丢出去。

顾悄然无声地告诉自己，想要完成顾悄悄的遗愿，拿到冠军，那她就必须要克服自己的心理障碍，勇敢地去面对当年的事情。

第53章
心理阴影

两人训练了一个下午,临近结束的时候教练回来了。

这次的教练是一个老年人,姓钱,叫钱铎,是花滑圈内一个非常有名的老前辈,他过来,看着顾悄然说:"你先停,别训练了,我有话要跟你说。"

顾悄然闻言,中止训练,跟着教练往外走。

钱铎双手背在身后,领着顾悄然走到训练馆外面问:"顾悄然,你姐出事儿的时候,你多大?"

"七岁。"顾悄然不明白钱铎为什么要问这一句话,不过她还是诚实地回答。

"她出事儿当年,你就加入星耀俱乐部了?"钱铎回头问。

顾悄然点头："嗯。"

钱铎没有说话，而是又往前走了两步："其实你加入花滑俱乐部，我倒不是不能理解，如果你一直不转双人的话，主攻单人，现在应该也会拿到不错的成绩吧？"

"嗯……"顾悄然轻声回答。

钱铎慢条斯理地问："那你为什么非要想不开去转双人呢？有你姐姐的事情在这里摆着，如果克服不了你自己的心理障碍，别说是一年，哪怕是给你一辈子，你都拿不到冠军。"

"我知道，所以我现在正在努力克服。"顾悄然坦诚地说。

钱铎问："不可能改变主意了？"

顾悄然重重地点头："我一定要拿一个双人滑冠军！"

"那咱们慢慢来。"钱铎从开始了解花滑到现在，也知道很多事情，往常他总能拿出一套理论来帮别人开解。

可是他知道，顾悄然的心病跟别人的不一样。

一条命啊。

不是说说就可以解决的。

钱铎转身往回走："反正咱们还有一年的时间。"

天，渐渐地晚了。

顾悄然吃了晚饭，又回到冰场之中，这个冰场现在完全是为她跟唐放服务的，所以她每天晚上可以在保证睡眠的情况之下，尽情地训练。

环顾四周，她熟悉着冰场……

顾悄然闭上双眼，往前滑行着，脑海之中却自我折磨似的，出现了那天的情景。

那是十二年前的一个下午，顾悄然记不清楚季节，但大约记得自己穿的是长袖，当时比赛还没开始，爸妈便把她带到比赛现场了。

钱雪华用激动的口吻跟她说："悄然，这场决赛里面，就有你的二姐。他们都说你二姐非常有天分，如果今天发挥顺利，说不定可以拿到冠军呢！"

爸爸顾正升一脸嫌弃："什么冠军？她才刚加入花滑队没多久，怎么可能拿到夺冠？再说了她就算是要拿，也得等一段时间！说实话，今天如果能拿到冠军，那是运气好，拿不到，也正常。"

爸爸这么说着，可等到试冰的时候，二姐刚出来，他就扯着嗓门大喊："悄悄，加油！"

那时的爸爸妈妈都以二姐为骄傲，女儿非常厉害，教练看好，自身实力也强，即便是那一次的比赛没有登顶，将来也肯定会站在双人滑的巅峰位置。

试冰完毕后，顾悄悄的前面共有三组运动员。

顾正升一边看着他们，一边跟顾悄然解释着每一个动作叫什么名字，以及评分标准，末了还不忘评估依照他们的完成度可以拿多少分。

这个口头上总是说自己不了解花滑，这一辈子都不会去了解花滑的男人，不知道偷偷在家里看了多少资料，又看了多少场比赛，才把这些动作全部都记在脑海之中。

繁星似你　月光如我

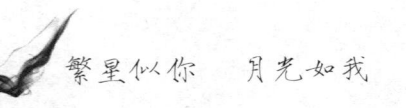

顾悄然到现在都还记得，在那些人做完动作以后，顾正升都给出了评分，而他给出的评分和评委最后给出的评分，只有不到五分的出入。

后来顾悄悄出场，妈妈全神贯注地看着，爸爸一边赞扬着她的动作完美、两个人的配合默契，一边又说着每一个动作应该打多少分。

抛四周跳的时候，爸爸还特别激动地抓住了她的胳膊，怕她没有看到似的，跟她强调："你二姐说，抛四周跳就是他们精心准备的绝招，所以你快认真看看！"

大约是受到了父亲的影响，顾悄然打起了十二分的注意力，看着现场……

然而那样的认真，换来的却是一生的梦魇。

她的姐姐，在抛四周跳的过程之中，没有预料之中完美的表演，而是重重地砸在了挡板上。

当时，全场的观众都站了起来。

她不知道发生了什么，只知道前后左右都是高高的人墙，而人墙挡住了她，让她看不清楚前面到底发生了什么。

她听到了那些人说的话。

"刚才那位运动员是摔倒了吗？"

"好像摔得很惨，我看她都站不起来了。"

"医生过去把她抬走了！"

"……"

这一场意外过后，大家都坐回原地继续观看比赛，可母亲却紧紧地握着她的手腕，把她带离现场，一行人坐到救护车里的时候，顾悄悄说出了最后的那一句话。

然后被送到医院。

医生用尽全力抢救顾悄悄，只可惜最终还是没能把她从死神手里抢救回来。

当时医生说的是，顾悄悄落地的时候，头先着地……

具体的情况，顾悄然已经记不清楚了，她只记得，听到这个消息以后，母亲痛哭，父亲没哭精神却不怎么好，处理完姐姐的后事以后，回到家中，他就把学习花滑用的资料全部都扔了。

后来，她更是看到平时在他们面前总是很高大，像是能够用肩膀撑起这个家的父亲，多次偷偷躲起来抹眼泪。

画面一遍又一遍地在脑海之中闪过。

顾悄然没有像以前那样，故意去压制这种想法，而是放任着它们在脑海之中肆虐！

她跳起，顾悄悄临终前的脸突然在脑海之中出现，顾悄然身体失控，摔落在冰面上。

冰上很凉，她在上面，只感觉到一股凉气，顺着自己的皮肤慢慢地渗透到自己的骨头里。

顾悄然爬起来，默默地在心里告诉自己，顾悄悄的经历，绝不会是她的。

她一定能克服障碍，完成姐姐的遗愿！

顾悄然咬牙站起来，继续训练。

入口处，唐放默默地看着这一切，心里止不住地叹息，他走到冰场旁边，喊她："顾悄然，已经很晚了，别训练了，早点休息吧。"

"好。"顾悄然结束了当下的动作，转身套上保护套，走向唐放。

唐放借着灯光，看到顾悄然苍白的脸上挂着晶莹的汗珠，兴许是训练得太累了，那些汗珠正顺着她的脸，往下滴。

他说："我知道了你姐姐的事。"

"是吗？"顾悄然扭头，看着唐放："那你一定也知道，我姐姐是一名非常出色的花滑运动员。"

唐放愣了一下，他一直以为，顾悄然不想提及她姐姐。

顾悄然微微抿了抿嘴，笑着说："她入行的时候是十二岁，当时参加比赛是十六岁，只用了四年的时间，就拿到了很多奖杯，而且越往后，成绩越好。当时她的教练都在说，太遗憾了，如果能早些把她请到花滑队伍里面来，那也许她就是一个常胜将军。"

唐放从没有听顾悄然在他的面前提到家人，这是第一次，语气还是那么的骄傲。

他这才意识到，顾悄然是真的很喜欢这个姐姐。

第54章
她的姐姐

"如果不是她那次出了意外,我想我这辈子都不会接触花滑。"顾悄然的语气突然沉了下来,其实小的时候,她没有什么梦想。

她当时天真烂漫,每天开心地玩耍。"她出了事儿以后,我就在想,我姐一直想要拿到双人滑冠军,这是她的梦想,不论如何,我都要替她完成。"

顾悄然叹了一口气:"只可惜,转了双人滑以后,我的状态也直线下滑。"

她什么都不怕,就怕拿不到冠军,没法儿给去世的姐姐一个交代。

"顾悄然。"

听到唐放突然喊自己,顾悄然意外地看过去,身体被人往前一拉,顾悄然突然跌入了一个温暖的怀抱,她想要挣开。

唐放却抱得更紧了:"我知道你在害怕什么,也知道你的压力很大……"

"是有那么点儿心理障碍,不过没多大的压力"顾悄然笑着准备推开他。

唐放根本不让她离开:"我帮不了什么,不过在你累的时候,我可以把我的肩膀借给你靠,让你缓解一下。"

"嗯……"顾悄然被唐放抱着,才觉得发冷的身体好像有了些许的暖意,总是紧绷的大脑,终于放松了一些……

顾悄然慢慢地伸出手,犹豫着回抱住了他,脸贴在他的肩膀上,惶恐的、总是不安的心,终于安定了下来。

唐放感受着怀里女人的体温,他的脸就慢慢地红了起来。

唐放试探着问:"如果咱们两个能够拿到冠军的话,那我可不可以追求你?"

顾悄然疑惑:"怎么突然说这个?"

"因为我喜欢你。"

"行啊。"顾悄然没有拒绝:"如果真的可以拿到冠军,那我就跟你在一起。"

悄然居然没有拒绝他?唐放高兴得简直要疯了。

第55章
突发状况

次日，清晨。

顾悄然从床上爬起来，洗漱完毕之后，出门，意外地看到了站在门口的唐放，她问："你怎么来了？"

"过来接你。"唐放说完，脸又红了，他就住在顾悄然的隔壁，结果用接这样的字眼……

"咱们这叫心有灵犀？"顾悄然感慨地说："我本来还想如果你没来找我的话，我就去喊你。"

唐放情不自禁地咧嘴笑。

顾悄然锁好门，"咱们快点去吃饭，吃完了饭还要训练，为了冠军……"

她回头跟唐放说:"也为了到时候,咱们两个能在一起。"

唐放追了过去:"嗯,所以不论如何,一定要拿到冠军!"

之前只是简简单单的对梦想的追求。

如今又多了一些砝码。

唐放渴望夺冠的心情,更加强烈了。

吃完早餐,两人去训练。

在进入冰场之前,两个人都还笑嘻嘻的,一滑入冰场之后,两个人都收起了玩笑的心思,无比认真地训练起来。

先做了基础动作热身,而后还是训练捻转。

唐放平时在家里面玩儿的时候,就特意做了力量训练,如今举着顾悄然倒也不算吃力。

当然唐放觉得最主要的原因是顾悄然对自己的要求很高,基本不会允许自己的体重超标。

在做这些动作的过程之中,唐放明显地感觉到顾悄然要放松很多,动作也都比以前更加从容。

一套动作下来,顾悄然落地的时候还觉得有些不可思议,她看着唐放问:"咱们是成功了?"

唐放兴奋地说:"是!"

顾悄然激动地抱住了他:"真好。"

唐放也回抱着她。

两个人正在兴奋的时候,突然听到有人鼓掌,啪啪啪的掌声越靠越近,两人不好意思地松开对方,正好看到钱铎。

钱铎欣慰地说："顾悄然，你的进步真快。"

"还要感谢教练……"顾悄然扭头看着唐放："还有我的男伴。"

"再多给你的男伴一些信任，相信不管发生了什么事情，他都不会让你置身于危险之中。"钱铎坐在旁边的椅子上："只有坚定了这种想法，将来你们两个才有可能配合得天衣无缝。"

"好，我试试。"顾悄然深吸了几口气："来吧，咱们练习一下抛跳。"

"好。"唐放握住顾悄然的腰，两人向前滑行，做好准备工作，感觉差不多，唐放直接把顾悄然抛了出去。

在顾悄然下滑的过程之中，他感觉到不对劲，猛地追上去……

顾悄然极力地平稳着身体，可还是控制不住，然而就在这时，胳膊突然被人拉住，紧接着身体落地！

没有预料之中的疼痛，反倒还有些柔软。

顾悄然回头看到躺在地上的唐放，她慌忙站起来说："你干吗要挡过来啊！我摔了也不疼，你看你这一挡，把自己挡坏了吧？"

害怕唐放出事，他们第一时间把唐放送到医院里。

第56章
克服心理阴影

给唐放做了全身检查,又等了几个小时,结果出来,唐放的运气还算不错,只是一点外伤。

拿到结果,顾悄然才松了一口气,坐车回去的过程之中,唐放一直在调侃顾悄然太担心他,顾悄然应了几句以后,就没说话了并回到冰场,把唐放送回房间里,顾悄然就一直埋头伺候着唐放。

唐放还是头一次看到顾悄然这样,心里止不住地有些紧张,他凑过去问:"顾悄然,你还好吧?"

"嗯。"顾悄然无精打采地应着。

唐放说:"其实你没有必要为了我的事情内疚,我是自愿过去当你的肉垫的。"

顾悄然小声地反驳："可是我如果不想那么多，好好地训练，那就不会摔倒……"

"悄然，然然。"唐放头靠在顾悄然的肩膀上，难得一副示弱的姿态："这真的不怪你，你经历了那样的事情，心里会有阴影也是理所当然。"

"我也会尽我最大的努力，陪着你，走出这段阴影。"

"嗯，谢谢。"顾悄然愧疚地说："以后再训练，我不会再想太多，努力放稳心态，做到最好就行了。"

唐放小声地嘟囔："还是不要做到最好了吧，不然我跟不上你。"

顾悄然忍俊不禁："我尽量跟你保持着同一个水平。"

唐放欣慰地说："放心，我也会努力地提高自己。"

"一起进步。"

拖延了一天，第二天在训练的时候，唐放明显地感觉到了顾悄然的改变，虽然在练习抛跳的过程之中，还会有这样或者那样的问题。但较以前的身体僵硬，已经进步了很多，至少她敢放开自己。

而后又训练了几次，唐放也终于见识到了花滑天才的魅力……

在不到一天的时间内，顾悄然不仅成功地放稳了自己的心态，而且还娴熟地掌握了技巧，最后一次抛跳，更是在空中旋转了三圈半后，稳稳落地。

那一瞬间，她就好像是在空中旋转的花朵，美丽至极。

唐放看呆了。

繁星似你　月光如我

顾悄然落地之后，往前滑行了一段距离，又来了一个点冰四周跳，接着滑回唐放的面前，她认真地说："我答应过你再也不会让你受伤了。"

"啊！"唐放佯装懊恼地说："听了你说的话，我好后悔！"

顾悄然不明所以："后悔什么？"

唐放大大方方地笑着："后悔没早挨这么一下！"

顾悄然没好气地瞪了他一眼，结束训练，两人牵着手准备回去，刚到门口就看到躺在摇椅上看星星的钱铎。

"你们两个出来啦？"钱铎继续晃着摇椅，不紧不慢地问："你们知不知道，过几天就是全国选拔赛？"

从全国选拔赛里脱颖而出的选手到时候可以参加在国外举行的公开赛，而这个选拔赛基本上是从各大知名俱乐部里选运动员，如果俱乐部没能给他们报名的话，那么今年的公开赛可以说是跟他们无缘了。

公开赛是目前含金量比较大的四个比赛之一。

要想得到认同，参加这个比赛是必不可少的。

顾悄然一拍脑子："我忘了。"

"看你们两个现在的状态，再训练几天，拿到俱乐部的参赛名额的难度应该不大。"钱铎慢条斯理地说："但是报名以后，能走多远，就要看你们的状态了。"

唐放认真地说："我们会争取拿到冠军的！"

"你小子，野心也太大了。"钱铎站起来，双手背在身后，慢慢地往前走着:"先别想冠军,我给你们定的目标是拿前十,能闯进去就证明你们两个前途无量!"

唐放字字铿锵:"我们绝对没问题。"

"问题可大着呢。"顾悄然不想落井下石,可这种情况下,她也不想让唐放盲目自信:"首先,俱乐部愿不愿意推荐咱们两个,还是个问题。"

不过顾悄然最近刚刚恢复状态,她自然不想放过这个机会,所以她就直接打电话联系周辉。

周辉的妻子前段时间已经出院,而且恢复得很好,他现在也开始工作了。顾悄然开门见山地坦白了自己想要参加公开赛。

周辉在电话里面犹豫了一下,随后让顾悄然和唐放先回俱乐部,他会帮顾悄然争取到一个名额。

只可惜周辉站在顾悄然这一边,其他人却不是这么想的。

顾悄然和唐放回到星耀俱乐部以后,听到的就是周辉和王正利的争吵。

周辉站在她这边,要俱乐部一定把这个名额给她。但王正利却恰恰跟他意见相反,两人僵持不下。

"两位教练,不要再吵了。"顾悄然走进去,其实这段时间,她也想了很多,心态也逐渐地稳定下来:"既然俱乐部要选择能力强的人,那我跟唐放愿意跟俱乐部的其他人比赛,争取这个名额。"

两人不约而同地看向顾悄然。

繁星似你　月光如我

第57章
争取参赛名额

顾悄然慢悠悠地说:"如果我们输了,那我们就放弃这一次的正式比赛,你们觉得如何?"

周辉担忧地喊:"可是……"

"教练,我知道你是想让我多在比赛场上待一段时间,但是……"顾悄然其实也认同王正利的观点:"观众想看到竞争激烈的比赛,我们俱乐部也想要拿到很好的成绩,所以,能者居之才是最好的选择。"

周辉叹息道:"既然决定了,那就按照你说的做吧。"

等所有队员到齐。

王正利宣布了开始,顾悄然和唐放先上场,两人没敢藏私,而是拿出了目前的最高水平，只不过刚磨合顺利，两人跟顶尖选手比起来还是有很大的差距。

音乐响起，直到落下，两人的发挥虽有一些失误的地方，但整体来看却没有太大的瑕疵。

周辉和王正利各在心里给出了分数，不过看到他们两个的配合，两位教练心里，还是说不出的震惊。

离开之前，顾悄然的抛跳基本上都是失败，这才过去没多久，竟然就能成功了？

他们觉得有些不可思议。

随后上场的是余绵绵和刚加入俱乐部的彭宇，他们是俱乐部为顾悄然挑选的对手，两人磨合得不错，在最近的训练里表现非常亮眼。两人摆正了心态，企图拿到最好的成绩，打败顾悄然和唐放。可无奈配合的时间太短，考验默契的地方频频出错，再加上余绵绵是个普通的双人滑选手，在一些单人动作上，跟顾悄然比起来，还是差了太多。

而彭宇也是，虽然是老队员，即使曾经经验丰富，无奈这些年来一直没有训练，尽管目前恢复了训练，可一时半会儿也跟不上来。

最终的结果是顾悄然赢得胜利，得到了参赛名额。

繁星似你　月光如我

第58章
状态逐渐恢复

两人交谈之间，冰场里的魏子灵一直留意着这个方向，眼中的诧异从浮现的那一刻起，就没有消散过。

顾悄然被赶出俱乐部，状态居然还回升了，这怎么可能？

"别看啦，继续训练吧。"陈东旭倒是没有那么多想法，在他的观念里，只要认真训练，迟早有一天都会拿到自己满意的成绩。

魏子灵回过头："你说奇怪不奇怪，顾悄然状态恢复了。"

"不奇怪。"陈东旭坦白地说："顾悄然能够低调训练，一直到现在，心理素质肯定要比我们好一些，而且她的目标就是冠军。"

魏子灵看着陈东旭："想拿冠军，只要心里有冠军就行了？"

"心里有冠军不一定行，但是心里没有冠军，甚至还懈怠训练，那肯定是不行。"这些话都是从顾悄然那里听来的。

说的这些话，听起来还相当有道理。

魏子灵犹豫了一下，走到陈东旭的面前："来，训练。"

魏子灵渐渐有了危机意识，如今余绵绵也找到了男伴，而且她的男伴彭宇还很厉害，在这种情况下，余绵绵进步也非常快……

虽然今天的比赛输给了顾悄然，但是余绵绵的前途也是不可限量的。

开始的时候，她一直觉得把顾悄然赶走就万事大吉了，可现在看来明显不是这样。

顾悄然在外面混得如鱼得水，已经可以轻松压下余绵绵了。

如果她再放任着自己，不去努力，那么她在俱乐部里的一姐位置，迟早会丢掉！

为了捍卫自己的地位，如今，她必须坚持！

魏子灵深吸了一口气："咱们两个不要再练习三周了，直接练习四周吧。"

连续跳最好也练习一下！

他们要挑战最高的难度，不然迟早会被人超越！

"四周对你来说，难度太大了吧？"陈东旭客观地评价着。

他很清楚，魏子灵的天赋跟顾悄然比起来，差得有些远。

陈东旭跟魏子灵训练以后，已经不奢望太多，他只想踏踏实实地训练，争取有一天在赛场上，可以拿到属于他的奖牌。

魏子灵点头："是有点大，但我们现在只能拼了！如果不想办

繁星似你　月光如我

法挑战自己的极限，也许我们两个这辈子都拿不到冠军。"

她其实一直都在幻想，幻想自己有朝一日能够站在最高领奖台上……

"我们还是先练习三周，等到三周练习得差不多了，再去练习四周。"陈东旭的态度非常明确。

比赛的日子越来越近，训练难度过大，万一摔出来个什么毛病，反倒得不偿失。

魏子灵笃定地说："不行，我要练习四周！"

以前过于懈怠，虽然掌握了基本功，但是掌握的高难度技巧，还是比别人少，她必须要在比赛开始之前，抓紧训练！

"好吧。"陈东旭看魏子灵坚持，也没有再阻止，而是配合她一起训练。

开始了以后，陈东旭发现，顾悄然回来这一趟确实让魏子灵有了非常大的改变，以前魏子灵练习个后外结环点冰跳摔倒了，都要在地上休息很长一会儿才愿意起来，如今练习抛跳，被丢到空中摔下来，疼得比点冰跳更加厉害，可魏子灵却咬牙站起来继续训练。

兴许是受到了魏子灵的影响，往常有些懈怠的运动员，如今也都热火朝天地开始了训练。

一转眼，就到了市内选拔赛的日子，比赛地点就在郊区。

比赛用的冰场是前几个月刚完工的，规模相当的大，现场至少可以坐下万名观众，冰场的占地面积，也比其他几个俱乐部大很多。

现场的运动员很多，唐放也有些紧张，过来的途中，他就一直扯着顾悄然的袖子说:"竞争这么激烈,咱们两个到底能不能通过啊?要是通过不了,不如咱们干脆现在就回去?惨了,我之前在他们的面前说了很多大话,要是拿不到冠军,我该多丢人啊!"

"你冷静一点。"顾悄然笑着看向唐放:"你不是说,如果真的参加比赛了,你肯定一点都不怕吗?可我看你现在,怎么……"

唐放的手,顺着顾悄然的袖子往下滑,直接牵住了她的手:"我怕输。"

"拼尽全力就好。"顾悄然轻轻地拍着他的手背:"时间还长,比赛也还有很多……"

唐放诧异地看着顾悄然。

顾悄然笑着说:"只要我们拿出实力了,肯定可以拿到冠军的。"

唐放没敢应。

顾悄然看着他:"这是选拔赛,在赛场上纵然是拿到了好成绩,到省内选拔,肯定还是要归零,而且到时候还有全国选拔。全国选拔赛里,各个省的出色的运动员都会过来,到时候大家的实力都很强,你如果现在就怯场,那……"

她一脸认真地说:"到世界锦标赛上,你怎么办?"

唐放抱住顾悄然,头埋在她的颈窝里:"你别这么严肃嘛,而且你经常参加比赛,已经适应了这种大场面,可这是我的第一次……"

"那我温柔一点?"顾悄然试探着问。

291

唐放小声地嘟囔:"好啊。"

"嗯……"顾悄然实在是想不出来,温柔是怎样的一种方式,她轻轻地拍着他的后背:"你什么都别想,到比赛的时候我尽量发挥好一点,把咱们的分数拉上去,要是成功地通过了市内选拔赛,那到参加省里的选拔赛的时候,你就有经验了。"

唐放抬头,没好气地看着顾悄然:"你确定你是在安慰我吗?"

顾悄然歪着头问:"这还不是?"

安慰人好像是一门挺高深的学问。

顾悄然决定等到有时间的时候,好好学习一下,以免适得其反。

唐放双手捧着她的脸:"你先闭上眼睛。"

顾悄然奇怪,她却没有问出来,而是乖乖地闭上了双眼。

随后,只感觉有什么柔软的东西贴在了唇上,又很快地离开。

她睁开双眼,只看到唐放红着脸看向别处。

顾悄然不理解地看着他。

唐放支支吾吾地开口说:"我用我的方式索要了一些动力,你不许怪我。"

顾悄然见他越说脸色越红,这才后知后觉地认识到,刚才那柔软的触感,其实是唐放的吻,她笑着弯着眼睛:"就算你不让我闭着眼睛,我也愿意用这种方式给你加油。"

唐放诧异地看着她。

顾悄然别开脸,笑了出声。

第59章
市赛

"喂喂喂,这才几天没见,你们两个的感情就这么好了吗?"戚成雪到了现场以后,就一直在找顾悄然。

好不容易找到顾悄然了,却看到顾悄然跟唐放那甜得腻人的互动。

戚成雪上去,把唐放的胳膊抽出,自己抱住顾悄然,气恼地说:"我之前还觉得你是个老实人,不会对我们家顾悄然动手,结果今天才意识到,你也是个流氓!"

顾悄然被她说得有些奇怪:"他怎么就流氓啦?"

戚成雪按着顾悄然的肩膀,一本正经地说:"你还小,认识的男人也少,有的时候男人用甜言蜜语哄骗你,你肯定无法招架,所以

繁星似你　月光如我

你会被吸引也在情理之中。"

顾悄然不知道，她可知道！

戚成雪绝对不会让她的好朋友被骗的。

"他女朋友并不多啊。"

"这肯定都是他自己说的吧？"戚成雪俨然已经把唐放当成了自己的对手："你想想，他二哥那么花心，天天换女朋友比换衣服都快，在这种环境的影响之下，他能专情到哪儿去？"

顾悄然不自在地咳嗽两声："那也是他二哥，跟他没有关系。"

戚成雪见顾悄然这么维护唐放，心里更委屈了："但是你是奔着冠军去的，他呢？不好好训练，天天想着追你，这就是心思不正！"

顾悄然看向唐放。

唐放咳嗽两声，他喜欢顾悄然倒不是因为见色起意……

更多的是因为顾悄然的性格总是冷冷清清的，又有实力又酷，是他最招架不了的一种类型！

唐放脸色涨红，一想到顾悄然就不由自主地脸红！

顾悄然无奈地回答着："可我年纪也不小啦，谈个恋爱，应该也在允许的范围之内把？"

"不在！"戚成雪愤愤地看着顾悄然："你才十九岁，还小！"

顾悄然愣了一下："啊？那你觉得，我什么时候可以谈恋爱?"

戚成雪认真地想了一下,最终得出结论:"至少要等到九十!"

"戚成雪,不要胡闹啦!"身材高大,五官端正,略显硬朗的男人靠了过来,拎着戚成雪的衣领,带着她往外走:"顾悄然毕竟还是个小女孩儿,想谈恋爱也在情理之中。"

戚成雪不能接受:"小女孩儿想谈恋爱怎么就在情理之中了?现在不是都说,早恋的萌芽要被扼杀在摇篮之中的吗?"

过来的男人是戚成雪的男伴,名字叫李承,他一直很欣赏顾悄然敢于拼搏、努力奋斗的劲头。

如今看到顾悄然找到了男朋友,心情也是一言难尽。

戚成雪拍掉李承的手:"你说是不是?小朋友不应该早恋,你想想,要是顾悄然现在谈恋爱,被其他人知道了,会不会给小朋友起个坏头?"

李承满脸黑线。

戚成雪摸着下巴:"不行,我得想办法联系顾悄然的爸妈,让他们赶紧过来拆散他们!"

"你够了啊。"李承打断她:"顾悄然已经满十八周岁了,谈恋爱不算早恋!"

戚成雪不爽地说:"可她在我心中永远未成年!"

李承无语:"要是按照你心里的标准,那她这辈子是不是也不用结婚了?"

戚成雪理所当然地说:"不结婚,那是最好!"

李承连白眼都懒得翻了。

戚成雪小声地嘟囔:"他们都说,谈恋爱会影响训练,顾悄然要是天天跟她男朋友腻腻歪歪、爱来爱去,那我不就失去了这唯一的对手嘛!我不要,我就希望她能够是我一辈子的对手,不谈恋爱也无所谓,大不了我可以陪着她嘛!"

"放心,我们两个都想拿冠军。"顾悄然没有想到戚成雪排斥她谈恋爱的原因居然是这个,不免觉得有些好笑:"在没有退役之前,我肯定会拼尽全力去训练的,绝对不会有半分的怠倦。"

她认真地看着戚成雪:"你永远都是我最尊重的对手,也是我最好的朋友。"

戚成雪心中的沮丧这才散了一些,她回头看着顾悄然,认真地问:"你没有骗我?"

顾悄然笑着说:"我发誓。"

"那好,我以后会经常突袭你在的地方,要是让我发现,你只顾着恋爱,不训练,那我一定想办法拆散你们哦!"戚成雪狠狠地警告道:"你可以没有男朋友,但是我不能失去我的对手!"

顾悄然正想回答。

唐放却抢先反驳:"她不能没有男朋友!"

戚成雪气得想走人:"当然可以有,职业生涯比较重要,冠军也很重要,只有你不重要!"

唐放对这一段感情,本来就没有太多的自信,听到戚成雪说的话，直接炸毛了："运动员的职业生涯只有那么十多年，你跟她作为对手，最多只能陪她这段时间，可我就不一样了，我能陪她一辈子！"

顾悄然忍不住地别开脸。

这两个人，居然真的为了这种事情，吵起来了。

戚成雪反驳道："谈恋爱可以分手，结婚了还可以离婚！唐放，现在已经不是几十年前的那种结婚就要相守一辈子的旧时代了，这个时代的爱情和婚姻都不可靠！只有我们在比赛场上互相竞争的关系，才值得被记在心里一辈子！"

唐放语塞，不过半晌，又想好了该怎么反驳："别人过不了一辈子，但是我和顾悄然可以！"

戚成雪不屑地说："这种话，谁不会说？"

唐放："……"

他委屈地看向顾悄然。

顾悄然头疼地解释："都快要开始比赛了，你们两个却一直在这里争执这些问题，你们确定，这样真的好吗？"

唐放哀怨地说："你为什么不说我们两个会在一起一辈子？"

顾悄然无语。

戚成雪趁机落井下石："因为她也知道，你们两个才刚刚开始谈恋爱，还不够了解对方，等到真的了解了以后，说不定她会特别嫌弃你呢！"

"戚成雪……"顾悄然无力地喊着她的名字。

戚成雪抬着下巴，一脸骄傲。

顾悄然认真地说："我既然选择了唐放，那就是真心想跟他在一起，想跟他一直走下去。"

唐放的心情总算是变得好了一些。

戚成雪的脸色立马变得难看。

这意思是她这个朋友兼对手不重要了是吗？

"你是我入行以来到现在，唯一看重的对手，你们两个对我来说意义不一样，但同样都很重要。"顾悄然实在是不知道他们两个为什么争论这个。

戚成雪闻言，挑衅地看着唐放："听到没有，我很重要。"

唐放也有了底气："我也很重要！"

"哼！"

两人不约而同地哼了一声，然后同时别开脸。

李承实在是头疼，哪儿有朋友还跟人家的男朋友争风吃醋的？他拉着戚成雪的胳膊："刚才教练让我过来，把你带回去。"

"我不去！"戚成雪想留在这里，监视着他们两个，以免唐放那个卑鄙小人作弊，偷偷抢走她最好的朋友。

李承根本不给她说话的空间，直接把她带了出去。

唐放看到戚成雪走了，这才松了一口气，突然想到什么，他戒备地看着顾悄然："你之前说的那个想跟你在一起训练一辈子的女运动员不会是她吧？"

"女人的醋你也吃啊？"顾悄然惊讶地说。

唐放犹豫着说："我当时跟你那么说，是在跟你表白，那他们也这么说，意思很明显，也喜欢你！"

顾悄然笃定地说："戚成雪的性取向很正常。"

唐放小声嘟囔："那她对你的占有欲，怎么这么强烈？"

"可能从小生活的圈子不一样，你从小就在外界，跟外面的人接触，朋友众多。可是在我们这个圈子里，每天接触的朋友就只有那么几个。"顾悄然一字一顿地说："而我这个人呢，也不太好相处，虽然戚成雪的脾气稍微好一点儿，实际上也一样心高气傲。"

戚成雪认同的女运动员并不多，而她就是其中之一。

顾悄然说："我们的朋友都很少，她大概就是太单纯了，觉得交了男朋友，以后跟她见面的时间就少了。"

唐放小声地反驳："你没有跟我交往之前，跟她见面的次数也不多啊？"

顾悄然愣了一下，点头："嗯。"

她并不喜欢跟人联系，戚成雪也是如此，所以两个人都是遇到什么事情，才会联系聊一下。

唐放不明所以地问："那她吃个什么醋啊？"

"兴许是怕我跟你在一起之后，连这点儿时间都给不了她。"顾悄然也想不明白原因，不过她的观点一直都是，不过多干预朋友的感情。

反正各自有各自的人生。

唐放闻言，先前的紧张才终于消失殆尽，主动上前胳膊搭在顾

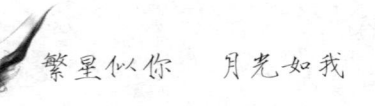

悄然的肩膀上，"如果是这种算法的话，那我觉得我以后一定要大度一点了，毕竟咱们两个几乎天天在一起……"

顾悄然没好气地说："这一点你不是早就知道？"

唐放小声地反驳："可是她认识你的时间比较长，我怕你为了让朋友心里舒服，就抛弃我嘛！"

他的声音清朗、阳光，撒起娇来更是带着股大男孩儿才有的纯粹。

即便是承认一些不好的心事，也坦坦荡荡的。

这种态度反倒让顾悄然不知道该说什么了，她看着唐放，无语地直摇头。

唐放却是心情很好的样子。

第60章
市赛2

在两人聊天之间,比赛正式开始,由于来现场的运动员太多,所以比赛分为三天举行,前面两天每天各有七十组搭档比拼,后面一天六十组。

顾悄然和唐放的运气并不好,被分到了第三天。

其中戚成雪和李承在第一天上午,魏子灵和陈东旭在第一天下午,余绵绵和彭宇自己报名,则被放在了第二天。

比赛的名次是按照实力排名的,第一天的实力全部都很强,第一组登场的是戚成雪和李承,两个人选的都是中等难度的动作,发挥得几乎完美,每个动作都拿下了标准内的满分。

后来的其他人,为了超越戚成雪,故意选择了难度较高的动作，但无奈自身实力不足，频频失误，分数都比较低。

再往后的，得到了前面的教训，都知道戚成雪他们选的难度虽然不高，但胜在发挥完美，其他人若是想要超越他们，可能性不大，与其剑走偏锋发挥不好，导致出局，还不如稳定一下，争取下面的九个名额。

这么一想，后来的运动员们彻底稳住了心态，没敢再盲目地提高难度，而是根据自己的实力选择适合自己的难度动作，以至于后面几组发挥得也还不错。

轮到魏子灵和陈东旭登场，两人仍旧选择难度比较高的，虽然也有失误，不过因为整体分值较高，最后居然超过了戚成雪和李承，拿到了首日的最高分。

次日的比赛，运动员们的水准整体不如第一日的，所以分数也偏低，大部分人成绩出来，远远低于第一天的最后一名，知道晋级无望，参赛的运动员们都只好打道回府，继续训练。

不过第二天的七十组之中，也有一两组发挥出色，能力接近第一组顶尖水准。

其中一组就是余绵绵和彭宇，两人年纪有着不小的差距，再加上余绵绵年纪小，身体还没有完全长开，彭宇的力气又大，所以在捻转抛跳的过程之中，特别占便宜。

两个人前期的动作难度不大，分值中等，可在双人动作之中，因为出色的近乎完美的发挥，成功地闯到了整体排名的第六。

在他们后面的那一组运动员，实力稍微逊色了一些，不过也闯进了前十名。

第三天的比赛，还有六十组运动员，这六十组运动员实力甚至不如第二天的，观众们对他们基本不抱希望，所以现场的观众明显减少。

兴许是看到了冷清的观众席，大部分的运动员都深受刺激，没有上场，直接退赛。顾悄然和唐放原本是第五十名登场，可真轮到他们的时候，前面上场的只有不到十五组。

两人登场，唐放有些紧张。

顾悄然安抚着他，让他不要想太多，等到唐放的心态稳定下来，音乐声也随之响起，两人做好准备，在变换着步伐的过程之中，准备着他们的动作，先是点冰四周跳，而后接三周！

唐放成功地完成了四周跳，但是在接三周的时候，却有了一个重大失误，顾悄然看在眼里，不想影响他比赛，就准备等到比赛结束后再提醒。

而后的双人燕式步，捻转，抛四周跳，两人完成得都近乎完美，只不过在大螺旋线的时候又出了些问题。

顾悄然把错误一一记在心里！

比赛结束，顾悄然凑上去抱住唐放。

唐放局促地说："我知道我发挥得不够好。"

"第一次登场，能发挥到这个水平已经算是不错了。"顾悄然安抚道，现场没有观众，可两人依然是非常认真地朝空荡荡的椅子上鞠躬。

繁星似你　月光如我

唐放说："万一我们没闯进前十……"

顾悄然回头看他："我们已经拿出全部的实力了，如果还没进，那就只能说这一届的对手太强，我们也问心无愧。"

简单的几句话，让唐放的心也跟着变得踏实许多。

唐放总算是明白，顾悄然的要求到底是什么……

他以前一直觉得，顾悄然的要求是尽量做到完美，拿到满分。

如今，就在这一刻，他认识到了，顾悄然的要求是拿出全部的实力，争取不留遗憾。

心里突然变得非常安定，唐放的目标也愈加的明显。

退场以后，两人的分数出来，不上不下，就卡着第九名的位置。

拿到了省内比赛的资格。

坐在观众席位上，看着后来的运动员们都认真地对待这一场比赛，不再敷衍，顾悄然没有表情的脸上，这才变得好看一些。

作为一名运动员，她一直都觉得，既然是参加了比赛，那不管现场有没有观众，他们都要拿出自己的全部实力。

不敷衍比赛，更不能敷衍自己。

最后一组运动员退场，顾悄然站起来鼓掌，随后，其他位置上的运动员也站起来，稀稀落落的掌声从现场的各个角落里响起。

原本准备落魄退场的运动员，听到这些声音，拉住自己的男伴，分别向四个方向鞠躬。

那是一种仪式，一个宣布他们认真对待比赛的仪式，没有愧对观众的仪式。

哪怕现场根本没有观众，哪怕观众全部都是运动员。

结束了仪式，两位运动员退出了赛场。

最后结果出来，他们两人的分数不低，跟第十名仅有一分之差，但还是惨遭淘汰，不过从两个人脸上的表情却可以看出来，这个分数，已经让他们满意了。

最后选出来的十组搭档，其中有七组是来自于四大俱乐部的，星耀俱乐部这一次爆了冷门，陈东旭和魏子灵拿到了第一名不说，其他两组运动员也冲进了前十。

跟他们比起来，其他三个俱乐部冲进去的就少了。

蓝阳俱乐部今年报名的运动员就只有两组，另外一组还是刚刚参加比赛的新人，因此哪怕只有戚成雪闯入前十，蓝阳俱乐部也很满足。

跟蓝阳俱乐部一比，其他两个俱乐部的成绩就显得差强人意了，两个俱乐部各闯进去两组运动员，而且名次还都不高，他们教练脸上的表情都不怎么好看。

剩下的两组运动员，是年初才从别的市里赶过来的，据说是被新成立的花滑俱乐部特地邀请来的，这一次拿到了省赛的参赛名额，那两个俱乐部的负责人，也是喜上眉梢。

这一天的比赛结束，再歇息一周又是省赛。

顾悄然准备回到俱乐部抓紧训练。

戚成雪却拉住了她："你之前不是说要感谢蓝阳俱乐部的队员

吗？正好他们都过来了，要不然干脆一起吃个饭？"

顾悄然一想，吃饭也用不了太长时间，就答应了。

一看星耀俱乐部的运动员也都在现场，就喊着星耀俱乐部的运动员一起。

两家俱乐部聚餐，声势那叫一个浩大。

戚成雪原本是想好好撮一顿，可一看来了这么多人，担心吃太好会把顾悄然吃破产，仔细想了想，最终提议吃面。

其他人一看戚成雪这样，纷纷调笑戚成雪帮顾悄然省钱，不过大家都知道运动员赚钱不容易，也就没人反对。

顾悄然觉得请客不能太小气，跟戚成雪商量了一下，最终决定在市内的一家还不错的餐厅。

那家餐厅档次不错，一桌好一点的菜大概在三千左右，两个俱乐部的人加起来，差不多四桌。

一行人抵达地方以后，教练自觉地跟教练负责人坐在一桌，运动员跟运动员凑在一桌。

顾悄然落座之后，立马有人端着酒杯过来敬她。

以前大家都觉得顾悄然是个高冷女神，不好接近，如今女神的态度终于软了一些，他们自然要好好地亲近亲近。

顾悄然不喝酒，但是这种情况下，也不好意思拒绝，正想着怎么糊弄过去。

唐放先开口了："咱们聚在一块儿，就好好吃一顿就行了。再说，一个星期以后可有大比赛。"

他这话一说,其他人你看看我,我看看你,还是有些跃跃欲试。

让曾经心目中的女神喝酒啊,只是想想都让人热血沸腾的好吗?

戚成雪一看那些人死活不听,没好气地瞪着他们:"顾悄然不喝酒,你们谁要是敢继续敬酒,以后我可不饶你们!"

戚成雪的性格比较泼辣,大家一看戚成雪都发话了,也就没好意思再说什么,各自端着酒杯,嘟囔着坐回去。

这个小插曲,显然没有影响后来的气氛,等到菜都上桌,大家才算是放开自我,三三两两地凑到一块儿,天南海北地聊着,一时之间也算热闹。

顾悄然心里不知道为什么,就突然有些感慨。

聚餐这种事儿,若是发生在几个月前,她可能还是自己坐在一边,安安静静地吃着。

现在好了,身边一下子多了几个陪着她的人。

繁星似你　月光如我

第61章
聚餐

"想吃什么？"唐放看顾悄然在走神，主动凑到她的身边问。

顾悄然摇头："我自己夹，你不用担心我。"

"你跟我说说，我才好了解你啊。"唐放巴巴地看着顾悄然，尽管是跟顾悄然确定了恋爱关系，可是他对顾悄然却知之甚少。

唐放总觉得自己这个男朋友做得不够合格。

顾悄然犹豫了一下："我比较喜欢吃素菜。"

其实也不是喜欢，主要是因为这些素菜吃了不容易发胖，还能吃饱。

唐放立马给她夹空心菜："那你吃这个。"

"嗯。"顾悄然埋头吃着，空心菜炒得比较辣，味道还不错，只不过她不太能吃辣,就喝了一口水,准备继续吃。

唐放把她面前的盘子拿到自己面前:"除了辣椒,还有什么不吃吗?"

他这么细心吗?

顾悄然忍着笑回答:"油腻的我也不吃。"

"提前过上中老年人的养生生活了?"唐放调侃着,不过接下来给顾悄然夹的蔬菜,却都是清淡的。

顾悄然吃的过程中,也给唐放夹了几筷子。

两人你来我往的,看得其他运动员眼红无比。

"我去,这个唐放不是来训练的,而是特地来泡顾悄然的吧?"

"对啊,我们的女神,我们都舍不得下手,结果居然让一个外来的男人抢先了?"

说话的是个女人。

其他男人纷纷看过去,意外地发现说话的人是戚成雪,她盯着唐放的方向,眼睛里装满了羡慕嫉妒恨。

男运动员纷纷无语:"戚成雪,你是女人!"

"女人怎么啦?"戚成雪不满地反驳着:"正因为我是女人,才不想你们祸害了我可爱的顾悄然。你们说顾悄然多特殊啊,别的运动员都是热情好相处,她呢,就特别高冷……"

顾悄然看过去:"你这是夸我呢,还是在骂我呢?"

戚成雪郑重地解释:"当然是在夸你,夸你与众不同,分外别致。"

顾悄然笑着收回视线,没有反驳。

吃完饭后,顾悄然刚回到冰场,星耀俱乐部那边就打电话让他们回去一趟。

顾悄然和唐放赶回星耀俱乐部的时候,星耀俱乐部的气氛很不好,像是刚吵完架的样子。

唐放随手拉住彭宇问:"怎么回事儿?"

彭宇摇摇头:"还能是怎么回事儿,这一次的选拔赛,咱们俱乐部发挥得最好也最亮眼,现在有综艺节目找到咱们俱乐部,希望咱们俱乐部可以让进比赛的三队搭档,去配合拍摄。"

但是周辉就觉得运动员应该尊重自己的职业,不能去搞一些乱七八糟的东西,玷污了自己的梦想。

王正利呢,觉得这时去参加综艺节目再好不过,运动员有了关注度,到时候他们俱乐部就可以更好地接投资了。

两人的意见不合,没说两句,就开始吵。

在顾悄然和唐放回来之前,两人已经吵了快一个小时了,如今看到他们回来,周辉立马凑到顾悄然的面前:"悄然,你怎么看?"

顾悄然想都不想地说:"我想训练。"

现在正在恢复期,她觉得把时间浪费在拍摄上面不好……

周辉有了顾悄然的认可,立马有了底气:"听到没有,顾悄然都站在我这一边,所以你还是乖乖地认输吧!我告诉你王正利,反正我是绝对不允许他们在这种紧要关头,抛下训练,去参加什么综艺节目的！"

"你这是死脑筋！"王正利差点儿被周辉气死："你知不知道他们要是愿意参加综艺节目，会提高他们的个人价值！"

周辉强硬地说："运动员的个人价值，不是靠综艺节目实现的，而是靠实力。"

"你还能更……"王正利简直服了周辉，只是在这种情况下，他也不好再多说什么，"你等着，我去找负责人！"

周辉止不住地叹气。

一个好好的俱乐部，天天不想着怎么训练，反而想着怎么出名，这到底是怎么了？

他觉得自己越来越跟不上时代。

"教练。"顾悄然站在周辉的身边。

他看着顾悄然："他们不去参加综艺节目可以，但你不去的话，只怕是不行。"

这一点是最让他生气的。

"为什么？"顾悄然的头皮发麻。

周辉心里很难受，他明明知道结果却不能做什么。

现在的负责人，基本上都是站在王正利这一边的，不管王正利提出了什么，负责人都会答应。

而他呢？

因为妻子上一次生病，拿了俱乐部的钱，现在跟俱乐部产生了分歧，想走也走不了。

周辉心里烦:"论实力,你和唐放不算最强,但是论粉丝号召力,你们两个的最大。"

一个是蝉联冠军,另外一个是首富的儿子。

两个人的性格天差地别,凑到一起,按照他们那边的说法就是有看点。

而且最重要的一点是,现在没有俱乐部愿意接纳顾悄然和唐放,所以俱乐部可以轻轻松松地用不参赛这个借口威胁他们去参加综艺节目。

周辉又叹了一口气,顾悄然的状态好不容易才恢复,要是继续这么祸害下去……

"那到时候再看吧。"顾悄然低着头,真没有办法的话,那她似乎只能接受了。

"你们说综艺节目?"唐放之前玩儿的时候,倒是认识了几个朋友是做综艺的,而且前段时间,他还在听那两个人说准备搞一期花滑的。

难不成真的是他们?

"是啊。"周辉一脸疲倦,显然是不打算再聊。

唐放默默地掏出手机问朋友。

顾悄然沉思着看向远方。

又等了半个小时,王正利领着负责人出来,负责人宣布顾悄然和唐放必须参加综艺节目,魏子灵主动站出来,说自己也想参加。

负责人又问彭宇和余绵绵,两个人则是以还没有磨合好为由,拒绝了。

最后拍板的是顾悄然和唐放、魏子灵和陈东旭。

节目就在明天拍摄，而且拍摄的地点，就在市中心的一个公园里。

顾悄然回到冰场的时候，一直都面无表情。

唐放主动关心道："在想什么？"

"就……"顾悄然想着，无奈地说："觉得人生在世，身不由己。"

她看着冰场："我想训练，想要拿到冠军，但是如果我跟俱乐部作对，不服从俱乐部的安排，那我可能连参赛名额都拿不到。"

顾悄然扭头，看着唐放："难道你不觉得不甘心吗？"

冠军就在眼前，距离他们兴许只有一两个台阶那么远。

可他们却被这样或者那样的借口拦住。

"我相信，克服了这一切的问题之后，迎接我们的就是冠军。"唐放搂住顾悄然的腰："悄然。"

顾悄然轻轻地应了一声："嗯？"

唐放笑着说："以前是你一个人面对这一切，现在有我陪着你，是不是觉得压力小了很多？"

"嗯……"顾悄然认真地想着。

唐放有些不自在："你别拆台。"

"放心，不会。"顾悄然伸出手，抱住唐放："其实如果让我自己努力的话，有些心理障碍也许我一辈子都克服不了。"

繁星似你　月光如我

她认真地说："在这方面，我确实应该感谢你。"

唐放有些不好意思。

顾悄然说："以后，也请你一直陪着我。"

唐放咧嘴大笑，那种幸福藏都藏不住。

聊完了，两人就继续训练，训练到很晚才去休息，第二天到了综艺节目拍摄现场，负责人告诉他们，这次的拍摄要持续四到五天，要他们做好心理准备。

顾悄然听到这个，心尖儿都是颤的，不过一看周围其他人，好像并不介意。

这一次来的花滑运动员，基本上都是这一次市内选拔赛前十的，除了余绵绵和彭宇之外，其他的人都来了。

其中除了顾悄然和唐放之外，其他人都很惬意，好像是特意来放松的，但他们似乎忘了——六天后，就是省内选拔赛。

顾悄然强迫着自己不要乱想。

这一期综艺节目虽然是以花滑为主题的，但主要还是要他们完成一些小任务，通过这些小任务抵达关卡，然后在关卡之中做上几个难度系数比较高的动作，就可以通关去完成下一个任务。

第62章
综艺节目

其他人领到任务以后，匆忙过去完成。

顾悄然环顾着四周，意外地发现，这一次来到现场的观众很多，其中有一些他们的粉丝。

似乎是非常高兴能够在现场看到他们，粉丝们激动地发出了尖叫声。

又不是明星……

顾悄然皱紧眉头，努力地参与到游戏之中。

唐放显然很擅长应对这种场景，没用几分钟，就成功地跟大家打成一片。

顾悄然默默地完成着自己的工作。

繁星似你　月光如我

唐放发现顾悄然被冷落了，又连忙退回到顾悄然身边。

不过顾悄然没有什么聊天的兴致，跟他说了两句，就让他回那边去。

顾悄然已经找到了通关道具，抵达第一个关卡，做了一个点冰四周跳，轻松拿到下一个关卡的提示。她本想喊着唐放一起，可看唐放还在热聊，犹豫了一下，自己带着提示赶紧去下一关。

唐放回头，发现那里已经没了顾悄然的身影，连忙询问工作人员，得知顾悄然已经走了以后，顿时无语。

他陪在顾悄然身边这么久，顾悄然还是没能养成依赖他的习惯吗？

唐放努力地追上去，看到顾悄然之后，被忽视的委屈瞬间爆发了出来，他不满地问顾悄然："你为什么不喊着我一起？"

"我不是看你跟他们聊得开心嘛。"顾悄然认真地回答。

"可是跟他们在一起聊得再开心，都没有在你身边开心啊。"

顾悄然不明所以地看着他。

唐放被看得脸红，立马抓住顾悄然的手说："他们快追上来了，咱们赶紧跑！"

顾悄然愣愣地跟上去。

后面的拍摄人员，调转摄像头，对着身后，结果空无一人……

众人无语，立马跟上。

一个小游戏，连续拍摄好几个小时，终于结束。

综艺节目组收工，其他运动员想凑在一块儿吃个饭，顾悄然想到自己还没有训练，便婉拒了他们的请求。

回到冰场，顾悄然确认了唐放还有体力后，两人就一直在训练。

接下来的五天都是这样，其他运动员结束拍摄，到处玩，他们两个则是大大方方地回冰场，接着训练。

让他们遗憾的是，在综艺节目组耽误的时间太多，回到俱乐部里，纵然努力，但与平时的训练进度相比，也还是差上一大截。

顾悄然和唐放都非常清楚这一点，为了补上落下来的，在省赛开始前的最后一天，两人吃完早餐，默契地回到冰场继续训练。

这一天，两人都累到快吃不消了才停下来。

躺在冰场上，看着天花板，唐放问：“你有没有觉得，跟咱们一起去的花滑运动员，都改变了很多？”

刚见面的时候，明明都是一心为了冠军的……

可是拍摄结束之后，已经有人开始攀比人气和代言了。

唐放并不反对有能力的运动员拿代言，但他不能理解的是，省赛就在眼前，一群人不筹备着训练，反而总想着跟比赛无关的事情。

"以前没见识过这个圈子，就觉得闷着头训练就可以了，但是突然接触到，他们发现，赚钱居然还能这么容易……"顾悄然感慨地说，"你觉得他们还愿意用最辛苦的方式赚钱吗？"

去参加综艺节目的，除了她这个一心只想冠军的，还有拿代言拿到手软的戚成雪之外，其他人好像多多少少都有些改变，不管是心态还是别的……

繁星似你　月光如我

　　顾悄然甚至止不住地想，如果她的立场不坚定，抑或是对娱乐圈有着非常热烈的追求，那她是不是也保不住自己的初衷了？

　　唐放犹豫了一下，问："你怎么想的？"

　　"以后要是可以的话，咱们还是尽量少接触娱乐圈的好。"顾悄然无比认真地开口："毕竟对于运动员来说，这世界上什么东西，都比不上初心。"

　　"嗯。"唐放的语气听起来非常雀跃："悄然，我很高兴。"

　　顾悄然回头看他："怎么？"

　　唐放说："因为我们都一样，从开始到现在，初衷都没有变过。"

　　这好像并不是一件非常值得开心的事，不过他开心就好。

　　两人缓得差不多了，回到房间里休息。

　　第二天一大早，两人坐车到了俱乐部，刚进大厅的门，就听到魏子灵口若悬河地表示自己在综艺节目录制现场表现得有多好，行为多圈粉之类的，末了还劝余绵绵有机会一定要参加一次。

　　余绵绵没有说话，只是看着彭宇。

　　彭宇直接替她回绝。

　　魏子灵不介意，仍旧在跟彭宇分享着参加节目的好处。

　　顾悄然不想参与其中，就特意站得离他们很远，等到教练过来，才走到教练的跟前。

　　人员到齐后，教练直接把人领到车上，带他们到隔壁市里去参加比赛。

省赛的竞争力比市赛的竞争力更大，报名参赛的共有十个市，每个市里面都有十个左右的名额。

而且这一次的排序，是按照大家最近一场比赛的分数从高到低排列的。

魏子灵和陈东旭那一组在市内成绩拔尖，在省里，也排在前三，这俨然是个不错的名次。戚成雪和李承的名次在省内是第四名，市里的十组运动员，除了他们四个的名次靠前之外，其他人的名次都比较靠后。

余绵绵的名次排到了七十八，顾悄然则是九十五。

顾悄然看到自己的出场顺序，并不意外，坐在自己俱乐部的位置上，她平静地看着冰场。

周辉问她："紧张吗？"

"不紧张，反正也不是第一次参加比赛。"顾悄然平静地回答。

反正比赛翻来覆去，都是那些步骤。

周辉回头看着顾悄然："我说的不是这个，而是你第一次名次这么低，怕不怕被淘汰？"

"我才刚从不好的状态之中走出来，能通过省赛已经很幸运了。"顾悄然并没有奢求太多。

在这种情况下，都是能往前走一步，就往前走一步。

周辉笑着说："我之前都在想，你一直是冠军，名列前茅的，现在名次突然这么靠后，心里会不会不平衡。"

顾悄然心平气和地解释："之前状态巅峰，又努力训练，谁都拦不住我拿冠军。可现在状态不佳，还没重新爬上来，对自己的期待，自然也要放低一点。"

她看着周辉："在这种情况之下，把自己的目标定在冠军上面，那就有些傻了，不是吗？"

周辉笑了："你倒是想得开。"

"那当然。"顾悄然平静地看着场中央。

唐放就坐在顾悄然的身边，听着顾悄然说的那些话，他突然发现，自己好像没有那么了解顾悄然。

顾悄然这个人对自己的实力和认知相当的清楚。

唐放止不住偷看顾悄然。

顾悄然捏住他的下巴，让他看向场中央："这里面的男伴，都算是国内比较顶尖的了，看他们是怎么处理的，多学习学习，还有记住他们的失误，以后尽量不要犯。"

在这几次的训练之中，顾悄然意外地发现，唐放是那种犯了一次的错误，基本上不会再犯第二次的天才。

这是个好消息，但同样也是个不好的消息。

因为有些毛病在训练的时候可以改过来，但有些时候，毛病是在比赛场上冒出来的。

在比赛之中，冒出来的失误又会害他们在比赛当中丢很多分。

顾悄然希望两个人可以尽量减少失误。

"好。"唐放听到这里，目不转睛地看着场中央。

为了冠军，为了能够尽早地跟顾悄然达成恋爱关系，他必须把别人的失误全都记在脑海之中，并且通过这种方式减少自己的失误。

唐放也清楚，自己现在毕竟是个新人，如果一点儿错误都不犯，那也不可能……

但是他希望自己犯错的次数，可以少一些。

比赛开始了，最先登场的是隔壁庆安县的两位运动员，两人动作难度并不算太高，偶尔有失误，但是成绩却都不错，拿到了难度内的满分。

顾悄然止不住地皱眉头，是她想太多了吗？

还是……

这次的裁判有问题。

"这次的裁判，是从庆安县里的四个大俱乐部里选出来的。"周辉提到这个的时候，语气也颇为不齿："这几个教练，以前就因为当裁判，给自己县里的运动员打高分，被我们所有教练嫌弃。"

但是如今，比赛场地就选在了庆安县，他们想吐槽，也没有地方吐去。

周辉心情变差。

看来今天的这一场比赛，有可能会成为他们有生以来，最为艰难的一场。

"是吗？"顾悄然心情沉重。

繁星似你　月光如我

第63章
省赛1

在两人谈话之间,第二组搭档也已滑完,他们两个人好像也是庆安县的运动员,发挥不怎么样,小失误频频,却拿到了非常高的分数。

在讨论之间,第三组的陈东旭和魏子灵登场。

两人参加综艺节目疏于训练的弊端,全部展现出来。动作生疏不说,配合上也出现了一些问题,最后爆冷,跟前两名差了将近三十分左右。

陈东旭沉着脸下场。

魏子灵的心情显然也没有好到哪儿去,他们都是运动员,而且在这一行混得久了,当然都知道裁判有问题,垂头丧气地下场,她也知道,这一次他们根本进不了全国赛!

"你们有没有发现,裁判们的问题很大。"戚成雪坐到他们的旁边,一边换冰鞋,一边问。

"就是庆安县这边俱乐部的教练,没什么职业操守……"周辉嫌弃地说:"他们的想法都是怎么努力地把自己的运动员送上冠军宝座。"

戚成雪长长地吐出了一口气:"那等于说,如果他想把他们庆安县的十组运动员都推上来,就有可能逮住我们的任何一个失误,使劲扣分?"

"是这样。"顾悄然看着戚成雪:"所以你要争取每一个动作都发挥完美,让他们无分可扣!"

戚成雪本来就是个天才运动员,平时在俱乐部里基本上都是训练一些基本的动作,就不再训练了。

但是她能够很好地控制住自己的身体,所以在各个大赛上,发挥得都非常稳定。

顾悄然希望,今天她也能够保持。

"看我的。"戚成雪自信地说,换好了冰鞋,下场试冰,调试完自己的冰刀,就和李承配合着开始比赛。

这一次两人前半部分发挥得可以说是非常完美,根本找不到一点瑕疵,再加上难度也高,分数噌噌地往上涨。

但是在后期的时候,由于连续跳的过程之中出现问题,那边的裁判几乎把这一个动作的分全扣光了。

繁星似你　月光如我

戚成雪也没有在意，边滑着边调整着自己的心情，很快地又恢复状态，接下来的动作一路顺利，最后生生地超过了原来的第二名……

离开冰场，戚成雪还止不住地嫌弃。

以前参加比赛，别人的实力比她强，或者是发挥得比她好，她都心安理得地接受了，但是这一次，她实在是无法接受。

不管是单人动作还是双人动作，第一名的搭档选的都是难度低到入门的水准，就是因为有人放水，才拿到了第一名！

被这种人压着，戚成雪心里不痛快，回到观众席，坐在顾悄然的旁边，气鼓鼓地说："明天，你跟唐放一定要发挥得好一点，反正不能让他们看到你的漏洞，也不能让他扣你们的分！总之绝对要想办法把第一名抢到手！"

戚成雪止不住地窝火。

以前参加的大比赛，每个裁判员都很公平，如今遇到了不公平的裁判，还一下子遇到了四个……

戚成雪想打人。

"我和唐放也参加了综艺节目，训练得少，不失误，拿第一，对我们两个来说那是不可能的。"顾悄然从不高估自己的水平。

魏子灵生气地说："在这种时候，你就不能大大方方地为我们报仇？"

"好，我一定会尽全力。"顾悄然开口。

"努力拿第一！"余绵绵也总觉得自己要说些什么，于是就提高声音吼道，刚说完，发现所有人都在看着她，又不好意思地低下了头。

她小声地问："我的声音是不是太大了？"

顾悄然说："不大，正好！"

余绵绵笑着看过去。

唐放握紧拳头，跟她说："我们一起加油，争取早日打倒这些黑心裁判！"

"嗯！"

在场的运动员，齐齐地回答。

今天比赛结束，五十组运动员选的前十名运动员中，有九名都是庆安县的。

这个结果严重地惹怒了来自全省各地的运动员，当然他们生气的原因，并不是因为庆安县的成绩好，而是因为庆安县的裁判实在是太过分了。

一些发挥得比庆安县运动员好的花滑运动员，仅仅有一些小的失误就被淘汰，而他们庆安县的运动员，不管失误有多大，裁判都只扣很少的分，以至于前十名基本上都是难度内的满分。

有教练不服气，过去交涉，然而得到的却是不服气可以退赛的答案。

第一天的比赛结束，没能拿到前十的选手都直接打包回了家。顾悄然等人都是第二天还要参加比赛的，所以就留在这里没有走。

魏子灵被淘汰了，心情很复杂，不过却没有回去，而是一直待在这边。

她之前还不能理解顾悄然为什么总强调实力至上，今天的比赛结束以后，她好像完全明白了。

原来被实力不如自己的人，狠狠地踩在脚下居然是这种感受。

魏子灵的心里郁闷至极。

她犹豫着敲开了顾悄然房间的门。

顾悄然刚洗完澡，看到魏子灵，奇怪地问："你过来干什么？"

"跟你道歉，"魏子灵低着头，道歉道："经历了今天的事情，我总算是知道，眼前有一个实力不如自己，但是总爱在自己面前闹腾的人是什么感觉了。"

要她来形容，就是恶心。

"放心，明天我会替你复仇的，"顾悄然擦拭着自己的头发，"他们能靠小手段闯过省赛，但是后面还有全国赛和世界锦标赛，他们现在的实力，肯定过不了全国大赛那一关的。"

魏子灵震惊地看着顾悄然："可是你都不介意，我之前对你做的那些事情吗？"

"在意啊。"顾悄然换了另一边擦，"但是对你的那种在意，跟对他们的在意又不一样。"

她严肃地看着魏子灵说："这一次的这四位裁判，是在侮辱竞赛精神，犯的错可大了去了，我作为一名运动员，一定拿到好成绩，来打他们的脸。"

魏子灵听到这里，神情松懈了不少："嗯，以前的事情，如果有机会的话，我会努力弥补的。"

"别想太多，好好训练。"顾悄然说是在意，但其实也没有想象之中的那么在意："把你的心思全部都放在训练上面，别想那些歪门邪道的东西，我就已经很满足了。"

魏子灵难以置信地问："可我都那么对你了，你不需要我补偿你吗？"

"有什么好补偿的？"顾悄然不理解地反问："难道你还想跟我当朋友吗？"

魏子灵立马摇头。

顾悄然笑了："既然不用当朋友，这些结也没有必要解开。"

魏子灵说："可是你都帮我复仇了，我不做些什么……"

"就算对方不是你，是别的俱乐部的人，我也会这么做！再说了……"顾悄然一本正经地说："我自己也想拿到一个好名次，只有名次高了，将来才能冲到全国大赛，然后世锦赛……"

顾悄然一本正经地说："我想要的是冠军。"

"不仅仅是为了帮我？"魏子灵听到这一句话，松了一口气后，心情反倒变得更加沉重。

她突然很想跟顾悄然和好，只是发生了那些事情以后，和好俨然已经是不可能的。

魏子灵突然很恨自己，一心总想着把别人拉下来，而不是想着提升自己实力……

繁星似你　月光如我

如果她没有走偏，那也许会得到一个像顾悄然这样的朋友。

魏子灵以前一直觉得顾悄然过于冷漠，可如今，仅仅在顾悄然身边坐着，她的心里都是踏实的。

"嗯，所以你放心回去吧。"顾悄然看着她说："早点休息，养足精神，争取早点投入训练之中，反正短时间内不要再想那些乱七八糟的事情。"

"好。"魏子灵失魂落魄地离开了顾悄然的房间。

顾悄然把头发擦得差不多了，这才站在窗户边上。

她顺着窗户，眺望着远方的万家灯火，第一次感觉心里有些压抑。顾悄然清楚，她现在的水平，会有一些小失误的，这些小失误，会让那些教练扣他们很多的分。

这些分放在平时，可能也没人会在乎，可关键的是，这一次的比赛关系着后面的世锦赛。

顾悄然也不抱在世锦赛上拿冠军之类的不切实际的幻想，可她希望自己能通过省内选拔赛，然后冲到全国赛中去。

最后闯入世锦赛，当然最好是拿个不错的成绩。

顾悄然叹了口气，只可惜这样的目标，短时间内是没有办法实现了。

安慰魏子灵的时候说得挺好，一定要完美发挥，可实际上，她甚至不敢保证自己能不能闯进前十。

顾悄然抬头。

天空之中，明月高悬，月光皎皎，清冷之中，却又好像散发着些许冷漠。

顾悄然微微地抿着嘴唇，半晌，才转身躺回床上。

不论他们两个现在的实力如何，在明天的比赛之中，她都要尽全力。

总之，他们不能被这些下流的裁判拦下来。

转眼之间就到了次日清晨，顾悄然到楼下的时候，唐放已经在楼下了，只是他神情一直很恍惚，好像无法专注。

顾悄然走到他身边："怎么了？"

"压力有点大。""如果今天发挥得不够好，那今天有可能就是咱们这一次的最后一场比赛了。"

顾悄然拍拍他的胳膊："别想那么多，拼尽全力就行。"

"你就一点儿都不紧张吗？"唐放看着顾悄然。

对于顾悄然来说，这一次的比赛，意义应该非常重要才是。

繁星似你　月光如我

第64章
省赛2

顾悄然沉默了一小会儿："也有一点点。"

顾悄然扭头看着唐放说："但是这一点点，对我来说，刚刚好。有句话说得好，有压力才有动力，我觉得现在这样的压力，会推着我们往前，让我们努力拿出最完美的表现。"

唐放意外地看着顾悄然："那我如果失误……"

"失误就失误。"经过一夜的沉思，顾悄然现在反而平静了，她淡定地说："我之前就说过，只要发挥出自己全部的实力，就够了。"

唐放心里还是非常的不确定。

"喂，你不是吧？这么虚？"戚成雪大摇大摆地坐在唐放的面前,一脸责备地看着他:"作为我们顾悄然的男伴,你什么都不需要,只要有自信就够了。"

唐放反驳:"可这毕竟是我第一次参加省赛。"

戚成雪理所当然地说:"我跟顾悄然第一次参加的比赛可多了,那也没见我们两个紧张啊。"

唐放:"……"

无语片刻,他没有再搭理叽叽喳喳的戚成雪,而是看向顾悄然:"你们当时参加比赛,是怎么做到的一点儿都不紧张,也不害怕的?"

"就把比赛当成是普通的训练。"顾悄然倒不记得自己第一次参加大比赛的情形,反正对她来说,所有的比赛几乎都是一个样子。

就连冠军都是一样的。

唯一不同的大概就是她后来转双人以后,连个铜牌都没有摸到。

顾悄然对这个记忆比较深刻。

唐放闭着眼睛,默默地告诉自己。

今天的比赛,一定不能失误,一定要拿出自己全部的实力……

戚成雪看向顾悄然:"姐们儿,不管是你,还是你们俱乐部的那个余绵绵,今天都要给我加油……"

她现在还是,只要一想到那两个实力不行的人,靠裁判员乱打分,才拿到了冠军,心里就跟憋了一肚子的火一样。

戚成雪看着顾悄然:"反正,你们一定要把这一次的冠军抢到

手，总之，我是绝对不想让那种人，压在我头上的。"

顾悄然没敢说大话："我尽力。"

"以前我从来都不求你什么，这一次我真的是求你啦！"戚成雪难得撒娇："我们俱乐部的人去抗议了，但是也没用。现在观众也抗议，也骂他们，但他们就是一副死猪不怕开水烫的架势……"

戚成雪说："如果让人知道，我参加比赛拿了第二名，这个第二名还是被一个走后门的拿走了……"

她趴在桌子上，两只手不停地敲着桌子："跟你说，那样的话，我绝对会疯掉。"

顾悄然双手托着她的脸："可是你也知道，我的状态才刚刚恢复。"

"刚刚恢复怎么了。"戚成雪坐起来："是运动员，就不要信状态！"

顾悄然笑着看着她。

戚成雪抓住顾悄然的手："以前怎么样都无所谓，但是这一次，你必须拼！"

昨天晚上睡着以后，她做梦梦到的都是那些实力不行的运动员，跑到她的面前，贱兮兮地嘲讽她……

然后呢，那些裁判也出来了。

他们组成一个圈，围绕着她，不停地说："天才啊天才，最后不还是输给我们这些裁判？"

戚成雪本来就很在意这件事，醒来以后，她差点儿崩溃！

她觉得,要扬眉吐气,必须让他们这边俱乐部的运动员,把冠军给抢回来。

"行,我拼!"顾悄然肯定是要拼的。

但是现在状态,不如以往。

以往的她能够保证,拼了就能够拿到第一,现在说拼了,只能代表要尽全力。

正在两人聊天之间,余绵绵和彭宇也坐到了他们旁边。

余绵绵话仍旧不多。

不过好在彭宇比较喜欢说话,一过来,就主动接过戚成雪的话题:"你放心,现在让顾悄然他们拿冠军还有点儿早。"

戚成雪知道这个人是她的前辈,但是她对小瞧顾悄然的人都没什么好感,没好气地看过去:"顾悄然没机会,那谁有啊?"

彭宇自信地说:"我跟绵绵啊,今天就看我们表演了。"

戚成雪是见识过余绵绵实力的,也知道顾悄然非常看好这个后辈,但是怎么说呢?她总是觉得这个后辈还有所欠缺。

戚成雪不想打击余绵绵,可她又不想让彭宇太得意,犹豫了一下,她说:"今天你要是不失误,我觉得你们俩就能拿第一。"

"我失误的概率很小。"彭宇自信地保证。

戚成雪白了他一眼:"那最好。"

现在跟着他们一起过来的运动员,已经有好几组都回家了,至于剩下来的这几组,除了他们知道的外,剩下的两组也都是在圈内混很久的老搭档。

繁星似你　月光如我

之前戚成雪转双人的时候，经常在各个大赛上看到他们……

戚成雪知道他们的实力，自然也就对他们不抱任何想法，把翻盘的希望全部都压在顾悄然和余绵绵的身上，她决定今天就在现场，一直盯着顾悄然他们！

直到比赛结束！

比赛很快就开始了，这一次后五十名的运动员之中，也有几组是庆安县的，在比赛的过程之中，裁判都把他们挑了出来，往前安排。

现场的观众和运动员，看到这一幕，都气得想要打人，但是最终还是忍住了。

后来余绵绵登场，动作难度相对较高，而且动作流畅顺利，相当完美，竟是让裁判也挑不出半分的瑕疵。

尽管裁判们心有不满，不过还是没敢乱来，给了他们满分。

余绵绵和彭宇一跃成为第一名，表演完毕，两人从赛场上走下来，现场的观众顿时报以热烈的掌声。

她抬头看着现场的观众，心里面顿时涌起一股非常奇怪的感觉，她看着彭宇问："如果拿到了冠军，观众会一直为我鼓掌，为我欢呼吗？"

以前她一直都觉得，如果想要不惹人讨厌的话，那就稳定发挥，不要出错就好。

可就在这一刻，她看到这么多观众自发地站起来，为她鼓掌以后，心里面好像有什么在渐渐地变了。

余绵绵突然想要更多的人认识她,更多的人为她鼓掌。

"是不是觉得非常的舒服?"彭宇也已经很久没有享受过这样的待遇了,但他却知道,被人认同的那种感觉,是怎样的。

那种感觉,足以激发你所有的野心……

彭宇牵着余绵绵回到了比赛场上。

余绵绵闭着眼睛,听着观众们夸耀的声音,想要拿到冠军的信念,正在逐渐地膨胀……

她不要再当一个平庸的人。

余绵绵想要有一天,全世界的人都会为她的出色发挥而振臂高呼!

"看来,你以后不用担心喽。"戚成雪看到了余绵绵的表现,就知道余绵绵拿到好成绩以后,多少有一些改变。戚成雪轻轻地戳了戳顾悄然:"你告诉我,当年你那么努力,是不是拿冠军上瘾?"

"多少有那么点儿。"顾悄然问她:"难道你拿到冠军的时候,心里不高兴吗?"

戚成雪理所当然地回答:"当然高兴,这个世界上,再也没有比拿到冠军,更加让人开心的事情了。"

但是美中不足的是,她没能打败顾悄然。

戚成雪的梦想一直都是,打败顾悄然,然后拿到冠军。

她觉得,那样的奖杯比什么奖杯,都要有价值。

"是吧。"顾悄然笑着回答。

正在聊天之间,冰场上的双人滑搭档又退场,他们发挥得并不

繁星似你　月光如我

好，在裁判们的恶意扣分之下，两人毫无冲击前十的希望。

该轮到顾悄然上场试冰了，一同登场的还有其他五组运动员。

顾悄然领着唐放进场以后，练习了个跳跃，觉得冰刀的位置不太舒服，直接滑到一个没人的角落里开始调整着冰刀。

唐放也跟着滑到她的身边，一边调整着冰刀，一边看着顾悄然。

顾悄然把冰刀调整好，试冰刚好结束。其他的运动员退场，两个人也跟着退了出去。

他们两个人是最后一组的第一对儿运动员，所以两个人也没走得太远，就在出口处找了一个位置坐下。

就在高音喇叭宣布着两个人可以登场的时候。

唐放豁出去了，他喊："顾悄然。"

顾悄然回头看着唐放："怎么？"

"加油！"唐放丢下这一句话，立马滑入冰场。

音乐声缓缓地响起，两人也都把全部的事情全部抛到脑后，全身心地投入这一次的比赛之中。

两个人仍旧是那一套动作，不过由于这一次的裁判并不公平，所以两人默契地把难度改小了很多。

四分钟的配合，两个人全程零失误！

最后分数略低于戚成雪，拿到了第四名。

这个成绩虽然不算是太好，但是顾悄然已经很满足了，离开赛场，她坐到观战区，看着场中央。

唐放自从知道自己发挥没有失误以后，心里就一直特别高兴，一直偷看这顾悄然，还总是呵呵呵地笑个不停。

戚成雪一看冠军都被自己人拿到了，那叫一个痛快，只不过扭头看到唐放那张笑起来傻乎乎的脸，她又忍不住毒舌了："才拿到第四名，你就这么高兴？唐放，你还能不能更有出息一点儿了？"

"我刚入行还不到一年，能拿到这么好的成绩，其实我已经很满足了。"唐放显然很知足。

戚成雪想反驳，可一想，也没错……

毕竟唐放在入行之前，可是个彻头彻尾的富二代……

戚成雪满肚子吐槽唐放的话，又都被咽了回去，现场这边，有很多都是练了好几年的运动员，他们有的到现在都没有拿到过第四名。

她又看了唐放一眼，最终决定跳过这个话题。

第65章
无能为力

"咱们准备走吧。"周辉眼睛盯着场中央，开口提醒道。

"看完吧。"顾悄然淡淡地说。

周辉说："一周之后就是全国赛……"

"还剩下三组运动员，也耽误不了太长时间。"顾悄然平静地说。

周辉一听，得，顾悄然是真想留在这里看比赛，也就没有继续要求她回去训练了，他问："有你特别看好的运动员？"

"没有，只是突然觉得，同为运动员，我们应该先尊重彼此。"顾悄然的语气沉重，她慢条斯理地说："以前参加完比赛，就直接走人了，可现在想想，还有那么多人没有比呢……"

周辉愣了一下，随机感慨地说："我们的顾悄然啊，终于长大了。"

等到比赛结束，也没能冲出来几组运动员。

顾悄然不知为什么，突然觉得非常的遗憾，明明有的人发挥得比庆安县的人好，那些人明明可以拿到参赛的名额，但是却因为庆安县里的裁判，导致他们丧失了参加全国大赛的机会……

没有参加全国大赛，自然也就没有机会参加世锦赛。

颁奖开始了。

顾悄然看着上去领奖的戚成雪他们，扭头看着周辉问："以后的省内大赛，还会选在庆安县吗？"

"各个县轮着来的。"周辉解释道。

顾悄然问："也就是说，每隔十年，都要有一批运动员倒霉？"

周辉沉默。

事实就是这样。

顾悄然的心情更加的沉重，这些事情就摆在他们的面前，可他们却什么都改变不了，这种感觉，简直糟糕透顶。

颁奖仪式结束后，众人离开了冰场。

走在冰场外面，看着夕阳，顾悄然突然觉得，这样的温暖，非常难得……

她回头，那个冰场很大，但是同样的，也非常的冰冷。

"俱乐部刚给你们买了高铁票，咱们赶紧出发吧。"周辉加快

繁星似你　月光如我

脚步，在前面给他们带路。

这一次的全国大赛，他们俱乐部的运动员闯进去两组，共四个人。

俱乐部商量了一下，决定派一个教练跟着他们，顺便照顾。

这一次省赛跟全国赛的间隔比较短，只有三天的时间，比赛当天去，运动员长途跋涉得太累，身体会吃不消，所以省赛结束之后，教练就准备直接把他们带过去，等养足精神就开始比赛。

蓝阳俱乐部的负责人原本也想派人跟过去，只不过他们俱乐部晋级的只有一组运动员，而且这一组运动员还都是已经参加了各种大赛的……

所以蓝阳俱乐部的众人商量一下，最终决定让周辉帮忙带着，由于蓝阳俱乐部之前也帮了顾悄然很多，周辉想都没想就答应了。

众人坐着高铁，抵达市中心，已经是夜里十一点。叫了两辆出租车，把人送到指定的酒店，各自洗漱完毕就直接睡了。

第二天早晨，大家在大堂里集合，等人都到齐了以后，周辉带领着大家坐车去比赛现场。

首都是个寸土寸金的地方，因此比赛场的位置自然也不可能在市中心，而在一个偏远的郊区。好在众人住的酒店距离赛场的位置比较近，只用了不到半个小时的时间就到了。

顾悄然下车以后，先去咨询了负责人，问可不可以先借用他们的场地训练。

负责人犹豫了片刻之后，就答应了。

顾悄然这一次特地带了冰鞋，得到允许后，直接拉着唐放开始训练。

越是要参加大比赛，人就越是不能松懈，这个道理顾悄然还是懂的。

余绵绵和彭宇一看到这情况，也加入训练之中。

戚成雪原本想劝他们放松一点儿，不用紧张，但是转念一想，在省赛的时候，就是因为自己参加综艺节目，过于放松，最后才导致了被那些不入流的运动员踩在脚底下……

被那恶心的经历压着，戚成雪也觉得自己必须训练，她一把拉住要走的李承，强行拖着他一起训练。

周辉乐见其成，就坐到一边，开始看着他们，顺便评估着三组运动员的实力。

这三组运动员，目前来看，戚成雪和李承的实力最强，而且已经有了足够的默契，闯到世锦赛，拿到个靠前的名次，基本不成问题。

余绵绵和彭宇两人，上一次超常发挥，也让周辉见识到了余绵绵和彭宇的潜力，只不过两个人磨合的时间比较短，再加上余绵绵其实特别没有斗志，虽说上一次拿到第一名以后，她已经开始渴望拿到冠军……但是这股信念，跟顾悄然的比起来还是太弱，甚至还不如戚成雪的。

最后一组运动员是顾悄然和唐放，这两个人刚刚崛起，先是冲到了市内前十，而后又拿到了省内第四。

这个进步让人不得不刮目相看。

周辉的一双眼睛恨不得黏在顾悄然和唐放身上。

他们两个，如果按照这个速度进步的话，肯定会走向巅峰的。

但是这一次的全国大赛名额比较紧张，只选出三组，他不确定顾悄然和唐放能不能冲到前三。

如果能冲到前三，那他们就有可能在世锦赛上拿到冠军，冲不上去，他们的大赛之路在这里就要被终结了。

六个人一直训练到晚上六点，这里的负责人要下班的时候才停下，走之前，冰场的负责人告诉他们，再过两天，比赛就要开始了，他们要维护好冰场的状态，因此明后天冰场就不能借给他们了。

顾悄然现在正处于恢复状态，为了维护好自己的状态，她跟周辉说了一声，自己出门去找冰场。

唐放不放心顾悄然一个人，于是就也跟过去。

两人找了一家，跟对方说了自己的来意，对方拒绝了他们。

顾悄然不死心，又联系了几家，最终还是租下了一间冰场。谈好了以后，她回到酒店，跟其他人说了这一消息并欢迎他们过去训练。

听到这句话，包括周辉在内的所有人都愣住了，找不到冰场，就自己拿钱租……这也太豁得出去了吧？

戚成雪反应过来，直接问："多少钱？"

"你们不用管钱的事儿。"顾悄然平静地说："是我自己要租的，你们愿意来，就训练一下，不愿意来就算了。"

戚成雪知道，这边的消费很高，包下来的价格恐怕不低："反正我也要去训练，这个钱，咱们两个就平摊吧。"

"你要是非要掏钱，那就别来了。"顾悄然在这方面，态度非常坚定："我现在是不训练，就稳不住自己的状态，但你们不是。"

她继续说："我不能让你们花钱，为我的状态买单。"

戚成雪一看顾悄然的立场这么坚定，也不再说什么。

周辉看他们关系这么融洽，心里也很高兴，他拍着手说："行啦，大家赶紧休息，争取明天早上早点起来训练。"

"好！"

众人不约而同地回答。

全国选拔赛马上就要开始了，纵然是不在乎这些的戚成雪，心情也跟着变得紧张起来。

这种心情是以前所没有的，她一路纠结着，回到了房间门口。

"戚成雪，咱们两个聊聊吧。"

戚成雪回头，看到站在背后的人。

来的人是李承，戚成雪推门进去："干脆进来说呗。"

训练了一整天，她的身体有些吃不消。

戚成雪进去以后，没有关门，直接窝在沙发里，她歪着头，长长地叹了一口气。

"你有没有觉得，顾悄然的进步挺快？"李承坐在她对面的沙发上。

戚成雪调整了一下坐姿："顾悄然之前是被当年的事儿影响到

了而已，实际上她的个人能力是很强的，现在走出了阴影，蒸蒸日上也是理所当然。"

说完了，她奇怪地看着李承："你之前不是顾悄然的粉丝么？你不会连这一点都不知道吧？"

李承犹豫了一下说："我当然知道。"

戚成雪不明所以："那你干吗提这个？"

"我就是觉得她的进步，跟训练应该也脱离不了关系，所以……"李承想说，又怕戚成雪听了会骂人。

戚成雪最讨厌别人吞吞吐吐的："怎么？"

李承犹豫着开口问："要不然咱们两个以后也拼命训练试试，说不定在顾悄然的状态巅峰期，咱们也能超过他们，拿到冠军呢？"

戚成雪盯着李承，不说话了。

李承想了想，还是觉得自己应该好好地解释一下："我知道你的天赋非常的高，在顾悄然不在的这段时间，没怎么训练也能轻松拿到一些大赛的冠军，可你不觉得，咱们手里的冠军，实在是太少了吗？"

反正李承想要拿到更多的冠军，他想要拿到满贯！

李承一直都知道自己是一个有野心的男人。

戚成雪说："少吗？"

第66章
想要更多的冠军

"这半年来，国家级的奖杯总共有十个左右，我们只拿到了四个，世界级的奖杯有四个，我们只拿到一个。"李承并不否认戚成雪有实力，但是他觉得，戚成雪还有更大的努力空间。

戚成雪闻言，陷入了沉思之中。

其实顾悄然在他们俱乐部的那一段时间里，她就意识到了努力的好处……

努力可以让一个人能够彻底控制自己的身体，让自己在比赛上，可以随心所欲地做出所有自己想要的动作。

她那段时间，也被顾悄然感染，从而开始慢慢地增加自己的训练时间，但是上一次参加综艺节目以后，她努力的念头又被打散。

戚成雪很清楚，自己并不是一个特别努力的人……

她想要拿冠军，但是信念远远不如顾悄然那么强烈。

"你好好想想，等到顾悄然恢复状态，按照她那股拼劲来看，到时候肯定又是稳拿冠军的……"李承说："到时候，你跟她同台竞技，甚至连第三名都拿不到。"

戚成雪听到这里，猛地抬头。

李承说："这段时间，你应该也有所察觉吧，顾悄然的状态确实是在变好，从市内的前十，跳到省内的第四，这个进步……"

"确实……"戚成雪听了李承说的话，着实觉得非常的有压力，不过片刻之后，她又松懈了下来。

顾悄然现在不是还没有拿到冠军吗？

戚成雪想再放松一段时间，等顾悄然拿到冠军之后才努力。

"等你什么时候愿意训练了再喊我。"李承走到门口，又回头看着戚成雪："只要时间来得及，我肯定会毫不犹豫地跟你一起努力。"

花滑的冠军，本来就是要看两个人的。

"来得及是什么意思？"戚成雪准确地捕捉到了不对劲。

李承笑着说："我想要冠军啊，想要跟着我的女伴一起奋斗，但这些你给不了我，那我就去找新女伴。"

"既然你这么说了，那这次世锦赛结束以后，咱们两个就散伙儿吧。"戚成雪面色不善地开口。

李承万万没有想到戚成雪居然会这么说，诧异地回头。

"咱们两个磨合不到半年,就能有现在的成就,当然,我不是说你没有努力,只是觉得我换了男伴照样可以拿第一,但你就未必了。"

放眼全世界的女性运动员,除了顾悄然处处压她一头之外,其他的人实力都比她要差了一点。

这还是在她没有努力的情况下,如果她再努力,那其他人跟她差的可就不只是一点半点了。

戚成雪看着李承:"我能理解你想要拿冠军的心,也明白你说的这些是为我好,但说实话,我非常的看不惯你想要我妥协的这种方式。"

"你……"李承一直都知道,戚成雪的本性是非常骄傲的,但就因为他说了这么些话,戚成雪就要跟他拆伙儿,"我想要你努力,有错吗?"

"没错啊,但是你不该威胁我。"戚成雪一字一顿地说:"我想要什么时候努力,或者说我愿不愿意努力,那都是我的事情,轮不到你来干涉,你懂吗?"

李承解释:"但是你早一点努力,我们就能够早一点拿到满贯!"

"先不提努力能不能拿到满贯这一点。"戚成雪看着李承:"平时,我对你的要求也不高吧?"

李承没有想到戚成雪会突然这么问,愣了一下,还是点头。

"你天赋不如我,个人实力也不如我,说实话,我一直都觉得

繁星似你　月光如我

我跟你搭档，算是便宜你了。"戚成雪也就是会在顾悄然的面前，撒撒娇，当一个软萌的小姑娘……

在别人面前，她从来都不介意气场全开。

戚成雪说："你如果觉得我训练的少了，那你可以独自训练，先把你的个人实力提上来再说。"

李承："我……"

下意识地说出了这个"我"字以后，他却突然不知道该怎么往下说。

"你刚才说，我们丢了不少冠军，但这些冠军，真的都是我一个人丢的吗？"戚成雪一字一顿地问："你确定，没有因为你的失误，丢了那么一两个？"

李承当然不确定……

"坦白地说，这段时间，我跟顾悄然在一起训练，多少也受了点儿影响，觉得我应该开始努力。"戚成雪说着，停顿了一下，凌厉的双眸落在李承的身上："我想问问你，知不知道，我为什么现在才开始有这种觉悟？"

李承摇头。

"那是因为作为我男伴的你经常在偷懒。"戚成雪直直地看着李承："论天赋，你天赋平平，论努力，你连顾悄然的十分之一都比不上。所以，你凭什么说我？"

李承听着戚成雪的话，同时认真地反思着自身的行为……

他突然发现，戚成雪说的好像都挺对。

"我并不在意别人说要努力,但是在要别人努力之前,能不能麻烦你先自己带个头?"戚成雪之前对这个男伴,基本上是没有什么意见的。

可是听到他说的话,知道他把所有的过错全部都强加在自己身上……

戚成雪就不爽了:"什么都没有做,就去指责别人不努力,这非常不好。"

李承认识到自己的错误,主动开口道歉:"对不起。"

"没关系,"戚成雪并不记仇,"想什么时候跟我拆伙儿,主动说一声,你放心,我绝对不会拦着你的。"

李承看到顾悄然之后,受了刺激,这会儿完全清醒过来,他说:"以后我会自己先努力,争取带动你。"

"嗯。"戚成雪懒洋洋地应了一声:"你先回去吧,我今天特别累,想好好休息休息。"

"好。"

等到李承离开房间以后,她洗了澡,躺在床上,拿出手机,想了想还是点开了聊天软件,主动给顾悄然发信息:"在世锦赛之前,你训练都拉着我好吧?"

"好。"

秒回!

戚成雪受宠若惊,顾悄然秒回她的信息啊!这世界上还有比这更值得让人高兴的事儿吗?

繁星似你　月光如我

戚成雪继续敲着手机："你就不怕我训练以后，实力也上去了，到时候抢你的冠军？"

"不怕。"

回复非常简练。

戚成雪看着回复，突然笑了，她抱住手机，趴在床上，乐不可支。

果然啊。

这么多运动员里面，还是顾悄然最好了！

知道顾悄然在训练之后又跑过去找冰场很累，戚成雪也没再打扰她，点开微博，准备找一点儿好笑的新闻好好乐乐，结果就看到了……有人在骂顾悄然。

那些人骂得非常难听，说顾悄然自己的状态不好，还非要去抢其他人的参赛名额。

戚成雪看不惯，直接在底下跟人对骂。

顾悄然状态不好？抢名额？拜托，你们喜欢的运动员，状态好，还只得了那么多分……

戚成雪都懒得说这些人没脑子了，直接上真身骂，也在无形之中扩大了事态的影响。

不过戚成雪做事儿从来都不看什么后果，管事态会不会变大，反正骂就行了！

戚成雪回复得正过瘾，就看到有的粉丝圈她，说顾悄然没出面，却让她出来骂，是被顾悄然当枪使了。

她直接回复：顾悄然根本不玩儿微博，也不上网，更不知道你们这些烂人总是在她的背后骂她。

回复了，她还是觉得不爽，当事人没出面，她总是在一边说，感觉也挺没劲！

戚成雪直接爬起来，敲开隔壁的门。

顾悄然都准备休息了，看到戚成雪，她意外地问："你怎么来了？"

"有些粉丝不分青红皂白，你靠自身的实力拿到全国大赛的名额，他们却在喷你！"戚成雪知道顾悄然不在意这些，可她实在是憋不住，把手机递给顾悄然："你看看。"

顾悄然让开，示意戚成雪进来，看完了别人的回复，她满不在乎地说："这些人说的倒是比以前更加恶毒了。"

戚成雪不可思议地问："你以前也上过微博？"

"俱乐部不是希望我们能运营个自己的账号吗？我当时申请了一个，看到的都是这一种言论，所以就懒得玩儿了。"顾悄然知道俱乐部当时的想法，是想把她打造成一个网络红人。

不过她觉得没有意思。

顾悄然总觉得，自己有实力拿到冠军，就没有必要勉强自己做自己讨厌的事情，"当时一放下，就没有捡起来。"

"那你有没有什么话，想要跟这些人说的。"戚成雪抱着手机，站到顾悄然的面前，开始录像模式。

顾悄然看着手机，头微微一偏，漫不经心地说："这个名额，

繁星似你　月光如我

我还偏偏就要抢了，以后不管是省内赛、全国赛，还是世界锦标赛的参赛名额我都不会让出去，你们不服气那就憋着！"

说完，戚成雪按下了暂停键，发布到自己的微博上面。

顾悄然看了一眼，淡定地站起来："你天天在网上，看这种东西，不觉得影响心态吗？"

"不影响啊。"戚成雪理所当然地开口："谁要是让我不高兴，那我就去跟谁吵，反正我不痛快，你们也别想痛快。"

顾悄然闻言，笑了起来："粉丝的话偶尔看看就行了，千万别耽误自己的训练。"

"好。"戚成雪说着，低头看微博的评论。

顾悄然平时虽然比较低调，但骨子里还是比较自信的。

视频发出去以后，立马引来了一堆人的唾骂，其中大部分人都是觉得顾悄然过于自负……

他们就以顾悄然现在没拿到冠军作为可攻击的点，一直抨击顾悄然浪费名额。

戚成雪一看就怒了，浪费名额，浪费名额，这些人的偶像进来参加比赛，他们连前十都抢不到还怪别人。

正准备回复，手机就被人抢走了。

戚成雪抬头。

第67章
全国大赛

顾悄然略带责备地说:"别回复了。"

戚成雪不满地抗议:"为什么呀,你看这些人说的话多烦人!我今天一定要骂回去,不然的话,难解我心头之恨!"

顾悄然淡定地说:"你也知道他们是在借机发泄,所以为什么要把时间用在他们身上?有时间,可以考虑一下你在花滑方面,有哪些不足。"

戚成雪刚想反驳,可突然意识到面前的人是顾悄然,不是李承,而且顾悄然是真的一心扑在了训练上面。

她也不好说什么,要是她用"自己做不到就别来要求别人"这一点来说顾悄然吧……可顾悄然确实是所有的运动员里,最用功的一

繁星似你　月光如我

个。

戚成雪低着头："好。"

"不让你回复，就这么不高兴？"顾悄然看她垂头丧气的模样，问道。

戚成雪重重地点头："心情不好，必须骂回去，不然的话我会气死！"

顾悄然把手机还给她："那我先睡觉了，你自己注意点儿，毕竟全国大赛马上就要开始了……"

"没问题！"戚成雪直接坐在床上，感受着身旁的位置陷落下来，她回头："要不然我今天晚上就在你房间里睡吧？"

"可以啊。"顾悄然往旁边让了让："不过你得睡早一点。"

"嗯！"戚成雪盘腿坐在床上，啪啪啪地敲着屏幕回怼那些骂人的粉丝。

她认同的花滑运动员，那就是这个世界上最好的运动员，谁敢说她一句不是……

戚成雪就干脆跟对方拼了！

她回复得也相当不客气，粉丝们看到更是怒火中烧，其他各家的粉丝也团结在一起，跟戚成雪互怼。

戚成雪回复得越来越来劲，最后想起来要早睡的时候，已经十一点多了，尽管还有很多欠骂的粉丝，不过戚成雪还是忍住了要骂回去的冲动。

她答应过顾悄然要早点睡的……

戚成雪躺在床上,看着顾悄然的脸,心里止不住地高兴。

果然,睡觉的时候,能看到有个美女在自己的面前,还是会让人身心愉悦啊。

次日清晨,戚成雪醒来就听到手机传来叮叮咚咚的声音,生怕会吵到顾悄然,她特意把提示音关了,点开那些回复的内容一看。

那些人已经上升到人身攻击了。

放在以前,戚成雪看到这种辱骂人的东西,肯定会毫不犹豫地痛骂回去,可是如今,她扭头看到顾悄然的脸……

戚成雪的心情大好,偷偷地拍了一张照片,发到微博上,配字:看在盛世美颜上,就不骂你们了。

说完,退出微博,去洗漱。

戚成雪的头发很长,这边的梳子太小,她用着不习惯。

"用我的吧。"顾悄然哈欠连天地递上自己随身携带的梳子。

戚成雪笑着接了过来。

"大清早的,怎么就一直傻乎乎地笑?"顾悄然接水刷牙,眼睛看着镜子里的戚成雪。

"就是突然发现,我也是个很肤浅的人,"戚成雪大大咧咧地说,"醒来的时候,看到身边有个这么漂亮的女人,我的心情啊,真的是好到不可思议。"

"行啦。"顾悄然可不喜欢听别人拍马屁,洗漱完催促戚成雪,"快到集合时间了。"

"我马上就好。"戚成雪扎好马尾,甩了甩,连忙接水刷牙。

看着顾悄然换衣服,她也连忙找一身衣服换上。

都是女人,她要是因为光顾着欣赏顾悄然,而忘了自己本来要做的事情,那就丢人了。

两人下楼的时候,其他人都在楼下等着,看到他们过来,周辉率先站起来:"走吧。"

"好。"

这一次共有七个人,租了两辆车。

戚成雪、李承和周辉坐一辆,其他四个人坐一辆。

上了车,顾悄然发现其他人看她的眼神非常不对劲,她疑惑地看着唐放:"你们为什么总是看我啊?"

"那个……"唐放不自在地问:"你昨晚是跟戚成雪一块儿睡的?"

顾悄然不明所以地说:"对啊,这有什么问题吗?"

两个女人在一个房间里睡,应该还算正常吧?

顾悄然想不明白,唐放在意什么。

"她昨天趁你睡着以后,拍了很多照片给我。"唐放觉得,虽然跟一个女人争风吃醋不对,但那时对方挑衅的行为,着实让他没法儿忍!

顾悄然接过唐放的手机,赫然看到很多自己睡着的照片,她无语地说:"以后再也不让她跟我一块儿睡了。"

边说,边要删掉那些照片。

唐放把手机抢过来。

顾悄然看着他:"别忘了删。"

"还是不了……"唐放小声地说:"我觉得这些照片拍得非常好看。"

他想留着当屏保。

顾悄然奇怪地问:"好看?"

唐放郑重地回答:"对,照片我想存在手机里。"

"……"顾悄然看他实在是不舍得删除的样子,无奈地别开脸:"那就等你什么时候想要删掉了,再删吧。"

唐放激动地抱住她:"我就知道你最好啦!"

顾悄然轻轻地拍着唐放的胳膊,却是没忍心推开他。

一行人抵达冰场以后,顾悄然特意找到戚成雪,说了拍照的事,戚成雪立马跟她道歉,不仅删除了手机里的照片,还把微博上的那个图都给删了。

顾悄然跟她的关系还不错,一看到她都这么做了,也不忍心说太多。

戚成雪被训斥了一番,心情起初还非常郁闷,可转念一想,如果她睡着了,别人偷拍她,还发到了网上,那她一定更生气。

在全国赛正式开始之前,训练一直在如火如荼地进行着,众人没有多进行一句交流,都紧咬着牙,训练训练再训练!

转眼就到了全国大赛这一天,全国省赛选出来的运动员都到了现场,仍旧是按照积分排名。

余绵绵和彭宇的积分最高,是全国大赛第一组登场的。戚成雪

和李承的成绩也不低，是第八名，顾悄然的分数略微靠后，在二十名左右，不过他们都是在第一天比赛的。

比赛一共持续三天，第二天、第三天的比分都比较低……

再加上这一次的比赛要选出三组运动员，其余选手都要被淘汰。来到现场的运动员，似乎也都知道这一点，众人都没有说话，而是非常一致地保持着沉默。

大赛的气氛，比小比赛更加沉闷。

比赛开始，余绵绵组登场，这一次他们为了求稳，特地选择了一组难度中等偏上的动作，他们掌握得非常好，随着音乐的推进，他们的表演也逐渐地进入了高潮……

一直到最后的螺旋线动作，两人的表演都可以用完美来形容，只可惜最后的一个螺旋线出错。

余绵绵想要提高难度，但是彭宇却没有做好心理准备，导致动作失误……

不过比赛结束以后，分数出来，他们依旧拿到了比较好的分数。

后来的几组运动员都没有超过他们，直到戚成雪和李承登场，两个人的个人素质都很强，这一次为了拿到参赛名额，更是选择了能力内最高难度的动作，再加上高强度的训练，已经让戚成雪有了控制身体的能力，所以这一组动作可以说是满分拿下。

她的后面，一直没有人的分数能超越他们。

可以说戚成雪又打破了这一次全国赛分数的新高……

戚成雪表演完毕以后，就知道自己这一次肯定可以拿到世锦赛的参赛名额了，退出赛场的时候，她的脸上挂着非常自信的笑容。

她坐到顾悄然的身边，认真地说："我终于知道，你为什么那么热衷于训练了。"

训练得够多，自己就慢慢地能操控自己的身体，到了赛场，基本上想要做什么动作，都能够做得出来。

"希望你以后也能一直坚持。"顾悄然平静地说："我很期待，能够在比赛场上，遇到一个强有力的对手。"

戚成雪大方地说："没问题，不过顾悄然，我提前跟你说好，等我真训练了，那实力上升的可就不止一点半点喽。"

她看着顾悄然："你也要努力进步，不然到时候肯定会被我甩在身后的。"

"放心。"顾悄然现在非常了解自己的状况："我的状态已经开始恢复了，估计要不了多久，就会成为你最有力的对手。"

戚成雪止不住笑了起来："我，拭目以待。"

"嗯。"顾悄然回应着，手心突然被人按了一下，她不明所以地扭头，正好对上了唐放那张写满指责的脸。

她不明所以地问："怎么啦？"

"麻烦你在我面前的时候，跟其他人保持着距离。"唐放戒备地看着戚成雪。

对他来说，男人给他的危机意识一点儿都不大，大的是这个不怀好意的女人！

顾悄然蒙了,她好像只跟戚成雪聊天了吧?

等等……

顾悄然好像明白到底是怎么回事儿了,她扭头看着戚成雪,又看看唐放,不可思议地问:"你不是吧?"

连女人的醋都吃?

第68章
全国大赛2

"我是！"唐放郑重地回答。

戚成雪听到两人的动静，好笑地看着唐放："你这样下去，跟顾悄然注定不长久。"

"你知道他在意这个，还说这些刺激他？"顾悄然头都疼了："现在是全国大赛，过几天又是世锦赛，你还是赶紧收心，好好开始训练吧。"

戚成雪抿着嘴，看向场中央，唐放真的是太傻了……

唐放见戚成雪没有挑衅的意思，这才抓住顾悄然的手说："看比赛。"

"嗯。"顾悄然继续看向场中央。

繁星似你　月光如我

全国大赛比省级比赛更加的公平，也更加有观赏性，当然竞争也激烈了不少。前三名的位置，除了戚成雪和李承的之外，其他人的名次都换了又换，到顾悄然的时候，已经换了不知道多少次了。

不过这样的情形，倒是一点儿都不让人意外。毕竟是全国大赛，参加的运动员都是从各个省里选拔出来的精英，实力也都是拔尖儿的……

轮到顾悄然登场，当熟悉的音乐，轻缓的声调响起的时候，舞台上的灯光全部灭掉！

只剩下一束光，从顾悄然的头顶上打了下来，她舒展着身体，随着音乐的逐渐推进，她靠近了唐放。

两人的视线对上，又飞快地别开视线，像是恋爱之中的少男少女那样……

音乐逐渐推进，两人也正式开始了自己的动作，将双人滑的专业动作，融入舞蹈之中，美观而又流畅。

前面的动作分外顺利，到了抛跳环节，唐放握住顾悄然的腰肢，准备进入动作……

心中倒数着三二一，而后将顾悄然抛了出去！

顾悄然完成了一个完美的四周跳，落地，站稳的那一瞬间，全场爆发出热烈的掌声。她却没有听见似的，面无表情地继续着。

刚才在比赛的过程之中，她就跟唐放商量好了，这一次的比赛，他们一定要拿出能力内最高难度来。

不然稍有懈怠，那些人就会超越他们。

而且后面的人还有很多,谁也不敢保证,会不会有后起之秀,突然冲上来,把他们的名次挤下去。

顾悄然希望自己能够稳住前三的位置。

她想要参加世锦赛!

非常迫切地渴望着……

音乐逐渐地变得激昂,两个人的动作也越来越顺,最后一个连环跳,顾悄然面带着微笑顺利完成后,又跟唐放一起,进行了收尾动作。

最后两人停在场中央,顾悄然激动地抱住了唐放,所有的动作都完美地完成,她知道,这一次的前三稳了。

唐放犹豫着,最后还是抱住了顾悄然。

从激动的情绪之中走出来,顾悄然拉着唐放的手,朝着现场的观众鞠躬,退场以后分数出来了。

两个人居然力压戚成雪和李承,坐到了第一名的位置。

顾悄然的心情很好。

唐放却一直愁眉不展。

顾悄然不明所以地看着唐放:"你心情不好?"

"嗯……"唐放犹豫着,还是决定坦白:"刚才我有一个动作失误了,但是裁判们好像没有看到……"

那个动作失误以后,他们两个根本拿不到满分。

但是结果出来了以后,裁判却没有扣分。

"那咱们就去跟裁判说一下。"顾悄然拉住唐放的手,朝裁判席的位置走过去。

"可是,你说过如果能够拿到冠军,你就同意跟我交往。"唐放是不介意坦白的,可他又担心,这一次拿不到冠军,就再也没有机会夺冠了。

到时候,他怕顾悄然不同意跟他谈恋爱……

"咱们两个现在还不算交往吗?"顾悄然回头看着唐放。

唐放怔忡一下明白过来顾悄然的意思,他高兴地握住顾悄然的手:"算!"

顾悄然也被他的情绪感染,不由得露出个笑容:"那咱们能跟裁判说了?"

"能!"唐放唯一的顾虑没了,他拉着顾悄然的手,跟顾悄然说:"你回去等我,我去跟裁判说。"

顾悄然见唐放一脸跃跃欲试的表情,主动退回了观众区,看着唐放冲到裁判面前,她的心里顿时涌现出一股说不出的感觉。

看,这个正直的男人,就是她的男朋友。

顾悄然双手托着脸。

"你不是吧?"戚成雪还是头一次看到顾悄然用这一种少女的表情,看着某一个男人,她试探着问:"刚才唐放跟你说什么了,才让你露出这么傻的表情。"

"等会儿。"顾悄然目不转睛地看着朝她跑过来的唐放,脸上的笑意更甚。

在他跑回来的途中,裁判组宣布打分出错,少给唐放他们扣了几分，经过矫正以后，又给出了一组新的分数。

这一次的分数只比戚成雪的低了零点一分。

戚成雪难以置信地问："他去找裁判，就是为了说这个？"

"嗯，裁判没有看到，但是他确实失误了，为了捍卫比赛的公平性，他去跟裁判说……"顾悄然扭头问："这样的性格，是我最喜欢的。"

戚成雪实在是不想看顾悄然了："你怎么不干脆承认，你喜欢他？"

"当然，也可以这么说。"顾悄然很欣赏唐放的性格，大大咧咧的，不拘小节，被朋友背叛了，也从不怀疑友情，永远都乐观向上地对待自己的生活。

戚成雪按住顾悄然的肩膀："居然被一个男人迷成这样……"

她恨铁不成钢地把顾悄然的身子掰过来，强迫顾悄然看着自己："你别忘了，你是个美女！美女需要做的就是被别人喜欢，你懂吗？"

顾悄然眨眨眼睛。

这是打算装不知道喽？

戚成雪放弃劝说顾悄然，她又看顾悄然一眼，接着收回视线，脸上的表情也不自觉地变得认真。

说实话，之前在那个小比赛上，看到顾悄然指责比赛有黑幕的时候，她还在想，如果顾悄然遇到这种情况，还是在大比赛上，那顾悄然会不会纠正裁判，把到手的冠军让出去……

今天，这个问题终于有了自己的答案。

戚成雪真的想不到，在全国级别的大赛上，顾悄然居然还能这么坦然地把到手的冠军让出去。

她甚至止不住地想，如果这种情况发生在她的身上，她会去纠正吗？

答案是否定的。

戚成雪好像突然知道了自己和顾悄然之间的差距，沉重的心情，半天没有好转。

中午十二点，上午的比赛结束。

顾悄然离开观众席的时候，突然想到什么，她转身看着唐放："还有两天比赛，你说我们是继续训练，还是……"

"训练吧。"唐放认真地说："他们配合得都非常默契，而且都是老选手，但我们两个不一样……"

顾悄然的状态刚恢复没多久，他也是一个新人。

唐放觉得，现在他们两个最需要的，就是训练。

"好。"顾悄然跟唐放又去了冰场，冰场老板现在成了顾悄然的粉丝，主动提出免费给顾悄然训练。

顾悄然不想占便宜，自然不同意。

老板看顾悄然最近的发挥，觉得顾悄然现在应该是有能力拿到冠军的，所以就想等到顾悄然拿到冠军以后，拿顾悄然宣传一下。

顾悄然说："但是我们并不能够保证可以拿到冠军。"

"这是投资，你们没有拿到冠军，那就当我投资失利。"老板非常大方。

顾悄然一想，自己手头上的钱也不多了，与其拒绝老板，倒不如接受他的提议："那好，到时候如果有需要的话，我们回来，说不定也能到你们冰场来看看。"

"咱们就这么说定了。"老板跟顾悄然说完，又拿出纸和笔，让顾悄然签名。

顾悄然签完了，递给唐放。

唐放知道顾悄然是想让他签上自己的名字，他有些不好意思："我的话，还是不用了吧？"

"签吧！"老板怂恿着："如果拿到了冠军，那我就是第一个拿到你们两个人签名的，这也算是一份荣誉。"

唐放看着顾悄然。

顾悄然冲他点头。

唐放深吸了一口气，在上面签下自己的名字，同时默默地下定决心，这一次的世锦赛，一定要想办法拿到冠军。

老板要完签名后，就离开了冰场，让他们训练。

顾悄然给戚成雪打电话，问戚成雪他们来不来。戚成雪表示，自己前几天训练得太猛，现在身体吃不消，想要休息，顺便再看看比赛。顾悄然又问了余绵绵。

余绵绵也拒绝了她。

那四个人都不愿意来，顾悄然也不强迫，而是热火朝天地继续训练。

在两人训练的过程之中，比赛现场的厮杀更加地激烈，第三名的运动员分数一换再换，险些有追上顾悄然和唐放的。

第一天比赛，就竞争这么激烈，真的是让人完全吃不消……

发现顾悄然没有回来，戚成雪想到顾悄然是在训练，问了一下其他人的意见，他们也想去冰场，一行人就相约去找唐放和顾悄然。

过去的时候，顾悄然和唐放刚开始训练一套新动作。

顾悄然深吸一口气，而后热情地投入训练之中。

戚成雪看着场中央的两个人，看着看着，她突然明白顾悄然为什么会喜欢唐放了。

顾悄然是个训练狂，唐放总无条件地配合她……两个人确实非常登对。

戚成雪有些羡慕他们两个，突然之间，她非常想要找到一个也愿意拼了命的和自己训练的男伴，她看着李承："明天是去看比赛，还是训练？"

第69章
盲目

"训练吧。"李承以前一直觉得自己的实力是顶尖的。

只是在接触到了这两个拼了命训练的人以后,他觉得,他还不够突出……

至少在训练的付出方面,他远远比不上顾悄然他们。

李承说:"我们两个的目标是拿下冠军!"

戚成雪斗志满满地说:"我不想一辈子在比赛场上,遇到顾悄然都只能认输!"

她想要赢,不管对手是谁!

戚成雪掉头往回走,她想现在就把冰鞋拿过来,跟着他们一起训练。

繁星似你　月光如我

"彭宇……"余绵绵看着，都惊呆了："我们两个的水平跟他们现在的比起来，怎么样？"

"差太多，根本不是一个档次的。"彭宇实话实说。

余绵绵回头看着彭宇。

彭宇说："今天我们两个第一组登场，结果你不是也看到了吗？"

他们选择的难度，是跟省赛的难度是一样的，但是在省赛上，他们可以顺利晋级，但是到了全国大赛，即便他们两个人已经拿出了完美的发挥，可最终还是逃不了被淘汰的厄运。

这其中的原因已经很明显了……

就是全国大赛的要求比较高，而且有能力的人更多。

余绵绵不理解地问："那我们以后训练，是不是要更加努力了？"

彭宇郑重地点头："想要冲到世锦赛，我们必须要保证我们的日常发挥都是他们两组的这个水平。"

这样的要求对于现在的余绵绵来说难度有些大。

余绵绵犹豫一下，但还是郑重地说："那咱们回去以后，也拼命地训练！"

她觉得就算自己的天分不足，那么后期靠着自身的努力，也一定可以逆袭！

"走吧，今天我们已经很累了。"彭宇并不想给余绵绵太大的压力。

余绵绵听话地说："嗯。"

他们两个人走了，冰场里就只剩下五个人，周辉坐在观众席上，看着他们两个，紧皱着的眉头逐渐地展开。

这两个人的进步速度，简直快到了不可思议。

周辉原本觉得，他们两个人能冲进全国赛的前十就已经不容易了，可现在，他们冲到了前三。

那接下来呢……

他们能拿到的，是不是冠军？

周辉突然有些期待世锦赛。

两人一直训练到夜里十点才回去，第二天一早，两个人又赶到冰场，争分夺秒地训练。

顾悄然两人训练了一个多小时以后，戚成雪也来到了冰场，她一改往日的性格，二话不说，直接投入训练。

他们两组默契地没有干扰彼此。

等到中午的时候，前去观赛的余绵绵和彭宇也过来了，他们转述了一下比赛场上的情况。

上午的比赛竞争力明显不如昨天。

不过余绵绵和彭宇仍旧非常担心有意外发生，接下来的一天半，都是先去现场观战，看完了跟他们汇报情况。

最终的结果是第三名的位置被人换下来，但是前两名的位置固定了。

第一名是戚成雪和李承，第二名是顾悄然和唐放！

371

繁星似你　月光如我

比赛结束后，顾悄然原本想翘了颁奖仪式，但是无奈教练说必须去，就只能腾出一个上午的时间，去领奖。

给他们颁奖的是威望很高的一位前辈，从对方手里领过来奖杯，顾悄然的心情跟往常完全不一样。

那一种感觉就好像是，自己终于涅槃重生了。

看着手中的银牌，顾悄然微笑着看着前方。

唐放偷偷地看着顾悄然，心里忽然有些感慨，如果不认识顾悄然的话，也许他这一辈子都不会站到这里。

颁奖仪式结束，唐放一直揽着顾悄然的腰肢，视线一直没有舍得从顾悄然的身上移开。

"你干吗总看我？"顾悄然被看得有些不自然。

"就是突然感觉，我很幸运。"唐放由衷地说："找到了一个全世界最好看的女朋友，女朋友还带着我完成了人生目标。"

"最好看倒是不敢当，但我倒是可以心安理得地承认，我是世界顶尖的女运动员之一。"顾悄然对自己的实力非常有自信。

唐放一本正经地说："长相也是。"

"盲目。"顾悄然调侃道。

唐放大大方方地说："跟盲目没有关系，而是你本来就是最好看的。"

"……"顾悄然不想再继续这个话题，看到周辉正在打电话，她停在一边，"别去。"

唐放不理解地问："为什么啊？"

顾悄然说:"教练一定是在跟俱乐部的人打电话,你现在过去,他也没有时间搭理你。"

唐放哦了一声,直接坐在顾悄然的身边。

周辉结束通话以后,主动走到他们两个人的身边:"俱乐部非常高兴你们拿到了第二名的好成绩。"

还有一句话周辉没有说,那就是他们看了直播,也知道他们原本可以拿冠军,但是中途唐放不知道跟裁判说了什么,分数又改了过来……

这样的行为让俱乐部非常不满。

可周辉却不觉得有什么,他觉得这是一名运动员应该做的:"接下来要备战世锦赛,不过俱乐部的人希望咱们可以回去一趟,好好商量一下。"

"那我们是今天晚上回去吗?"顾悄然问。

周辉点头说:"车票已经买好了。"

"那就走吧。"顾悄然也不扭捏。

反正俱乐部这么安排,那就按着俱乐部的要求来呗。

顾悄然无所谓,只要俱乐部的人不干涉她训练的事,别的,她都可以接受。

唐放也没有任何意见。

戚成雪他们的教练没有来现场,不过比赛结束以后,他们打电话过来也是让他们先回去一趟。

到了车站,两家的俱乐部都派车来接,告别以后,俱乐部的司机直接把顾悄然他们带回星耀俱乐部。

众人抵达大厅的时候，负责人正在里面等着他们，看到顾悄然他们回来，他主动站起来迎接，笑眯眯地看着顾悄然："我就知道，咱们俱乐部里最出色的女运动员，还是你啊！"

"你夸大了。"顾悄然不冷不淡地回答。

之前赶她出俱乐部的时候，虽然负责人没有出面，但是顾悄然也清楚，如果没有他的同意，王正利是绝对不敢那么说的。

现在状态恢复了，他又站出来……

顾悄然觉得有些恶心。

负责人吹捧道："绝对没有，之前你单人的时候，就拿下了不少的荣誉。现在恢复状态，第一次参加全国大赛就拿到第二名的好成绩，这一点，应该是没人可以做到吧？"

"戚成雪第一次参加全国大赛拿的是冠军。"顾悄然回答。

"那又不是咱们俱乐部的。"负责人知道自己以前做得太过分了，现在就想把顾悄然请回来。

不然的话，要是放任着顾悄然离开，那对俱乐部来说，绝对是个非常大的损失！

负责人说："你就是咱们俱乐部的顶梁柱，这一句话，我没说错吧？"

"所以这么晚了，你让我们回来，就是为了夸奖我们的吗？"顾悄然懒得应付别人。

负责人没有直接回答，而是犹豫了一下："当然也不全是，其实主要是想跟你聊聊续约的事儿。"

顾悄然没说话。

唐放不动声色地牵着顾悄然的手。

顾悄然感受到唐放的温度,脸色缓和了不少。

负责人说:"你跟咱们俱乐部的签约合同,应该是两个月之后到期吧,你看看,咱们到期以后再续多长时间?"

"你……"唐放止不住地想骂人。

之前状态低谷的时候,说了再给她一年,如果这一年之内,没有恢复状态就退役,可是俱乐部是怎么表现的?

唐放记得清清楚楚,他们是用尽了所有的方法,就为了赶走顾悄然。

顾悄然跟他还在别人的俱乐部里蹭过训练,一路好不容易坚持到现在,结果他们居然又想续约?

唐放一肚子骂人的话,都想往外冒。

顾悄然抢在唐放之前说:"现在马上就要世锦赛了,我们暂时没考虑过这个问题。"

负责人犹豫着问:"你们是没有考虑过,还是想要离开咱们星耀俱乐部?"

他也知道发生了那种事情以后,再让顾悄然留在他们俱乐部,为他们俱乐部效力是一件不太可能的事儿。

但是,他们为了俱乐部的运营,会做出这样的选择,也无可厚非。

繁星似你　月光如我

"我答应过我妈，状态没有恢复就退役，但是当时谁也没有想到，我的状态真能恢复。"顾悄然其实很感谢唐放，如果不是唐放，也许她一辈子都无法走出阴影。

她叹了一口气，认真地说："现在状态也才恢复一两天，谁也不知道后续会怎么样，所以就想先走一步看一步……"

参加完世锦赛，再考虑后面的事儿。别的事情，顾悄然真的不愿意再去想，特别是留在星耀俱乐部……

顾悄然觉得就算是以后都是这个状态，她也会离开。虽说她能够理解俱乐部的所作所为，但是她的心里还是无法接受。

理性和感性，本来就是矛盾的。

负责人听明白了顾悄然的意思，但还是不死心，对他们来说，顾悄然就是星耀俱乐部的希望："这一次，不管你拿出了怎样的成绩，我们都不可能再放弃你……"

第70章
阴谋

顾悄然显然不想再继续这个话题:"再说吧。"

负责人还想继续说。

"他们刚回来,还很累,要是没有别的话要说,那我就带他们回去休息啦!"周辉听到负责人的话,显然也很不舒服。

当时这些人是迫不及待地想要赶走顾悄然,现在看顾悄然状态恢复了,又想把顾悄然请回来。

这是把顾悄然当成了什么?

周辉非常不认同负责人的行为:"过一段时间还要参加世锦赛……"

"不过我觉得,今天咱们必须要把这话说清楚。"王正利站出来说:"顾悄然是咱们俱乐部培养出来的,现在出了名就想转俱乐部,难道你不觉得,她这算是忘恩负义吗?"

周辉反驳道:"别忘了,她开始训练,是父母付的生活费……"

一般俱乐部都是从小培养运动员,但星耀俱乐部不是,他们先让运动员的父母交钱,等到了参加比赛的年纪,才会给运动员发工资。这样的模式跟其他俱乐部的比起来,本来就没有任何的优势,可王正利还要拿出来说……

周辉实在是非常看不起这样的行为:"咱们俱乐部根本没有在她身上付出太多,这样还硬要让她记住咱们俱乐部的恩情,我觉得过分的是你们。"

"怎么就过分了,如果她没有加入咱们俱乐部,那她能混出头吗?"

周辉驳斥到:"能!顾悄然不管是在哪个俱乐部都能出人头地,所以你也别往自己脸上贴金了。"

王正利不服气:"那可不一定!"

"你想要自欺欺人,就自欺欺人好了。"周辉懒得再说太多:"顾悄然,可以回去休息了。"

"她要是不同意,那这一次的世锦赛,她也不要妄想能够参加!"王正利恨恨地警告。

周辉诧异地看向王正利。

顾悄然也看过去,见王正利一脸得意的表情,她犹豫了一下:

"用这个来威胁我？"

王正利挑眉，一脸的得意。

负责人皱着眉头，似乎有些不满，但最终还是没有说什么。

顾悄然平静地说："那行啊，不让我们去，那你们就在俱乐部里再选一组运动员，让他们去吧。我呢，就提前在这里祝你们早点儿拿到好成绩。"

说完这句话，顾悄然牵着唐放头也不回地往外走。

俱乐部里的众人面面相觑，那可是世锦赛的参赛名额啊，顾悄然居然说不要就不要？

这也太不可思议了。

负责人见顾悄然没有回头的意思，连忙喊住她："你先别走，这一次的决赛权，是你自己辛辛苦苦拿来的，我们自然没有剥夺的权利。"

当然，这只是个非常次要的原因。

主要原因是，他们俱乐部里现在根本没人可以拿到冠军，顾悄然就是他们唯一的希望。

负责人犹豫着说："赛后的去留，我们也不方便说太多，不过决赛肯定是要你参加的！"

唐放回头，顾悄然也停下来，两人不约而同地转身，看向王正利。

王正利顿时有些局促："负责人都这么说了，那我肯定也不拦你们。这样吧，咱们先留在这儿，顺便好好商量一下，到时候怎么去国外。"

周辉不说话。

他在俱乐部里只负责训练运动员，别的一概都不管，特别是钱的事儿。

周辉知道，参与的越多，事儿也就越多。

周辉最怕麻烦。

"我是想让咱们俱乐部的所有成员，一起去。"负责人想得很好："让他们先去看看大场面，这样将来比赛，多少也有点儿心理准备。"

他说完，象征性地征求顾悄然的意见："你呢？你是怎么想的？"

顾悄然摇头说："我没意见。"

只要让她参加世锦赛就行，别的，她一概无所谓。

负责人又看向其他运动员。

余绵绵有些激动，她从加入俱乐部到现在，就一直没有去过世界级的比赛现场，有可能的话，她还真想去看看。

没敢做决定，她看向彭宇。

彭宇倒是无所谓，不过看余绵绵想去，他也只能点头："谢谢负责人。"

魏子灵也没有去过现场，这一次负责人有意要带他们过去，她也想过去凑个热闹。

陈东旭也想看看阔别了很久的大赛场，也同意了。

结果出来，直接散会。

负责人原本打算让顾悄然和唐放留在俱乐部里休息，但是唐放和顾悄然都想回唐庄替他们弄的冰场，于是便婉拒了。

两人离开后，其他运动员也都回去休息了。

周辉见那两个人一副有话说的样子，奇怪地看了两眼，见两个人并没有跟他说的想法，他也就懒得再问，双手背在身后，大步流星地走了出去。

偌大的空间之中，只剩下负责人和王正利。

负责人犹豫了半晌，还是开口问："咱们俱乐部现在只有一组闯进世锦赛的……"

王正利吃不准负责人的意思，就先点头迎合着："是啊，不容易。"

"可是这两个人都没有留在咱们俱乐部里的打算……"负责人很苦恼，"这样即便是他们拿到了好成绩，咱们俱乐部也沾不了光，你说对吗？"

沾光也就是那一阵儿，两个人一走，星耀俱乐部还是没人关注。

负责人现在就想改变这种情况。

王正利犹豫着说："既然您担心这个，那不如考虑一下……"

负责人问："考虑什么？"

虽然俱乐部的人已经走完了，可王正利还是担心被人听到，他凑到负责人的耳边，小声地嘟囔着。

负责人听完，眼睛都亮了，他不可思议地看着王正利，连连称赞道："这个主意好！棒！"

过了一会，他又觉得有些不太合适："但是吧，这么做了以后，顾悄然和唐放是肯定不会考虑咱们俱乐部了……"

"咱们不这么做，她也不可能留在咱们俱乐部里。"王正利解释道："按我说的做，至少可以为咱们俱乐部里留下一个拿过冠军的男伴。"

负责人问："那陈东旭会同意吗？"

"我去跟陈东旭说，"王正利不怀好意地笑着，"不过我觉得陈东旭应该不会拒绝。"

负责人不解："为什么？"

王正利一本正经地说："好不容易有机会拿到冠军了，如果是你的话，你会放弃吗？"

负责人摇头："绝对不会。"

话音刚落，负责人就明白了王正利的意思，朝他竖起大拇指，赞赏道："还是你有点子。"

"所以你尽管放心吧。"王正利见说服了负责人，心情瞬间变好不少，"既然你也同意，那后面的事都交给我处理，我保证绝对不会让你失望。"

"这么看，咱们俱乐部的未来就掌握在你手上喽！"负责人毫不吝啬自己的赞美："如果真的成功了，我给你涨工资！"

王正利心里那叫一个得意，虽说他现在是副教练，但实际工资却比周辉的高很多。

他深知闷声发大财的道理，没有说出自己的高兴，而是客气地说："谢谢老板。"

"你为俱乐部付出这么多，应该是我谢谢你。"解决了心头大患，负责人伸了一个懒腰，长长地舒了一口气："我先回去休息，接下来就等着你的好消息。"

王正利保证道："尽管交给我！"

"好。"

等到负责人走了，王正利拿出自己的本子，默默地开始算计着，要让顾悄然跟唐放拆伙儿，那就要让唐放去不了赛场……

他要怎么做，才能让唐放去不成？

王正利拍着自己的脑门，怎么都想不出来。不过他一看，距离出国还有一段日子，他不用着急，就把这事儿暂时性地抛到脑后。

反正还有足够的时间，让他可以慢慢地来。

王正利希望能把这个计划，做到完美无缺，让任何人都找不出来一丁点儿问题。

次日。

顾悄然和唐放起床，立马去冰场训练，钱铎也知道他们两个回来了，就一直在旁边给两人指导，看着他们两个的表现，他的眼睛里面写满了赞赏。

果然，让这两个人一起去参加大赛，是最好的决定。

这两个人的实力相较于以前，提升了很多。

繁星似你　月光如我

钱铎留意着两个人的动作，唐放有失误，他就直接指出来，至于顾悄然……

他心里止不住地惊讶，看来，顾悄然真的是天才，之前一直在阴影的蒙蔽之下，导致状态不佳根本走不出来。可如今，走出来不过才短短几十天，她就已经把双人滑动作掌握到近乎完美的地步。

这实在是非常难得。

当然，刚入行几个月，便能够表现得这么完美的唐放，也让他非常欣喜。

现在的运动员啊……

真的是一代比一代强。

时间转瞬即逝，很快到了星耀俱乐部约定的出国参加世锦赛的时间，顾悄然跟着负责人一起上了飞机。

唐放也跟着上去，见自己的座位就在顾悄然的身后，他坐上去，从缝隙中看着顾悄然："你之前参加过单人世锦赛对吧？"

顾悄然应了一声："嗯。"

"那能不能跟我说说，你第一次参加世锦赛是什么感觉？"唐放期待极了。

"规模很大，运动员来自全世界，观众也是。"顾悄然认真地想着："很隆重的比赛，在那种世界性的比赛之中，是一种享受。"

"哇……"唐放脑海之中，止不住地回放着自己在电视上看到的比赛情景，心里更加向往。

"唐放，你先跟我出来一下。"王正利冲唐放招手。

第71章
落网

　　唐放和顾悄然不约而同地看了过去，飞机马上就要起飞，他这个时候喊唐放干吗？

　　王正利就知道这一关不好过："工作人员说你的身份证有点儿问题，让你出来，他们再重新检查一下。"

　　唐放还是头一次听说，上了飞机还要重新看身份证的，尽管觉得奇怪，不过还是听话地跟着出去。

　　反正看一下身份证，也用不了太长的时间。

　　王正利把人领到飞机下面，拉住一个工作人员，那个工作人员一看是王正利，温和地跟唐放说："这位先生，请跟我来。"

　　唐放看看王正利，又看看工作人员，一头雾水，喊他出来到底

繁星似你　月光如我

是要干什么？

王正利推着他往前走："跟着他过去吧。"

"好。"唐放还是觉得奇怪。

跟着工作人员，走到登机大厅，工作人员直接把他带到了一间房里。

他笑着跟唐放说："麻烦你在这里等着。"

唐放问："能请问一下，我的身份证到底是哪里出了什么问题吗？"

"这个要问负责人。"工作人员诚恳地说："是你们的教练，让我带你来这里的，他说到时候会有人来检查你的身份证。"

"哦，是这样啊。"唐放坐了回去。

再过几天就是世锦赛，在这种紧要关头，王正利应该闹不出什么幺蛾子吧？

唐放这么想着，安心地坐了回去。

飞机上。

顾悄然听到提示的声音，回头看着王正利问："唐放呢？他为什么还没有过来？"

"他的护照出了点儿问题。"王正利随口搪塞道："刚才下去的时候，他跟我说想先把护照的问题解决了……"

"是这样啊？"顾悄然听到以后，还是止不住地觉得奇怪，出发前护照还好好的，怎么到出发的时候，就发现问题了？

她皱着眉头，坐好了，感受着飞机慢慢起飞，心里疑惑加深。

大厅里。

唐放听着他们坐的那一班航班起飞的提醒，立马站起来，往里走。

工作人员看到他，也没有拦着。

唐放想要往里冲，但是却因为登机口已经关闭，安检人员根本不让他过去。他彻底蒙了，为什么会这样？

王正利突然让他留在这里，自己坐着飞机跑了……

唐放脑子里面一片空白，不过他还没有完全丧失理智，他找到这边的负责人，跟他说了自己的行李还在里面以后，等了不到半个小时，那边的人就把他的行李送了回来。

他翻开行李箱，却根本找不到自己的钱包。

钱包里面有他的身份证，还有他的签证……

唐放急得团团转，又找了机场负责人，跟他们说自己的行李丢失以后，负责人员主动帮他调出监控视频，最终发现，东西被王正利丢到了垃圾桶里。

亲眼看到这一幕，唐放差点儿崩溃，他实在是想不清楚，王正利为什么不想让他去参加世锦赛，却偏偏让顾悄然去。

在机场的工作人员帮他找钱包的时候，他去网上看了一下机票。

这几天的机票很抢手，都已经售罄了。

唐放实在是没有办法了，拨通了唐庄的电话，跟唐庄说了这个情况，唐庄表示马上过来。他才松了一口气，坐在大厅的椅子上，他的脑袋还是蒙的。

到底是为什么？他跟顾悄然搭档得明明好好的，怎么突然不让他出国？

唐放一直想着这个问题，直到唐庄过来，都没能想出来个答案。

"怎么回事儿？"

唐放听到声音，又把具体情况说给唐庄听。

唐庄在商场上混了这么多年，一听就知道唐放是被人算计了："中途换男伴，能正常参加比赛吗？"

唐放苦恼地说："我没参加过比赛，所以我也不知道……"

唐庄说："看来这一次，谁也说不准。"

"但是……"唐放越想越生气，"现在我才是顾悄然的搭档，他们凭什么！"

"现在凭什么不重要，重要的是，你确定顾悄然会站在你这一边吗？"唐庄并不相信顾悄然。

对他来说，这个世界上最可信的只有家人。

唐放重重地点头："那是当然，虽然顾悄然这个人的性格比较冷，但她绝对不会在紧要关头背叛我。"

由于去世锦赛的举办地机票都已售罄，唯一能托人买到的就是比赛前一天的。

唐庄把唐放的信息发了过去，回来跟唐放说了这个消息。

唐放非常无奈，可这会儿，也只能接受。

"你的护照呢?"唐庄又问。

正在这时,机场的工作人员,把找到的钱包还给唐放。

唐放无精打采地说:"在这里。"

唐庄看了一眼,这才放心,他领着唐放往回走,看唐放垂头丧气的样子,开口安抚道:"你们还年轻,就算这一次没有拿到冠军,将来肯定也还有机会。"

"可我想跟顾悄然求婚,"唐放低声地说,"原本的打算是,如果这一次能够拿到冠军的话,就在领奖台上……"

现在去不了现场,没拿到冠军,一切都不确定了。

唐放失落得厉害。

唐庄问:"你不怕她拒绝你?"

那个女孩儿可不是好追的。

"不怕,她现在已经同意跟我交往了。"唐放提到这个,心情总算是变好一些:"我认识她的时间虽然不长,但可以肯定的是,我跟她一起经历的事儿却是最多的。"

"你之前也谈过恋爱,表现可完全不是这样的。"唐庄不禁感慨,他们捧在手心里的老三终于长大了。

唐放懊恼地说:"当时那个女生就是要利用我,也不是真的喜欢我,但这一次不一样!"

认真跟敷衍的,能一样吗?

"不要失落,赶紧回冰场好好训练,争取拿到冠军。"唐放鼓励着说。

繁星似你　月光如我

"好。"

唐放的心情不佳，却不想耽误训练，赶回冰场后，在钱铎的监督下，咬牙训练着。

过了九个小时，飞机终于落地。

顾悄然下了飞机，正想着给唐放打电话。

王正利立马从背后追上来，他抱歉地跟顾悄然说："其实刚才在飞机上我没有跟你说实话。"

"什么意思？"顾悄然把手机放到口袋里。

王正利低着头："其实唐放没有上飞机，不是因为什么护照出了问题，而是他临时怯场，不愿意过来。"

"……"顾悄然直直地盯着王正利。

王正利有些心虚，但是为了完成自己的计划，他只能拼了。

现在唐放没来，顾悄然刚下飞机，再加上顾悄然这个人的性格比较傲，如果知道唐放没来是因为一些客观原因，肯定会非常生气。

王正利觉得，顾悄然真的生气了肯定不会打电话问唐放究竟什么情况。所以他要激发顾悄然的怒火，这样唐放打电话过来，她不会接，他们的计划就算成功。

王正利继续道："他觉得非常对不起你，又不好意思跟你说，就让我替他跟你道歉。"

"是吗？"顾悄然生气地问。

他们都走到这一步了，结果说唐放不愿意来？

顾悄然平时并不擅长表达自己的愤怒,但不代表她没有脾气。

王正利说:"我们都没有想到情况会闹到这个地步。"

"现在我的男伴都临阵逃脱了。"顾悄然拉着行李箱往回走:"咱们还在这儿站着干吗,都赶紧回去呗!"

王正利急忙喊住她:"顾悄然,你先别走!"

顾悄然回头:"不走干吗?"

"其实世锦赛,你们现在还是可以参加的……"王正利犹豫着开口说:"现在还没有规定比赛的过程之中不可以更换搭档,所以,陈东旭愿意陪你参赛。"

顾悄然其实听到唐放怯场的时候,就察觉到有问题,但是当时的她太生气,根本没有细细品味其中的原因。

如今听到王正利的话,她才总算是明白问题出在哪儿。

如果她没有猜错的话,唐放没能来现场,应该是王正利的功劳。否则,王正利不会用这么淡定的语气跟她说可以更换搭档。

顾悄然不悦地说:"搭档换了就换了,我没打算组回去!"

"这事儿,咱们先去酒店再说。"王正利不想让其他人听到他们俱乐部的事儿:"走吧。"

顾悄然也知道在这种情况下说了影响不好,于是便跟着他们去了酒店。

一行人抵达酒店。顾悄然把东西收拾好以后,就开始给唐放打电话,两边有时差,这边的下午,那边已经是凌晨了。但顾悄然根本没那个耐心等唐放醒来,她现在就想知道原因。

好在唐放很快地就接电话了。

顾悄然问:"你为什么没来。"

"王正利跟我说我的身份证有问题,让人把我领到休息室,我在那里等着,等反应过来不对劲的时候,你们就已经走了。"唐放委屈地交代着。

顾悄然听到他说的话,心情不由得放松起来说:"可是他跟我说你怯场,临时逃脱。"

"你别相信他!有你在,我怎么可能会怯场!"唐放快气死了,这人怎么可以抹黑他?

顾悄然笑了:"世锦赛开始之前,能过来吗?"

唐放肯定地说:"买了前一天的票。"

第72章
我等你

"我等你。"顾悄然站在窗户前,看着完全陌生的城市,心里的感觉非常复杂。

她想唐放早一点过来,也想能够早点看到他。

"好。"唐放犹豫着,还是没有挂掉电话。

顾悄然听出来他有问题要问,主动开口:"想问什么?"

唐放小声地说:"王正利有没有说让你换男伴?"

"说了,不过你放心,我只认你。"顾悄然保证道。

唐放还是不放心:"如果他们用你的前途威胁你呢?"

"大不了就不参赛,转俱乐部呗。"顾悄然对自己的实力还是非常自信的:"现在的我已经不是之前的我啦。"

状态恢复以后,她就是实力最强的选手。

顾悄然知道国内还是夜晚,不想耽误唐放的休息时间,叮嘱他好好休息之后,直接挂了电话。

没过多久,王正利就领着周辉和陈东旭来到她房间里。

知道前因后果后,顾悄然就不打算给王正利好脸色,她抿着嘴,不悦地看着王正利。

王正利以为她是在生唐放的气,连忙安慰:"悄然啊,你看唐放不过是个新人而已,他甚至连大赛经验都没有,这会儿怯场不愿意参加比赛,正好让有经验的陈东旭替上,这不正好吗?"

"不好。"顾悄然闷闷地说。

王正利问:"哪儿不好?"

"我跟陈东旭已经拆伙儿了,长时间没有磨合,就算是我们两个上,也根本拿不到好成绩!"顾悄然反驳道。

王正利努力地劝告道:"没有磨炼出来,那你们现在可以一块儿练啊,你看你们之前在一块儿训练了小半年,肯定比你跟唐放有默契!"

顾悄然盯着王正利:"我跟唐放有默契,最主要的原因是他懂我,他理解我。"

王正利使劲地推着周辉,示意周辉开口。

周辉叹息了一声:"其实从实力方面来看,我觉得这一次想要拿冠军,还是选择陈东旭比较好,他资历深,发挥得比较稳定。"

他看着陈东旭问:"你怎么想?"

陈东旭犹豫着,不知道该怎么开口,他非常渴望能够拿到一个冠军,但是这种手段又太过恶劣,让人非常不齿!

只是冠军的诱惑又太大……

"我听你们的安排。"

"陈东旭！"顾悄然难以置信地喊着他的名字。

他怎么能这样？

陈东旭低着头，没敢跟顾悄然对视。

周辉说："反正唐放不愿意来，你就将就着……"

"不是唐放不愿意来，是王正利把他骗下去的！"顾悄然气愤地说："之前你们不让我在俱乐部里训练，我不怪你们，俱乐部让我自费，我也同意了，后来把我赶出俱乐部，我依旧没有一句怨言！"

只是到现在，他们的种种行为，让她恶心地要死。

"但是你们这样就过分了，全国大赛的参赛名额是我跟唐放拼出来的，现在你们要我丢了唐放，跟陈东旭……这我不可能答应！"

"那你先冷静冷静，等你什么时候愿意了，再跟我们说。"王正利听到顾悄然说刚才的那些话，就知道顾悄然已经问过唐放，也了解真相了。

不过他依旧不觉得自己的计划出了问题，反正最近几天的机票也不好买，唐放肯定赶不过来。

王正利拿走顾悄然放在桌子上的手机："我们就先走了。"

"嗯。"顾悄然从始至终都没有妥协的意思，只不过这一次王正利他们的决心，似乎更加坚决。

为了逼迫顾悄然同意，王正利甚至还擅自做主，吃饭的时候不带顾悄然。

顾悄然知道以后，气得干脆不出门。

王正利一直在注意着顾悄然，得知顾悄然绝食，就是为了让他妥协，更加地气恼，他直接跟顾悄然说："你这次出来没有带钱，吃饭全得靠我们！顾悄然，你要是真有骨气，就干脆一口饭都别吃！"

"不吃就不吃！"这是顾悄然从小到大，第一次觉得委屈："我跟你们说，非要我更换男伴，那我宁可不参加世锦赛！"

"行，你有种！"王正利还就跟顾悄然杠上了，回到了自己的房间，他又后悔了。顾悄然不去参加，那他们就只能放弃世锦赛的名额，到时候什么奖都拿不回去，他们俱乐部要怎么办？

王正利很愁，他想现在就去跟顾悄然道歉，又拉不下来这张脸，只好窝在房间里面生闷气。

顾悄然的房间门口。

周辉拎着打包的饭，敲门。

顾悄然还在生气："别敲了！"

"傻丫头，赶紧把门打开。"周辉在门口喊。

顾悄然一听是周辉，这才从床上爬起来给他开门，她饿了好几顿精神也不太好，肚子更是饿得咕咕直叫。

她无精打采地看着周辉问："怎么了？"

周辉把饭放在桌子上："赶紧吃点儿。"

"我说了不吃饭，"顾悄然赌气地说，"要是现在吃，那岂不是就证明我妥协了？"

"我们没有说你错。"周辉劝告道："但是你现在不吃饭，真饿出来点儿什么毛病，那等唐放过来，你怎么跟他解释？难道你打算说是跟王正利赌气，不吃饭，把自己饿到没有力气参加比赛？"

顾悄然不说话。

周辉劝告道："你放心，陈东旭虽然想要冠军，但是他也不坏。我跟他聊过以后，他已经同意这段时间陪着你训练，等唐放过来了再让你跟唐放一起比赛。"

"真的？"顾悄然不敢相信。

周辉笑了："我难道还会在这种问题上骗你？"

顾悄然犹豫了一下，最终还是摇了摇头，其实大部分时候周辉都是站在她这边，帮她争取福利，所以她也一直很感激周辉。

抱着碗，她看着周辉："我相信你。"

说完埋头吃饭，顾悄然已经饿了一天，这会儿肚子饿得厉害，不过她怕吃伤了胃，就吃得非常慢。

"顾悄然……"陈东旭靠在门口，目光幽深地看着顾悄然。

顾悄然捧着碗，看了他一眼，继续埋头吃饭。

陈东旭叹了口气："对不起，刚开始听他们说让我替代唐放当你男伴的时候，我确实非常心动，最后还鬼迷心窍地答应了……"

因为摆在他面前的是冠军。

陈东旭转双人滑以后，还从来没有拿过冠军，所以这个对他来说诱惑非常的大，经过反思，他也认识到了自己的过错："不过我现在真的想明白了，请你原谅我。"

"其实我也没有怪你，"顾悄然小声地说，"我只是觉得，如

繁星似你　月光如我

果男伴不是唐放，那我参加比赛，也没有什么意义。"

"你怎么就这么固执呢？"周辉语气复杂了。

顾悄然低着头："我人生最失落的一段时间，都是他在陪着我，帮我走出阴影，陪着我进行高强度的训练。如今我们两个好不容易冲到世锦赛，让我换人，我真的做不到。"

所以她宁可放弃世锦赛，也绝不想抛弃唐放。

陈东旭想了想，最终还是说："对不起。"

"现在一个两个都背着我，聚在顾悄然的房间里是吧？"王正利从门口冲进来，看到周辉给顾悄然送饭，松了一口气，但是却没有表现出来，他看着顾悄然："要跟唐放一起参加决赛？那行，没问题，但是你必须跟我保证在唐放过来之前，每天都得训练！"

"没有男伴，我怎么训练？"顾悄然对王正利心有不满。

王正利知道顾悄然还在生气他把唐放丢在飞机场的事儿，心里虚，可脸上却不愿意表现出来，他瞪着她："我可以退一步，但是你也不要太过分。在唐放没来之前，你跟陈东旭一块儿，训练一下双人动作，总没有问题吧？"

话都说到这个地步，王正利已然算是后退了一步。

顾悄然知道王正利能妥协也不容易，于是就应了一声："好。"

说完，怕王正利误会："但是这一次世锦赛，唐放来了，我就跟他一起参赛，没过来……那我就放弃比赛。"

王正利看了一眼她的碗："才吃了这么点儿？别废话了，赶紧吃!"

"你不同意我就不吃!"顾悄然威胁道。

"你不吃,饿的人是你,不是我。"王正利没好气地说。

顾悄然把碗放到一边。

王正利被气笑了:"你用吃饭来威胁我,难道你不知道,我巴不得你不吃饭吗?"

顾悄然不说话。

王正利没有台阶下,看顾悄然又一脸的认真,颇有他不开口她就真不吃的架势,无奈,最终只能妥协:"行行行,你吃,我答应你还不行吗?"

"谢谢。"顾悄然认真地说。

王正利听了这一声谢谢,都蒙了:"我从一开始到现在,一直在算计你们两个,你恨我我都能理解,但是你谢我什么。"

"我知道你一心为了俱乐部着想。"顾悄然捧着碗说:"但我是运动员,在一些事情上,我……"

"知道啦!"王正利往桌子上边一靠。

周辉见他们两个人之间的话题已经结束,犹豫着开口说:"老王,咱们两个商量个事儿吧?"

"什么?"王正利不解地问,他记得以前,周辉从来不屑于找他聊天。

周辉不自在地咳嗽几声:"你还认识综艺节目之类的人吗?"

王正利:"你什么意思?"

第73章
大结局

"前几天我出去逛街,遇到个运动员。"那些运动员都是周辉一手带出来的,成绩也还行,但是退役之后,一直按照他的教导,从不参加综艺节目。

当时周辉还以他们为骄傲,但是看着看着,心里就很难受:"看他们过得不好,就不太舒服,想问问你能不能找个节目什么的,请他们过去……"

"应该是有。"王正利笑了:"其实上一次他们参加综艺节目影响成绩以后,我就在想,千万不能再让队员参加这种节目,不然时间一长,我们一个冠军都拿不到,岂不是背离了咱们的初衷?"

周辉也是这么想的:"不过退役之后,参加这种节目,倒是可以。"

"行，等咱们回国，你先把那些运动员的联系方式给我，我去联系节目组。"聊到这里，王正利的心情也好很多。

虽然他跟周辉一直站在对立面，但经历这么多事儿以后，他感觉他跟周辉的立场正逐渐地统一。

王正利往周辉的旁边一坐："其实我感觉咱们两个，回去也能聊聊，到时候在训练方面，立场统一一下，说不定更有利于咱们俱乐部的发展。"

"嗯。"周辉没有想到，他跟王正利居然也有握手言和的一天："等到了俱乐部，咱们把想法都说出来。"

"好。"王正利看着顾悄然问："如果咱们俱乐部越发展越好，你还会留下来吗？"

"到时候再说。"顾悄然没有直接答应。

王正利知道顾悄然这个意思就是拒绝，心里多少有些遗憾，他站起来往外走："老周，走吧。"

"好。"周辉正好想跟王正利聊聊。

两人一起出了房门，王正利顺手把房间门带上，小声地问周辉："你说咱们能不能把顾悄然骗到世锦赛场？"

"你啊，别总是想这些有的没的，既然顾悄然不愿意，那就是真的不想。"周辉这几天也想通了，不管荣耀与否，都是唐放和顾悄然两个人自己闯出来的。

所以唐放应该跟顾悄然一起参赛，是登顶，还是落魄收场，都是他们自己的造化。

"哎!"

悠悠的叹息声音,逐渐地消散在过道里。

房间之中,顾悄然吃完了饭,把餐盒丢到垃圾桶中,她来到陈东旭面前:"走吧,一起训练。"

"走吧。"陈东旭跟上。

接下来的两天,基本上都是顾悄然自己在训练单人动作,陈东旭有心帮她,可最终以失败告终。

一转眼就到了世锦赛前夕,顾悄然没空去想那些有的没的,尽量克服自己心理问题,跟陈东旭一起训练双人滑动作。

结果在训练抛跳的过程中,不慎摔在地上。

这一次摔得特别惨。

顾悄然额头上的冷汗直往下冒,半天都没能站起来。

"顾悄然……"终于赶来的唐放亲眼看到顾悄然摔倒在地,心疼得不行,他冲到顾悄然的面前:"疼不疼?能不能站起来,要不要先去给你找个医生?"

"不用,"顾悄然吃力地摇着头,"应该没问题。"

嘴上说着没问题,实际上站起来都是事儿,最后还是叫了当地的急救车,把她送到了医院里。

检查情况不容乐观,骨头伤得厉害,不过考虑到明天还要参赛,顾悄然就让医生给她打了封闭,硬撑着回到了酒店。

"你这样真的没问题吗?"唐放宁可放弃比赛让顾悄然回家好

好休息。

顾悄然重重地点头："撑到明天的比赛，应该没有问题。"

"我知道这一场比赛对你来说非常重要。"唐放牵着顾悄然的手："但是你的身体更重要。"

"放心啦，我真的没事儿。"顾悄然现在连笑都觉得吃力，她的手落在唐放的肩膀上："其实摔了这一跤之后，可以说是好事。"

唐放不明所以地看着她："为什么？"

"之前我总在害怕，万一摔下来怎么办，会不会死。"姐姐的事故发生后，顾悄然脑子总是不受控制地往负面想。

可这一次，从落地的那一瞬间，顾悄然竟然意外地踏实了。摔得惨，也不过是疼一下而已。

顾悄然主动抱住唐放："其实也是有一些疼，不过还没有疼到无法接受的地步。"

"对不起，"唐放低声地道歉，"如果我聪明一点，没有被骗，直接跟你过来，你就不会挨摔了。"

"这又不能怪你。"顾悄然看着唐放的眼睛："你赶过来，能跟我一起参加比赛，我就很开心了。"

以前顾悄然一直不知道双人滑之中，最重要的是什么，现在她好像明白了。

流畅、美观、默契，这三点都很重要。但最重要的是双方要互相信任，唐放相信她能够把所有的动作全部都做到最完美，正如她总是相信唐放把她抛入空中以后，可以稳稳地接住她……

是的。

信任。

顾悄然也不知道是从什么时候开始，已经无条件地相信唐放。

"可我还是……"唐放抱住顾悄然，又害怕碰到她的伤口，只好虚虚地环住顾悄然的腰。

顾悄然嗅着唐放的气味，就觉得很安全。

两人都没有再说话，而是享受着难得的安静。

"顾悄然。"周辉说着，推开病房的门，看到那两个人正依偎在一起，正要退出去。

"走什么呀，教练，"顾悄然从病床上下来，牵着唐放走出去，"咱们一起回去吧。"

"我还担心你不能参加比赛。"周辉担心地说。

周辉也打从心眼里觉得顾悄然比别人要娇气一些。

"放心，好不容易才闯进世锦赛，要是不参加，不就辜负了我们的努力吗？"顾悄然自信地说。

周辉心里的石头落下："也是。"

三人回到酒店，陈东旭正在酒店门口等着，看到他们过来，他一脸愧疚。

他之前跟魏子灵一直都是这么训练的，而且换了几次女伴，也都是这样……

陈东旭自己都想不通，为什么会出意外："对不起。"

"不怪你，是我自己的问题。"顾悄然只是不相信陈东旭而已：“你也不用觉得愧疚，其实，严格来说我应该谢谢你。”

陈东旭愣住。

顾悄然笑着跟他说："多亏这一摔，让我彻底认清楚了自己。"

刚打过封闭也不能再训练，所以比赛前的这一天，顾悄然就在房间里休息，唐放在旁边陪着她。

两个人什么话都没有说，但是气氛却分外和谐。

后来魏子灵她们来探望顾悄然，再三确认顾悄然没有问题，这才放心离开。

顾悄然本来想好好休息一下，谁知道戚成雪又过来了，这段时间，一直在训练的戚成雪气色很好，一坐下就痛骂星耀俱乐部的人混蛋。

顾悄然再三地表示自己不介意以后，戚成雪又关心她的身体。

戚成雪一直希望，能够有机会堂堂正正地跟顾悄然较量，不过这一次，明显是不行了，她拍着顾悄然的肩膀安慰道："等你恢复以后，咱们再好好地比比看。"

"没问题。"聊完以后，把戚成雪送走，顾悄然才终于有空休息。

唐放坐在旁边看着她。

顾悄然问："你有话要跟我说？"

"明天如果没有拿到好的名次，我希望你不要在意。"唐放安慰道："我们以后的时间还很长。"

"放心，"顾悄然看着唐放，"我会尽全力。"

"那要不然我今晚留在这里陪着你吧？"唐放巴巴地看着顾悄然。

顾悄然笑了一下："行啊。"

睡觉的时候，唐放就躺在顾悄然的身边，轻轻地搂着顾悄然的腰，眉头一直紧紧地皱着。他在想，以后要不要转行。一直当花滑运动员，那万一顾悄然以后又摔了怎么办？摔了还不怕，万一出了点儿什么意外……

在担忧之中，唐放沉沉地睡了过去。

次日。

世锦赛现场，足以容纳万人的场馆里座无虚席，来自世界各地的观众高举着自己国家的国旗，热情地挥舞着。

从高音喇叭里传来的声音，宣布着比赛即将开始。

顾悄然目不转睛地看着场中央，那里即将成为她梦想开始的地方。

真好。

试冰结束，运动员们登场。

能参加世锦赛的都是从各个国家选出来的顶尖运动员，在发挥方面，比国家赛的运动员强了很多。

即便是有小失误，可扣的分数也不多。

如果他们这一次想拿冠军，必须拿出难度最大的动作，并且不能有丝毫的失误。

第一组的最后两名运动员下场,他们刚刚拿到了很高的分数,比原本最高分的戚成雪和李承还要多了零点三分。

终于轮到顾悄然上去试冰,穿上冰鞋到了场上,在滑行的过程之中,她看到了藏在观众席里的父母、哥嫂和侄子侄女。

顾悄然不由弯起双眼。

这些人真是的,说了反对她训练花滑,但是当她闯到了决赛,他们还是偷偷地来了现场。

甚至都没跟她说。

顾悄然朝唐放招手,见唐放滑到了她的面前,她牵着唐放的手跟父母打招呼。

"这算是见父母吗?"唐放凑到顾悄然的耳边低声地问。

顾悄然毫不扭捏地说:"不是算,是本来……"

"那你跟我过来。"唐放拉着顾悄然滑到另外一边,站在那里的,赫然是唐放的家里人。

他的爸妈,他的兄弟,还有一个是……

唐放看到前女友的瞬间,脸色立马黑了。

"唐放,跟你分手以后我想了很多,我觉得我放不下你……"她满脸期待地看着唐放。

"很感谢你的好意,不过我已经有女朋友了。"唐放落落大方地把顾悄然带到家人的面前:"看,这是我的女朋友,今天如果能拿到冠军,我就会跟她求婚。"

顾悄然跟他们打招呼:"叔叔阿姨好。"

繁星似你　月光如我

唐诗严肃地打量着顾悄然。

宋词是怎么看顾悄然怎么满意,小姑娘长得好看,言行动作还落落大方,她说:"比赛结束,咱们一起吃个饭。"

"好。"

比赛正式开始。

顾悄然垂眸,自从比赛开始的那一刻,她就忘了疼痛,忘了外在的所有。

唐放看着顾悄然,两束灯光逐渐地靠近,最后融合在一起。

在分分合合之间,两人顺利完成了开场的动作。

现场的掌声一浪接着一浪。

那都是对他们两个高质量动作的认可,动作跟动作的变换,两人不停地挑战着高难度。

点冰四周接三周。

难。

抛四周跳。

更难!

一个接一个的高难度的动作,在两人的努力之下完成,最终,大螺旋线结束了两人的双人动作,而后各种步伐收尾。

曲终。

两人的表演结束,朝现场的观众鞠躬,等到下场后,两个人激动地抱在了一起。

这一次,两人都没有失误。

可以说这是一场绝对完美的表演,两人出了冰场,又被送到采访台,接受采访的过程之中,他们得知居然打破了双人滑的纪录,并且分数稳居第一!

唐放和顾悄然都异常高兴,一直到回休息区,还难以平静。

周辉和其他教练,也纷纷过来庆贺。

顾悄然和唐放一一回应之后,就坐在观众席上,认真地看着其他运动员的比赛。

赛程逐渐地推进。

比赛也迎来了尾声,后面的排名虽然有所变化,但是前三名却稳稳地固定了,最终的结果是顾悄然和唐放获得第一,国外的一组搭档获得了第二,戚成雪和李承获得了第三。

颁奖的过程中,顾悄然脸上一直挂着笑意,唐放拿着奖杯和奖牌,一直在偷看顾悄然。

等颁奖结束,其他人都从领奖台上走下来,唐放把奖杯和奖牌塞到顾悄然的手里,单膝跪地,从口袋里面掏出准备好的戒指:"顾悄然,请你嫁给我。"

现场的记者们纷纷把镜头对准了他们。

"好!"顾悄然郑重地回答。

唐放急了:"那你怎么不把手伸出来!"

"我怀里的东西都满了啊!"顾悄然心里无语。

戚成雪笑着接走了顾悄然手里的奖杯。

唐放把戒指套在了顾悄然的无名指上。

繁星似你　月光如我

顾悄然看着唐放："谢谢你。"

不管是偶然，还是必然，都谢谢你出现在我的生命里，陪着我度过了人生最黑暗的时期。

也谢谢你，让我找到了花滑的真谛。

还要谢谢你，出现在我的生命里，填补了另一半的空缺。

"我也谢谢你。"唐放温柔地将顾悄然拥入怀中，像是一束光，指引着他前行。

身后灯光璀璨。